中国古典四大名剧青春版

牡丹亭

〔明〕汤显祖 著
李会诗 李统文 注释

中国书店

图书在版编目（CIP）数据

牡丹亭 /（明）汤显祖著；李会诗，李统文注释. -- 北京：中国书店，2024.10（2024.11重印）
（中华国学经典普及本）
ISBN 978-7-5149-3460-1

Ⅰ.①牡… Ⅱ.①汤…②李…③李… Ⅲ.①《牡丹亭》Ⅳ.① I237.2

中国国家版本馆 CIP 数据核字（2024）第 063332 号

牡丹亭

〔明〕汤显祖 著　李会诗　李统文 注释

责任编辑：孔玲玲

出版发行：	中国书店
地　　址：	北京市西城区琉璃厂东街 115 号
邮　　编：	100050
电　　话：	（010）63013700（总编室）
	（010）63013567（发行部）
印　　刷：	三河市嘉科万达彩色印刷有限公司
开　　本：	880mm×1230mm　1/32
版　　次：	2024 年 11 月第 1 版第 2 次印刷
字　　数：	175 千
印　　张：	8.5
书　　号：	ISBN 978-7-5149-3460-1
定　　价：	59.00 元

"中华国学经典普及本"编委会

顾　问　（排名不分先后）

　　　王守常（北京大学哲学系教授，中国文化书院原院长）

　　　李中华（北京大学哲学系教授、博导，中国文化书院原副院长）

　　　李春青（北京师范大学文学院教授、博导）

　　　过常宝（北京师范大学文学院原院长、教授、博导，河北大学副校长）

　　　李　山（北京师范大学文学院教授、博导）

　　　梁　涛（中国人民大学国学院副院长、教授、博导）

　　　王　颂（北京大学哲学系教授、博导，北京大学佛教研究中心主任）

编写组成员　（排名不分先后）

赵　新	王耀田	魏庆岷	宿春礼	于海英
齐艳杰	姜　波	焦　亮	申　楠	王　杰
白雯婷	吕凯丽	宿　磊	王光波	田爱群
何瑞欣	廖春红	史慧莉	胡乃波	曹柏光
田　恬	李锋敏	王毅龄	钱红福	梁剑威
崔明礼	宿春君	李统文		

推荐序

中国古典四大名剧,也被称为中国古典四大戏曲,分别是王实甫的《西厢记》、汤显祖的《牡丹亭》、洪昇的《长生殿》和孔尚任的《桃花扇》。这四部剧在中国文学史和戏剧史上都占有非常重要的地位。

四大名剧中,成书最早的是王实甫的《西厢记》,这部剧以唐代元稹的《莺莺传》和金代董解元的《西厢记》为蓝本,进行了艺术上的再创作,留下了至今为人所称道的爱情理想——愿普天下有情人都成眷属。汤显祖的《牡丹亭》成书于明代。汤显祖名气很大,不但在中国戏剧史上地位非常高,而且有国外学者曾经把他赞为"东方莎士比亚""曲坛伟人"。汤显祖是临川人,跟梦境有关的戏就有四部,《牡丹亭》《邯郸记》《南柯记》《紫钗记》,合称为"临川四梦"。汤显祖自称:"一生四梦,得意处唯在牡丹。"可见《牡丹亭》在他心目中有着特殊的价值和意义。

《长生殿》和《桃花扇》都成书于清初,被誉为"清代戏曲双璧"。《长生殿》讲的是唐明皇和杨贵妃的爱情往事,《桃花扇》讲的是明末清初秦淮名妓李香君与复社公子侯方域的传奇故事。《桃花扇》写的是改朝易代的事,可谓"借离合之情,写兴亡之感"。《长生殿》虽然没有涉及新旧朝代,但安史之乱也是唐朝盛极而衰的转折点。所以两部剧,虽然表面写的都是爱情故事,但对政治和历史都有涉及。不同的是,《长生殿》更侧重于情感,而《桃花扇》更侧重于政治。这两部戏为两位戏曲家带来了极高的名声,"两家乐府盛康熙,进御均叨天子知。纵使元人多院本,勾栏争唱孔洪词"。"南洪北孔"犹如清初戏曲界的双子星,无出其右。遗憾的是,成名不久,洪昇被革职,孔尚任被罢官,虽说他们因戏成名,却也因戏断送了功名,令人唏嘘。

这些年,随着京剧、昆曲、电影等艺术形式的发展,传统戏曲尤其是古典四大名剧再次引起了年轻读者和观众们的喜爱。所以,我今天特别为大家推荐"中国古典四大名剧(青春版)"这套书。

这套书参照了多个权威版本校对,对古典四大名剧做了符合当下读者阅读口味的全新注释。可以说,这是一套用心编辑的图书,希望读者朋友们能够喜欢这套书,重新感受经典的魅力。

序言

日本汉学家青木正儿曾评价:《牡丹亭》的作者堪与莎士比亚齐名,并称"东西曲坛伟人"。获得如此崇高赞誉的伟大戏剧家,正是本剧的作者明代戏曲家汤显祖。

汤显祖(1550—1616),字义仍,号若士,又号海若、清远道人,临川(今属江西)人,万历十一年(1583)考中进士,先后任职南京太常寺博士、南京詹事府主簿、南京礼部祠祭司主事。万历十九年(1591)因上疏得罪了主政者,被贬为广东徐闻典史,后调任浙江遂昌县知县,万历二十六年(1598)弃官还乡,潜心创作,尤其擅长戏曲。他的四部与"梦"有关,以"爱情"为主题的剧作《还魂记》《紫钗记》《南柯记》《邯郸记》合称"临川四梦"。《牡丹亭》则是他最重要、最著名的代表作。

《牡丹亭》的故事最早见于话本小说《杜丽娘慕色还魂》,说的是南宋年间,广东南雄太守杜宝的女儿杜丽娘游园时伤感于大好春光,竟至因梦而亡,葬于梅花树下。继任柳太守之子柳梦梅,偶然拾得杜丽娘生前所作的自画像,引来了丽娘鬼魂与他幽会。故事后来发展到掘坟开棺,杜丽娘还魂与柳梦梅成婚,最终夫贵妻荣。汤显祖将原本不足四千字的话本小说故事做了创造性改编，将其扩充为五十五出的长篇戏剧，让一部短小的传奇话本重获生机，也令这部鸿篇巨制获得了辉煌的艺术成就。

《牡丹亭》这部中国古代戏剧经典之作，始终围绕着一个大写的"情"字展开故事情节。有学者认为，《牡丹亭》的剧情分为三段"情"："梦中情""人鬼情""人间情"。第一段"梦中情"写的是杜丽娘伤情、梦情、殉情的生死过程；第二段"人鬼情"，写的是柳梦梅和杜丽娘超越生死，追求爱情，以至杜丽娘因爱情的强大力量死而复生；第三段"人间情"，写的则是柳梦梅与老丈人的翁婿之争，展现在大时代现实社会背景下人之常情的冲突。

文辞典雅华丽是《牡丹亭》的最大特色，同时，全剧道白机智幽默，饶有风趣，曲词既有北曲之豪爽粗犷，又具南词的委婉清丽。

如果说，《西厢记》反映了封建社会中青年男女要求婚姻自主的人文主义思想，那么《牡丹亭》则进一步把男女爱情同个性解放联系了起来。一方面首创了杜丽娘为理想爱情而不惜舍命的这个古代青年女性的独特形象，另一方面深刻揭露了桎梏人性的封建礼教的腐朽本质。毫无疑问，《牡丹亭》是中国古代爱情戏曲中，继《西厢记》后艺术成就最高、影响最大的一部杰作。

由于学识浅陋，校注难免有错漏谬误，祈盼方家与读者斧正。致衷心谢意！

目录

题词 / 001

第一出　标目 / 002

第二出　言怀 / 004

第三出　训女 / 007

第四出　腐叹 / 011

第五出　延师 / 014

第六出　怅眺 / 018

第七出　闺塾 / 023

第八出　劝农 / 028

第九出　肃苑 / 033

第十出　惊梦 / 037

第十一出　慈戒 / 044

第十二出　寻梦 / 046

第十三出　诀谒 / 053

第十四出　写真 / 056

第十五出　虏谍 / 061

第十六出　诘病 / 064

第十七出　道觋 / 068

第十八出　诊祟 / 074

第十九出　牝贼 / 080

第二十出　闹殇 / 082

第二十一出　谒遇 / 090

第二十二出　旅寄 / 095

第二十三出　冥判 / 098

第二十四出　拾画 / 110

第二十五出　忆女 / 113

第二十六出　玩真 / 116

第二十七出　魂游 / 119

第二十八出　幽媾 / 125

第二十九出　旁疑 / 132

第 三 十 出　欢挠 / 136

第三十一出　缮备 / 140

第三十二出　冥誓 / 143

第三十三出　秘议 / 151

第三十四出　诇药 / 155

第三十五出　回生 / 157

第三十六出　婚走 / 161

第三十七出　骇变 / 167

第三十八出　淮警 / 170

第三十九出　如杭 / 172

第 四 十 出　仆侦 / 175

第四十一出　耽试 / 179

第四十二出　移镇 / 185

第四十三出　御淮 / 189

第四十四出　急难 / 193

第四十五出　寇间 / 197

第四十六出　折寇 / 200

第四十七出　围释 / 204

第四十八出　遇母 / 212

第四十九出　淮泊 / 218

第 五 十 出　闹宴 / 223

第五十一出　榜下 / 229

第五十二出　索元 / 232

第五十三出　硬拷 / 236

第五十四出　闻喜 / 245

第五十五出　圆驾 / 249

题词

　　天下女子有情，宁有如杜丽娘者乎！梦其人即病，病即弥连，至手画形容传于世而后死。死三年矣，复能溟莫中求得其所梦者而生。如丽娘者，乃可谓之有情人耳。情不知所起，一往而深。生者可以死，死可以生。生而不可与死，死而不可复生者，皆非情之至也。梦中之情，何必非真，天下岂少梦中之人耶？必因荐枕而成亲，待挂冠而为密者，皆形骸之论也。

　　传杜太守事者，仿佛晋武都守李仲文、广州守冯孝将儿女事。予稍为更而演之。至于杜守收考柳生，亦如汉睢阳王收考谈生也。

　　嗟夫，人世之事，非人世所可尽。自非通人，恒以理相格耳。第云理之所必无，安知情之所必有邪！

第一出　标目[1]

【蝶恋花】(末上[2]) 忙处抛人[3]闲处住。百计思量,没个为欢处。白日消磨肠断句,世间只有情难诉。玉茗堂[4]前朝复暮,红烛迎人,俊得江山助[5]。但是[6]相思莫相负,牡丹亭上三生路[7]。【汉宫春】杜宝黄堂[8],生丽娘小姐,爱踏春阳。感梦书生折柳,竟为情伤。写真[9]留记,葬梅花道院凄凉。三年上,有梦梅柳子,于此赴高唐[10]。果尔回生定配,赴临安取试,

---

[1] 标目:原称"家门引子",传统戏曲剧本的固定格式,用以说明作者的创作意图(如本出的【蝶恋花】)和剧情梗概(如本出的【汉宫春】)。

[2] 末上:末,戏曲角色名称,扮演年纪较大的男性。传统戏曲第一出大多由副末开场,本剧以末代之。

[3] 忙处抛人:离开繁忙的官场。创作《牡丹亭》这年春,汤显祖辞离官职回乡写作。

[4] 玉茗堂:汤显祖自己的寓所,以"玉茗"(山茶花)命名。

[5] 俊得江山助:我的文章因为江山的俊秀而增色。

[6] 但是:只要。

[7] 牡丹亭上三生路:牡丹亭,杜丽娘与柳梦梅结缘之处;三生路,前世结缘的象征,典故出自《太平广记》中的三生石传说。

[8] 杜宝黄堂:杜宝,杜丽娘之父;黄堂,原指太守办公的正堂,此处借指太守。

[9] 写真:画像。

[10] 高唐:宋玉《高唐赋》写楚怀王梦游高唐,与巫山之女交欢。此处用高唐比喻为男女约会的场所。

寇起淮扬。正把杜公围困,小姐惊惶。教柳郎行探,反遭疑激恼平章[1]。风流况,施行[2]正苦,报中状元郎。

杜丽娘梦写丹青记。

陈教授说下梨花枪。

柳秀才偷载回生女。

杜平章刁打状元郎[3]。

---

[1] 平章:官名,相当于宰相。此处指杜宝。
[2] 施行:用刑。
[3] "杜丽娘梦写丹青记"四句:此为下场诗,内容是比前面【汉宫春】更为简略的剧情梗概。陈教授,剧中人物陈最良。说下梨花枪,指杜宝派陈去劝降剧中人物李全,先说服了李的妻子,梨花枪代指李妻。回生女,指杜丽娘。

第二出　言怀

【真珠帘】(生[1]上)河东旧族、柳氏名门最[2]。论星宿,连张带鬼[3]。几叶[4]到寒儒,受雨打风吹。谩说[5]书中能富贵,颜如玉,和黄金那里?贫薄把人灰,且养就这浩然之气。
【鹧鸪天】[6]刮尽鲸鳌背上霜[7],寒儒偏喜住炎方[8]。凭依造化三分福,绍接诗书一脉香。能凿壁,会悬梁,偷天妙手绣文章。必须砍得蟾宫桂,始信人间玉斧长。小生姓柳,名梦梅,表字春卿。原系唐朝柳州司马柳宗元之后,留家岭南。父亲朝散[9]之职,母亲县君[10]之封。(叹介[11])所恨俺自小孤单,生事

---

[1] 生:中国传统戏曲角色名,青年男主角。
[2] 河东旧族、柳氏名门最:柳姓,原是河东郡的望族大姓。
[3] 论星宿,连张带鬼:张和鬼都属二十八星宿,这里表明了河东郡的位置。
[4] 几叶:几代。这句话是说家道败落。
[5] 谩说:枉说,说什么。
[6] 【鹧鸪天】:词牌名。这是剧中男主角的上场诗。上场诗可用前人诗词,也可由剧作家自己撰写。上场诗之后,男主角就接着交代自己的姓名、籍贯和身份。
[7] 刮尽鲸鳌背上霜:虽然自己竭尽全力了,仍然没有占鳌头。
[8] 炎方:南方。
[9] 朝散:文官官职名。
[10] 县君:唐代五品官员妻子所受的封号。
[11] 叹介:即做叹气的表情动作。介,戏曲术语,关于表演动作和表情以及舞台效果的提示。

微渺[1]。喜的是今日成人长大，二十过头，志慧聪明，三场得手[2]。只恨未遭时势，不免饥寒。赖有始祖柳州公，带下郭橐驼[3]，柳州衙舍，栽接花果。橐驼遗下一个驼孙，也跟随俺广州种树，相依过活。虽然如此，不是男儿结果之场。每日情思昏昏，忽然半月之前，做下一梦。梦到一园，梅花树下，立着个美人，不长不短，如送如迎，说道："柳生，柳生，遇俺方有姻缘之分，发迹之期。"因此改名梦梅，春卿为字。正是梦短梦长俱是梦，年来年去是何年！

【九回肠】[4]［解三酲］虽则俺改名换字，俏魂儿[5]未卜先知？定佳期盼煞蟾宫桂，柳梦梅不卖查梨[6]。还则怕嫦娥妒色花颓气，等的俺梅子酸心柳皱眉，浑如醉[7]。［三学士］无萤凿遍了邻家壁，甚东墙不许人窥[8]！有一日春光暗度黄

---

[1] 生事微渺：谋生之事颇为困难。
[2] 三场得手：乡试的三场考试都顺利通过。
[3] 郭橐驼：剧作者杜撰的柳宗元的仆人。
[4] 【九回肠】：由本节中［解三酲］［三学士］［急三枪］三支曲子组成的"集曲"，即集合同一宫调或不同宫调使之衔接，编成一支新曲。
[5] 俏魂儿：指梦里的美人。
[6] 不卖查梨：不空口说大话。典出元杂剧《百花亭》里一个小贩卖查梨时自卖自夸的细节。此处借指吹牛。
[7] "还则怕嫦娥妒色花颓气"三句：只怕嫦娥妒忌花的美色而令它凋谢，我为等与美人相见心情难熬。花，指梦中梅花树下的美人；颓气，丧气，这里指花枯萎；梅、柳，与下文黄金柳、白玉梅都嵌入了柳梦梅姓名。
[8] 无萤凿遍了邻家壁，甚东墙不许人窥：像古人那样苦学勤学，却没机会和美人相见相爱。萤，指的是古人用萤火虫照明读书；东墙，用宋玉《登徒子好色赋》中"天下佳人……莫若臣东家之子……此女登墙窥臣三年"的典故，此处借指男女相爱。

金柳,雪意冲开了白玉梅。[急三枪]那时节走马在、章台[1]内,丝儿翠、笼定个、百花魁。虽然这般说,有个朋友韩子才,是韩昌黎[2]之后,寄居赵佗王台[3]。他虽是香火秀才,却有些谈吐,不免随喜一会。

门前梅柳烂春晖,张窈窕

梦见君王觉后疑。王昌龄

心似百花开未得,曹松

托身须上万年枝[4]。韩偓

---

[1] 章台:汉代都城长安一处街道名称,此处借指京城最繁华的场所。
[2] 韩昌黎:唐代文学家韩愈,自称祖籍河北昌黎,世称昌黎先生。
[3] 赵佗王台:越王台,在今广州越秀山上,相传为赵佗王所建。
[4] "门前梅柳烂春晖"四句:下场诗。本剧全部下场诗大多以唐诗集句而成,诗句与原诗有出入的,部分是剧作者有意改动,故均按原文,不加订正。首句出自张窈窕诗《春思二首》之一,嵌入了柳梦梅姓名;第二句出自王昌龄诗《长信秋词五首》之四,指梦见美人而心中疑惑;第三、四句分别出自曹松诗《南海旅次》和韩偓诗《鹊》,意指柳梦梅渴望取得功名。

第三出　训女

【满庭芳】(外[1]扮杜太守上)西蜀名儒,南安太守[2],几番廊庙江湖[3]。紫袍金带,功业未全无。华发不堪回首。意抽簪万里桥西[4],还只怕君恩未许,五马欲踟蹰[5]。一生名宦守南安,莫作寻常太守看。到来只饮官中水,归去惟看屋外山。自家南安太守杜宝,表字子充,乃唐朝杜子美之后。流落巴蜀,年过五旬。想廿岁登科,三年出守,清名惠政,播在人间。内有夫人甄氏,乃魏朝甄皇后嫡派。此家峨眉山,见世出贤德夫人。单生小女,才貌端妍,唤名丽娘,未议婚配。看起自来淑女,无不知书。今日政有余闲,不免请出夫人,商议此事。

---

[1] 外:传统戏曲角色名,扮演老年男子。
[2] 南安太守:南安,宋代有南安军,明代设南安府,属江西省;太守,汉代以后,太守为一郡的最高长官。
[3] 几番廊庙江湖:说自己屡经宦海浮沉。廊庙,借指在朝廷当官;江湖,借指辞官做了平民。
[4] 意抽簪万里桥西:想要辞官归隐故乡。抽簪,古代当官的人用簪子束发戴冠,抽簪即不束发戴冠做官了。万里桥,成都万里桥西有杜甫草堂。杜宝自称杜甫后人,故以"万里桥"指代故乡。
[5] 五马欲踟蹰:五马,因太守出行以五匹马驾车,故以五马代指太守。踟蹰,徘徊犹豫。

正是中郎学富单传女,伯道官贫更少儿[1]。

【绕池游】(老旦[2]上)甄妃洛浦,嫡派来西蜀,封大郡南安杜母。(见介)(外)老拜名邦无甚德,(老旦)妾沾封诰有何功!(外)春来闺阁闲多少?(老旦)也长向花阴课女工。(外)女工一事,想女儿精巧过人。看来古今贤淑,多晓诗书。他日嫁一书生,不枉了谈吐相称。你意下如何?(老旦)但凭尊意。

【前腔】[3](贴[4]持酒台,随旦[5]上)娇莺欲语,眼见春如许。寸草心怎报的春光一二!(见介)爹娘万福。(外)孩儿,后面捧着酒肴,是何主意?(旦跪介)今日春光明媚,爹娘宽坐后堂,女孩儿敢进三爵之觞[6],少效千春之祝。(外笑介)生受[7]你。

【玉山颓】(旦进酒介)爹娘万福,女孩儿无限欢娱。坐黄堂百岁春光,进美酒一家天禄[8]。祝萱花椿树[9],虽则是子生迟暮,守得见这蟠桃熟。(合)且提壶,花间竹下长引着凤凰

---

[1] 中郎学富单传女,伯道官贫更少儿:杜宝用两位古人的故事表达自己有女无儿的事实。中郎,东汉末名士蔡邕,他只有一女蔡文姬,是有名的才女。伯道,晋代人邓伯道。他任河东太守时,在战乱中为保全侄子,牺牲了自己的儿子。

[2] 老旦:传统戏曲角色名,扮演老年女性。此剧中老旦扮演杜丽娘之母。

[3]【前腔】:某一曲牌连用两次以上,第二次之后曲牌名不再注明,省略称前腔。

[4] 贴:也就是贴旦,传统戏剧中次于正旦的女角。

[5] 旦:传统戏曲扮演女主角的角色。

[6] 三爵之觞:进三杯酒。爵、觞,酒杯类的酒器。

[7] 生受:辛苦、麻烦之意。

[8] 天禄:《食货志》有云:"酒者,天之美禄。"

[9] 萱花椿树:指代父母。萱花,即忘忧草,指母。椿树,以长寿著称,指父。

雏[1]。(外)春香,酌小姐一杯。

【前腔】吾家杜甫,为飘零老愧妻孥[2]。(泪介)夫人,我比子美公公更可怜也。他还有念老夫诗句男儿,俺则有学母氏画眉娇女。(老旦)相公休焦,倘然招得好女婿,与儿子一般。(外笑介)可一般呢!(老旦)"做门楣[3]"古语,为甚的这叨叨絮絮,才到中年路。(合前[4])(外)女孩儿,把台盏收去。(旦下介)(外)叫春香。俺问你小姐终日绣房,有何生活?(贴)绣房中则是绣。(外)绣的许多?(贴)绣了打绵[5]。(外)甚么绵?(贴)睡眠。(外)好哩,好哩。夫人,你才说"长向花阴课女工",却纵容女孩儿闲眠,是何家教?叫女孩儿。(旦上)爹爹有何分付?(外)适问春香,你白日眠睡,是何道理?假如刺绣余闲,有架上图书,可以寓目。他日到人家,知书知礼,父母光辉。这都是你娘亲失教也。

【玉抱肚】宦囊清苦,也不曾诗书误儒。你好些时做客为儿,有一日把家当户。是为爹的疏散不儿拘,道的个为娘是女模。

---

[1] 凤凰雏:借指儿女。
[2] 妻孥:妻和儿女。
[3] 做门楣:女儿嫁个好女婿,可替娘家撑门面。唐明皇宠幸杨贵妃,杨氏家族一人得道鸡犬升天。当时民谣说:"生男勿喜女勿悲,君今看女作门楣。"
[4] 合前:传统戏曲用语。重复前一曲结尾相同的数句合唱词,叫合头,简写作"合"或"合前"。这里重复的是前一个合的唱词"且提壶,花间竹下长引着凤凰雏"。
[5] 打绵:纺纱。

【前腔】(老旦)眼前儿女,俺为娘心苏体劬[1]。娇养他掌上明珠,出落的人中美玉。儿呵,爹三分说话你自心模[2],难道八字梳头做目呼[3]。

【前腔】(旦)黄堂父母,倚娇痴惯习如愚。刚打的秋千画图,闲榻着鸳鸯绣谱。从今后茶余饭饱破工夫,玉镜台前插架书。(老旦)虽然如此,要个女先生讲解才好。(外)不能够。

【前腔】后堂公所,请先生则是黉门[4]腐儒。(老旦)女儿呵,怎念遍的孔子诗书,但略识周公礼数。(合)不枉了银娘玉姐只做个纺砖儿[5],谢女班姬女校书[6]。(外)请先生不难,则要好生管待。

【尾声】说与你夫人爱女休禽犊[7],馆明师茶饭须清楚。你看俺治国齐家、也则是数卷书。

往年何事乞西宾？柳宗元

主领春风只在君。王建

伯道暮年无嗣子,苗发

女中谁是卫夫人？刘禹锡

---

[1] 心苏体劬：身体很累心里却舒服。劬,辛劳。
[2] 模：通"摸"。
[3] 八字梳头做目呼：八字梳头,一种发式,代指小姐。做目呼,"四"字当作"目"字读,此句意指小姐不识字。
[4] 黉门：学堂大门。
[5] 不枉了银娘玉姐只做个纺砖儿：银娘玉姐,指代官府小姐;纺砖儿,纺锤。官家小姐只会做点女工,岂不枉然？
[6] 谢女班姬女校书：谢女,东晋才女谢道韫；班姬,东汉才女班昭；女校书,喻指才女。
[7] 禽犊：很小的小牛,指送人的礼物。

第四出　腐叹

【双劝酒】(末扮老儒上)灯窗苦吟,寒酸撒吞[1]。科场苦禁,蹉跎直恁[2]!可怜辜负看书心。吼儿病[3]年来进侵。咳嗽病多疏酒盏,村童俸薄减厨烟。争[4]知天上无人住,吊下春愁鹤发仙[5]。自家南安府儒学生员陈最良,表字伯粹。祖父行医。小子自幼习儒。十二岁进学,超增补廪[6]。观场[7]一十五次。不幸前任宗师[8],考居劣等停廪[9]。兼且两年失馆,衣食单薄。这些后生都顺口叫我"陈绝粮"。因我医、卜、地理,所事皆知,又改我表字伯粹做"百杂碎"。明年是第六个旬头,也不想甚的了。有个祖父药店,依然开张在此。"儒变医,菜变斋[10]",

---

[1] 撒吞:吞,痴呆。撒吞,装呆卖傻之意。
[2] 科场苦禁,蹉跎直恁:禁,禁受。直恁,竟然这样。此句意指科举不中,竟如此虚度光阴!
[3] 吼儿病:哮喘。
[4] 争:怎。
[5] 鹤发仙:白发仙人。
[6] 超增补廪:生员有定额,额外增加的叫增广生员。由政府供给膳食的生员叫廪生。增广生成绩考得好,补入廪生的名额内,这就是超增补廪。
[7] 观场:参加考试。
[8] 宗师:考生对主考官的称谓。
[9] 考居劣等停廪:廪生考试成绩很差,政府停止供给膳食,叫作停廪。
[10] 儒变医,菜变斋:比喻境况越来越坏。斋,腌菜,咸菜。

这都不在话下。昨日听见本府杜太守,有个小姐,要请先生。好些奔竞的钻去。他可为甚的?乡邦好说话,一也;通关节,二也;撞太岁[1],三也;穿他门子管家[2],改窜文卷,四也;别处吹嘘进身,五也;下头官儿怕他,六也;家里骗人,七也。为此七事,没了头[3]要去。他们都不知官衔可是好踏的!况且女学生一发难教,轻不得,重不得。倘然间体面有些不臻[4],啼不得,笑不得。似我老人家罢了。正是有书遮老眼,不妨无药散闲愁。(丑[5]扮府学[6]门子上)天下秀才穷到底,学中门子老成精。(见介)陈斋长[7]报喜。(末)何喜?(丑)杜太爷要请个先生教小姐,掌教老爷[8]开了十数名去都不中,说要老成的。我去掌教老爷处禀上了你,太爷有请帖在此。(末)"人之患,在好为人师。"(丑)人之饭,有得你吃哩。(末)这等便行。(行介)

【洞仙歌】(末)咱头巾破了修,靴头绽了兜。(丑)你坐老斋头,衫襟没了后头。(合)砚水漱净口,去承官饭溲,剔牙杖敢黄齑臭[9]。

---

[1]撞太岁:以官府为依靠骗人钱财。
[2]穿他门子管家:串通长官仆役。门子,伺候官员的心腹差役。
[3]没了头:拼命。
[4]不臻:不周到。
[5]丑:传统戏曲角色名,扮演滑稽幽默的喜剧人物或反面人物。
[6]府学:由府一级设立的官办教育机构。
[7]斋长:对秀才的尊称。
[8]掌教老爷:府学的教官。
[9]剔牙杖敢黄齑臭:门子嘲讽陈最良,初到官府,饭后剔牙,牙签上可能还沾着咸菜的臭味。

【前腔】（丑）咱门儿寻事头,你斋长干罢休[1]?（末）要我谢酬,知那里留不留?（合）不论端阳九,但逢出府游,则捻着衫儿袖[2]。（丑）望见府门了。

（丑）世间荣乐本逡巡,李商隐

（末）谁睬髭须白似银?曹唐

（丑）风流太守容闲坐,朱庆馀

（合）便有无边求福人。韩愈

---

[1] 咱门儿寻事头,你斋长干罢休:我做门子的找机会替你谋到差使,你不酬谢我就算了?

[2] "不论端阳九"三句:旧时端午、重阳两节日,要给塾师请酒、送礼。此处门子是要陈最良坐馆后逢节日要带东西出来分享与他。

第五出　延师

【浣沙溪】(外引贴扮门子,丑扮皂隶[1]上)山色好,讼庭稀。朝看飞鸟暮飞回。印床花落帘垂地[2]。杜母高风不可攀,甘棠游憩在南安[3]。虽然为政多阴德,尚少阶前玉树兰[4]。我杜宝出守此间,只有夫人一女。寻个老儒教训他。昨日府学开送一名廪生陈最良。年可六旬,从来饱学。一来可以教授小女,二来可以陪伴老夫。今日放了衙参[5],分付安排礼酒,叫门子伺候。(众应介)

【前腔】(末儒巾蓝衫上)须抖擞,要拳奇[6]。衣冠欠整老而衰。养浩然分庭还抗礼。(丑禀介)陈斋长到门。(外)就请衙内相见。(丑唱门[7]介)南安府学生员进。(下)(末跪,起揖,又跪介)生员

---

[1] 皂隶:衙门里的差役。
[2] 印床花落帘垂地:印床,盛放印章的文具,相当于现在的红印泥盒。此句与前面的"讼庭稀"一样,形容衙门清闲无事。
[3] 杜母高风不可攀,甘棠游憩在南安:杜母,东汉人杜诗,做过南阳太守,受人爱戴。甘棠,西周召公出巡时曾在甘棠树下休息,百姓作诗歌颂他,后以甘棠指有德政于民的好官。此处杜宝形容自己在南安是受爱戴的好官。
[4] 玉树兰:玉树和芝兰,借指优秀弟子。
[5] 放了衙参:意即不上班了。衙参,官吏到衙门排班参见。
[6] 拳奇:卓异奇特,此处形容人精神抖擞。
[7] 唱门:通报进见客人的姓名。

陈最良禀拜。(拜介)(末)讲学开书院,(外)崇儒引席珍[1]。(末)献酬樽俎列[2],(外)宾主位班陈[3]。叫左右,陈斋长在此清叙,着门役散回,家丁伺候。(众应下)(净[4]扮家童上)(外)久闻先生饱学。敢问尊年有几,祖上可也习儒?(末)容禀。

【锁南枝】将耳顺,望古稀,儒冠误人霜鬓丝。(外)近来?(末)君子要知医,悬壶旧家世。(外)原来世医。还有他长?(末)凡杂作,可试为;但诸家,略通的。(外)这等一发有用。

【前腔】闻名久,识面初,果然大邦生大儒。(末)不敢。(外)有女颇知书,先生长训诂[5]。(末)当得[6]。则怕做不得小姐之师。(外)那女学士,你做的班大姑[7]。今日选良辰,叫他拜师傅。(外)院子,敲云板[8],请小姐出来。

【前腔】(旦引贴上)添眉翠,摇佩珠,绣屏中生成士女图。莲步鲤庭趋[9],儒门旧家数。(贴)先生来了怎好?(旦)那少不得去。丫头,那贤达女,都是些古镜模。你便略知书,也做好

---

[1] 席珍:座席上的珍宝,这里指优秀的儒生。
[2] 献酬樽俎列:献酬,宾主互相劝酒。樽,酒器。俎,食器。
[3] 位班陈:座位按次序排列。
[4] 净:传统戏曲角色名,扮演性格粗豪草莽的男子。
[5] 训诂:原指解释字义的专门学问"训诂学"。此处指教人读书。
[6] 当得:理当如此。
[7] 班大姑:汉代才女班昭,曾任后妃教师,称为"大家"。家,音姑。
[8] 云板:一种两端作云头形的铁或木响器。旧时官府、富贵人家和寺院敲云板以传信号。
[9] 莲步鲤庭趋:莲步,旧时缠足女子的脚(金莲)步。鲤庭趋,指孔子的儿子孔鲤"趋而过庭",接受父训。趋,小步快走,表示尊敬。此句意指女儿快步走上庭来接受父训。

奴仆。(净报介)小姐到。(见介)(外)我儿过来。"玉不琢,不成器;人不学,不知道。"今日吉辰,来拜了先生。(内鼓吹介)(旦拜)学生自愧蒲柳之姿,敢烦桃李之教[1]。(末)愚老恭承捧珠之爱[2],谬加琢玉之功。(外)春香丫头,向陈师父叩头。着他伴读。(贴叩头介)(末)敢问小姐所读何书?(外)男、女《四书》,他都成诵了。则看些经旨罢。《易经》以道阴阳,义理深奥;《书》以道政事,与妇女没相干;《春秋》《礼记》,又是孤经;则《诗经》开首便是后妃之德,四个字儿顺口,且是学生家传[3],习《诗》罢。其余书史尽有,则可惜他是个女儿。

【前腔】我年将半,性喜书,牙签插架三万余[4]。(叹介)我伯道恐无儿,中郎有谁付?先生,他要看的书尽看。有不臻的所在,打丫头。(贴)哎哟!(外)冠儿下,他做个女秘书[5]。小梅香[6],要防护。(末)谨领。(外)春香伴小姐进衙,我陪先生酒去。(旦拜介)酒是先生馔,女为君子儒。(下)(外)请先生后花园饮酒。

---

[1] 学生自愧蒲柳之姿,敢烦桃李之教:此处杜丽娘自谦才质普通,恐怕不能调教成才。蒲柳,系入秋即凋零的树木,这里比喻资质低劣。桃李,比喻有成就的学生。
[2] 捧珠之爱:俗称女儿叫掌上之珠,表示爱惜。
[3] 学生家传:杜宝自称杜甫的后代,杜甫曾有诗云:"诗是吾家事。"
[4] 牙签插架三万余:牙签,即书签。此句形容自己书很多。
[5] 冠儿下,他做个女秘书:冠儿下,男子"二十而冠",表示成人。女秘书,与"女校书"一样,都是指有才华的女子。此句意思是杜丽娘成人后能传承父亲的学问。
[6] 梅香:旧时丫头的通称。

（外）门馆无私白日闲，薛能
（末）百年粗粝腐儒餐。杜甫
（外）左家弄玉惟娇女，柳宗元
（合）花里寻师到杏坛。钱起

第六出　怅眺

【番卜算】(丑扮韩秀才上)家世大唐年，寄籍[1]潮阳县。越王台上海连天，可是鹏程便？榕树梢头访古台，下看甲子海门[2]开。越王歌舞今何在？时有鹧鸪飞去来。自家韩子才。俺公公唐朝韩退之，为上了《破佛骨表》[3]，贬落潮州。一出门蓝关[4]雪阻，马不能前。先祖心里暗暗道，第一程采头罢了[5]。正苦中间，忽然有个湘子侄儿，乃下八洞神仙[6]，蓝缕相见。俺退之公公一发心里不快。呵融冻笔，题一首诗在蓝关草驿之上。末二句单指着湘子说道："知汝远来应有意，好收吾骨瘴江边。"湘子袖了这诗，长笑一声，腾空而去。果然后来退之公公潮州瘴死[7]，举目无亲。那湘子恰在云端看见，

---

[1] 寄籍：指离开原籍长期居住在外地。
[2] 甲子海门：地名，在今广东陆丰东南，地势险要。
[3] 《破佛骨表》：韩愈《论佛骨表》。韩愈上表反对唐宪宗迎佛骨入宫，被贬为潮州刺史。
[4] 蓝关：地名，在今陕西蓝田县东南。如后文所说，韩愈写有《左迁至蓝关示侄孙湘》一诗。
[5] 采头罢了：采头即兆头。此指兆头不好。
[6] 下八洞神仙：道家传说的八仙。此处把韩湘附会为八仙之一的韩湘子。
[7] 退之公公潮州瘴死：此乃剧作者虚构，与史实不符。韩愈于824年死于长安家中。

想起前诗,按下云头,收其骨殖。到得衙中,四顾无人,单单则有湘子原妻一个在衙。四目相视,把湘子一点凡心顿起。当时生下一支,留在水潮[1],传了宗祀。小生乃其嫡派苗裔也。因乱流来广城[2]。官府念是先贤之后,表请敕封小生为昌黎祠香火秀才。寄居赵佗王台子之上。正是虽然乞相寒儒,却是仙风道骨。呀,早一位朋友上来。谁也?

【前腔】(生上)经史腹便便,昼梦人还倦。欲寻高耸看云烟,海色光平面。(相见介)(丑)是柳春卿,甚风儿吹的老兄来?(生)偶尔孤游上此台。(丑)这台上风光尽可矣。(生)则无奈登临不快哉。(丑)小弟此间受用也。(生)小弟想起来,倒是不读书的人受用。(丑)谁?(生)赵佗王便是。

【锁窗寒】祖龙飞、鹿走中原[3],尉佗呵,他倚定着摩崖半壁天。称孤道寡[4],是他英雄本然。白占了江山,猛起些宫殿。似吾侪读尽万卷书,可有半块土么?那半部上山河不见[5]。(合)由天,那攀今吊古也徒然,荒台古树寒烟。(丑)小弟看兄气象言谈,似有无聊之叹。先祖昌黎公有云:"不患有司

---

[1] 水潮:今广东潮州。
[2] 广城:今广东广州。
[3] 祖龙飞、鹿走中原:祖龙,指秦始皇;飞,死了。鹿走中原,比喻政局失去了控制。
[4] 称孤道寡:自称为皇帝。
[5] 那半部上山河不见:半部,指《论语》。典出宋罗大经《鹤林玉露》中"半部论语治天下"之说。此句意指自己熟读经典却得不到指点山河、治国安邦的机会。

之不明,只患文章之不精;不患有司之不公,只患经书之不通[1]。"老兄,还则怕工夫有不到处。(生)这话休提。比如我公公柳宗元,与你公公韩退之,他都是饱学才子,却也时运不济。你公公错题了《佛骨表》,贬职潮阳。我公公则为在朝阳殿与王叔文丞相下棋子,惊了圣驾,直贬做柳州司马。都是边海烟瘴地方。那时两公一路而来,旅舍之中,两个挑灯细论[2]。你公公说道:"宗元,宗元,我和你两人文章,三六九比势[3]:我有《王泥水传》,你便有《梓人传》;我有《毛中书传》,你便有《郭驼子传》;我有《祭鳄鱼文》,你便有《捕蛇者说》。这也罢了。则我进《平淮西碑》,取奉[4]取奉朝廷,你却又进个平淮西的《雅》。一篇一篇,你都放俺不过。恰如今贬窜烟方[5],也合着一处。岂非时乎,运乎,命乎!"韩兄,这长远的事休提了。假如俺和你论如常,难道便应这等寒落。因何俺公公造下一篇《乞巧文》,到俺二十八代元孙,再不曾乞

---

[1] "不患有司之不明"四句:为了描写书生相信通过熟读经史就可平步青云的迂腐可笑,剧作者故意改动了韩愈的《进学解》,韩愈的原文为:"诸生业患不能精,无患有司之不明;行患不能成,无患有司之不公。"
[2] 我公公则为在朝阳殿与王叔文丞相下棋子……两个挑灯细论:这是剧作者虚构的情节。柳宗元被贬是因为参加王叔文政治革新失败,他先被贬为邵州刺史,未到职就改任永州司马,后又调任柳州刺史。韩愈被贬潮州是在元和十四年(819),柳宗元被贬是在永贞元年(805),差了十四年,不可能同路。
[3] 三六九比势:旗鼓相当。
[4] 取奉:趋奉的谐音,奉承讨好。
[5] 烟方:多雾且瘴气流行的地区。

得一些巧来？便是你公公立意做下《送穷文》，到老兄二十几辈了，还不曾送的个穷去？算来都则为时运二字所亏。（丑）是也。春卿兄，

【前腔】你费家资制买书田[1]，怎知他卖向明时[2]不值钱。虽然如此，你看赵佗王当时，也是个秀才陆贾[3]，拜为奉使中大夫到此。赵佗王多少尊重他。他归朝燕，黄金累千。那时汉高皇厌见读书之人，但有个带儒巾的，都拿来溺尿。这陆贾秀才，端然带了四方巾，深衣大摆，去见汉高皇。那高皇望见，这又是个掉尿鳖子[4]的来了。便迎着陆贾骂道："你老子用马上得天下，何用《诗》《书》？"那陆生有趣，不多应他，只回他一句："陛下马上取天下，能以马上治之乎？"汉高皇听了，哑然一笑，说道："便依你说。不管什么文字，念了与寡人听之。"陆大夫不慌不忙，袖里出一卷文字，恰是平日灯窗下纂集的《新语》一十三篇，高声奏上。那高皇才听了一篇，龙颜大喜。后来一篇一篇，都喝采称善。立封他做个关内侯。那一日好不气象[5]！休道汉高皇，便是那两班文武，见者皆呼万岁。一言掷地，万岁喧天。（生叹介）则俺连篇累牍无人

---

[1] 制买书田：规划买书和买田。买田可以收租，读书可以升官发财，都有利可图。

[2] 明时：政治清明的时代。

[3] 陆贾：汉初的辩士。汉高祖刘邦曾派他说服赵佗归汉，后官拜大中大夫，著有《新语》。下文"黄金累千"是指赵佗给陆贾的赏赐。

[4] 掉尿鳖子：掉，卖弄；尿鳖子，尿壶。

[5] 气象：神气。

见。(合前)(丑)再问春卿,在家何以为生?(生)寄食园公[1]。(丑)依小弟说,不如干谒[2]些须,可图前进。(生)你不知,今人少趣哩。(丑)老兄可知?有个钦差识宝中郎苗老先生,倒是个知趣人。今秋任满,例于香山岙[3]多宝寺中赛宝[4]。那时一往何如?(生)领教。

应念愁中恨索居,段成式
青云器业俺全疏。李商隐
越王自指高台笑,皮日休
刘项原来不读书。章碣

---

[1] 园公:园丁。
[2] 干谒:因有所求而拜见。
[3] 香山岙:今澳门,明代对外贸易港口,为洋商聚居处。
[4] 赛宝:展示珍宝,并于菩萨前献祭。

第七出　闺塾

（末上）吟余改抹前春句，饭后寻思午晌茶。蚁上案头沿砚水，蜂穿窗眼咂瓶花。我陈最良杜衙设帐[1]，杜小姐家传《毛诗》[2]。极承老夫人管待。今日早膳已过，我且把《毛注》潜玩一遍。（念介）"关关雎鸠，在河之洲。窈窕淑女，君子好逑。"好者好也，逑者求也。（看介）这早晚了，还不见女学生进馆。却也娇养的凶。待我敲三声云板。（敲云板介）春香，请小姐解书。

【绕池游】（旦引贴捧书上）素妆才罢，缓步书堂下。对净几明窗潇洒。（贴）《昔氏贤文》[3]，把人禁杀，恁时节[4]则好教鹦哥唤茶。（见介）（旦）先生万福，（贴）先生少怪。（末）凡为女子，鸡初鸣，咸盥、漱、栉、笄，问安于父母[5]。日出之后，各供其事。如今女学生以读书为事，须要早起。（旦）以后不敢了。（贴）知道了。今夜不睡，三更时分，请先生上书。（末）昨日上的《毛

---

[1] 设帐：指教书。
[2] 《毛诗》：《诗经》的代称。
[3] 《昔氏贤文》：古代用格言编成的初学读本。
[4] 恁时节：这时节。
[5] 鸡初鸣……问安于父母：《礼记·内则》所载之旧时女子生活规则。盥，洗脸。栉，梳头。笄，簪发。

诗》,可温习?(旦)温习了。则待讲解。(末)你念来。(旦念书介)"关关雎鸠,在河之洲。窈窕淑女,君子好逑。"(末)听讲。"关关雎鸠",雎鸠是个鸟,关关,鸟声也。(贴)怎样声儿?(末作鸠声)(贴学鸠声诨[1]介)(末)此鸟性喜幽静,在河之洲。(贴)是了。不是昨日是前日,不是今年是去年,俺衙内关着个斑鸠儿,被小姐放去,一去去在何知州家。(末)胡说,这是兴[2]。(贴)兴个甚的那?(末)兴者起也。起那下头窈窕淑女,是幽闲女子,有那等君子好好的来求他。(贴)为甚好好的求他?(末)多嘴哩。(旦)师父,依注解书,学生自会。但把《诗经》大意,敷演[3]一番。

【掉角儿】(末)论《六经》,《诗经》最葩[4],闺门内许多风雅:有指证,姜嫄产哇[5];不嫉妒,后妃贤达。更有那咏鸡鸣,伤燕羽,泣江皋,思汉广[6],洗净铅华。有风有化[7],宜室宜家。

----

[1] 诨:也称为"插科打诨",穿插在剧情中的滑稽性动作、语言,是戏剧重要的表演手段。下文"何知州"与"河之洲"谐音,就是插诨调笑。

[2] 兴:《诗经》六义之一,即物起兴,诗歌的典型表现手法,先言他物以引起所咏之词,用在诗歌开头。

[3] 敷演:陈述而加以发挥,此处为解释之意。

[4] 葩:本意为花,此处指华丽,华美,有文采。

[5] 姜嫄产哇:姜嫄是周代始祖后稷的母亲,相传她踏在天帝的大脚趾印上而有孕,生了后稷。哇,娃娃。

[6] 更有那咏鸡鸣……思汉广:均指《诗经》中的诗篇。咏鸡鸣,即《诗经·齐风·鸡鸣》,写夫妻之情。伤燕羽,即《诗经·邶风·燕燕》,写送别的伤感之情。泣江皋,即《诗经·召南·江有汜》,写失意愤怒的情感。思汉广,即《诗经·周南·汉广》,写思念爱人。

[7] 有风有化:有教育意义。

(旦)这经文偌多?(末)《诗》三百,一言以蔽之,没多些,只"无邪"两字,付与儿家。书讲了。春香取文房四宝来模字。(贴下取上)纸、墨、笔、砚在此。(末)这甚么墨?(旦)丫头错拿了,这是螺子黛,画眉的。(末)这甚么笔?(旦作笑介)这便是画眉细笔。(末)俺从不曾见。拿去,拿去!这是甚么纸?(旦)薛涛笺。(末)拿去,拿去。只拿那蔡伦造的来。这是甚么砚?是一个是两个?(旦)鸳鸯砚。(末)许多眼[1]?(旦)泪眼。(末)哭什么子?一发换了来。(贴背介)好个标老儿!待换去。(下换上)这可好?(末看介)着。(旦)学生自会临书。春香还劳把笔。(末)看你临。(旦写字介)(末看惊介)我从不曾见这样好字。这甚么格[2]?(旦)是卫夫人传下美女簪花之格。(贴)待俺写个奴婢学夫人。(旦)还早哩。(贴)先生,学生领出恭牌[3]。(下)(旦)敢问师母尊年?(末)目下平头[4]六十。(旦)学生待绣对鞋儿上寿,请个样儿。(末)生受了。依《孟子》上样儿,做个"不知足而为屦[5]"罢了。(旦)还不见春香来。(末)要唤他么?(末叫三度介)(贴上)害淋的[6]。(旦作恼介)劣丫头那里来?(贴笑介)溺尿去来。原来有

---

[1] 眼:砚眼,砚石经磨制后现出的天然石纹,圆晕如眼。端砚的眼有活眼、死眼、泪眼之分。不很清润明朗的叫泪眼。
[2] 格:标准。
[3] 领出恭牌:告假上厕所。
[4] 平头:齐头。
[5] 不知足而为屦:语出《孟子·告子上》,指不知道脚的大小就做鞋子。这是描画陈最良的书呆气。
[6] 害淋的:骂人的话。淋,淋病。

座大花园。花明柳绿,好耍子哩。(末)哎也,不攻书,花园去。待俺取荆条来。(贴)荆条做甚么?

【前腔】女郎行[1]那里应文科判衙[2]?止不过识字儿书涂嫩鸦。(起介)(末)古人读书,有囊萤的,趁月亮的。(贴)待映月,耀蟾蜍[3]眼花;待囊萤,把虫蚁儿活支煞。(末)悬梁、刺股呢?(贴)比似你悬了梁,损头发;刺了股,添疤疤。有甚光华!(内叫卖花介)(贴)小姐,你听一声声卖花,把读书声差。(末)又引逗小姐哩。待俺当真打一下。(末做打介)(贴闪介)你待打、打这哇哇,桃李门墙,崄把负荆人唬煞[4]。(贴抢荆条投地介)(旦)死丫头,唐突了师父,快跪下。(贴跪介)(旦)师父看他初犯,容学生责认一遭儿。

【前腔】手不许把秋千索拿,脚不许把花园路踏。(贴)则瞧罢。(旦)还嘴,这招风嘴,把香头来绰疤;招花眼,把绣针儿签瞎。(贴)瞎了中甚用?(旦)则要你守砚台,跟书案,伴《诗》云,陪"子曰",没的争差[5]。(贴)争差些罢。(旦持贴发介)则问你几丝儿头发,几条背花[6]?敢也怕些些夫人堂上那些家法。(贴)再不敢了。(旦)可知道?(末)也罢,松这一遭儿。起来。(贴起介)

---

[1] 女郎行(háng):女儿家。行,用在人称词后作"辈""家"解。
[2] 应文科判衙:应文科,应科考;判衙,官员坐堂办事。
[3] 蟾蜍:月亮。
[4] 崄把负荆人唬煞:崄,同"险";负荆人,有过错的人。
[5] 没的争差:没有差错。
[6] 背花:背上被鞭打的伤痕。

【尾声】(末)女弟子则争个不求闻达,和男学生一般儿教法。你们工课完了,方可回衙。咱和公相陪话去。(合)怎辜负的这一弄[1]明窗新绛纱。(下)(贴作背后指末骂介)村老牛,痴老狗,一些趣也不知。(旦作扯介)死丫头,"一日为师,终身为父",他打不的你?俺且问你那花园在那里?(贴做不说)(旦做笑问介)(贴指介)兀那不是!(旦)可有什么景致?(贴)景致么,有亭台六七座,秋千一两架。绕的流觞曲水,面着太湖山石。名花异草,委实华丽。(旦)原来有这等一个所在,且回衙去。

(旦)也曾飞絮谢家庭,李山甫

(贴)欲化西园蝶未成。张泌

(旦)无限春愁莫相问,赵嘏

(合)绿阴终借暂时行。张祜

---

[1]一弄:一带,一派。

第八出　劝农

【夜游朝】(外引净扮皂隶，贴扮门子同上)何处行春[1]开五马[2]？采邠风物候秾华[3]。竹宇[4]闻鸠，朱辖引鹿[5]。且留憩甘棠之下。【古调笑】时节时节，过了春三二月。乍晴膏雨[6]烟浓，太守春深劝农。农重农重，缓理征徭词讼。俺南安府在江广之间，春事颇早。想俺为太守的，深居府堂，那远乡僻坞，有抛荒游懒的，何由得知？昨已分付该县置买花酒，待本府亲自劝农。想已齐备。(丑扮县吏上)承行无令史，带办有农民。禀爷爷，劝农花酒，俱已齐备。(外)分付起行。近乡之处，不许多人啰唣。(众应，喝道起行介)(外)正是为乘阳气行春令，不是闲游玩物华。(下)

【前腔】(生、末扮父老上)白发年来公事寡。听儿童笑语喧

---

[1] 行春：与"劝农"同义。地方官在春天出巡，鼓励农民从事生产。

[2] 五马：汉时太守专车用五匹马驾辕，五马借指太守的车驾。

[3] 采邠风物候秾华：采邠风，采录有关农事的民歌，这里是巡行劝农的意思。秾华，盛开的花朵。此句指在百花盛开的时节出去劝农。

[4] 竹宇：竹子做的屋檐。宇，屋檐。

[5] 朱辖引鹿：东汉淮阳太守郑弘出外劝农，有白鹿跟着他的车子走，有人告诉他，这是做宰相的预兆。辖，车厢两旁的障泥，借指车。朱辖，指显贵者的车驾，这里指太守所乘的车子。

[6] 膏雨：及时雨。

哗。太守巡游,春风满马。敢借着这务农宣化?俺等乃是南安府清乐乡中父老。恭喜本府杜太爷,管治三年,慈祥端正,弊绝风清。凡各村乡约保甲,义仓社学,无不举行。极是地方有福。现今亲自各乡劝农,不免官亭伺候。那祗候[1]们扛抬花酒到来也。

【普贤歌】(丑、老旦扮公人,扛酒提花上)俺天生的快手[2]贼无过。衙舍里消消没的睃[3],扛酒去前坡。(做跌介)几乎破了哥,摔破了花花你赖不的我。(生、末)列位祗候哥到来。(老旦、丑)便是这酒埕子漏了,则怕酒少,烦老官儿遮盖些。(生、末)不妨。且抬过一边,村务里嗑酒去。(老旦、丑下)(生、末)地方[4]端正坐椅,太爷到来。(虚下[5])

【排歌】(外引众上)红杏深花,菖蒲浅芽。春畴渐暖年华。竹篱茅舍酒旗儿叉。雨过炊烟一缕斜。(生、末接介)(合)提壶[6]叫,布谷喳。行看几日免排衙[7]。休头踏,省喧哗,怕惊他林外野人家。(皂禀介)禀爷,到官亭。(生、末见介)(外)众父老,此为何乡何都?(生、末)南安县第一都清乐乡。(外)待我一观。(望介)(外)美哉此乡,真个清而可乐也。【长相思】你看山也清,

---

[1] 祗候:原为宋代武官名,后泛指衙役、仆从。
[2] 快手:捕快。
[3] 消消没的睃:消消,消失得无影无踪。睃,斜眼看。
[4] 地方:地保。
[5] 虚下:舞台提示词。角色走向舞台下场门,好像欲下场,随即掉头回来。
[6] 提壶:鹈鹕鸟。
[7] 排衙:长官排列仪仗,接受参谒,坐堂办事。

水也清,人在山阴道上行。春云处处生。(生、末)正是。官也清,吏也清,村民无事到公庭。农歌三两声。(外)父老,知我春游之意乎?

【八声甘州】平原麦洒,翠波摇蔫蔫,绿畴如画。如酥嫩雨,绕塍春色蕵苴[1]。趁江南土疏田脉佳。怕人户们抛荒力不加。还怕,有那无头官事,误了你好生涯。(生、末)以前昼有公差,夜有盗警。老爷到后呵,

【前腔】千村转岁华[2]。愚父老香盆[3],儿童竹马。阳春有脚,经过百姓人家。月明无犬吠黄花,雨过有人耕绿野。真个,村村雨露桑麻。(内歌"泥滑喇"介)(外)前村田歌可听。

【孝白歌】(净扮田夫上)泥滑喇,脚支沙[4],短耙长犁滑律律的拿。夜雨撒菰麻,天晴出粪渣,香风馣鲊。(外)歌的好。"夜雨撒菰麻,天晴出粪渣,香风馣鲊",是说那粪臭。父老呵,他却不知这粪是香的。有诗为证:"焚香列鼎奉君王,馔玉炊金饱即妨。直到饥时闻饭过,龙涎不及粪渣香。"与他插花赏酒。(净插花赏酒,笑介)好老爷,好酒。(合)官里醉流霞[5],风前笑插花,把农夫们俊煞。(下)(门子禀介)一个小厮唱的来也。

【前腔】(丑扮牧童拿笛上)春鞭打,笛儿呦[6],倒牛背斜阳

---

[1] 蕵苴:衰减,阑珊,将尽。
[2] 转岁华:过上好日子。
[3] 香盆:乡民焚香插在盆里,将盆子顶在头上,跪地迎送长官,以表崇敬。
[4] 泥滑喇,脚支沙:泥滑喇,泥路滑溜溜的;脚支沙,脚站不稳。
[5] 流霞:原指神话中的仙酒,这里泛指酒。
[6] 呦:吹。

闪暮鸦。(笛指门子介)他一样小腰撒,一般双髻鬟,能骑大马。(外)歌的好。怎生指着门子唱"一样小腰撒,一般双髻鬟,能骑大马"?父老,他怎知骑牛的到稳。有诗为证:"常羡人间万户侯,只知骑马胜骑牛。今朝马上看山色,争似骑牛得自由。"赏他酒,插花去。(丑插花饮酒介)(合)官里醉流霞,风前笑插花,村童们俊煞。(下)(门子禀介)一对妇人歌的来也。

【前腔】(旦、老旦采桑上)那桑阴下,柳篓儿搓,顺手腰身翦一丫[1]。呀,什么官员在此?俺罗敷自有家,便秋胡怎认他[2],提金下马?(外)歌的好。说与他,不是鲁国秋胡,不是秦家使君,是本府太爷劝农。见此勤劬采桑,可敬也。有诗为证:"一般桃李听笙歌,此地桑阴十亩多。不比世间闲草木,丝丝叶叶是绫罗。"领酒,插花去。(二旦背插花,饮酒介)(合)官里醉流霞,风前笑插花,采桑人俊煞。(下)(门子禀介)又一对妇人唱的来也。

【前腔】(老旦、丑持筐采茶上)乘谷雨,采新茶,一旗半枪[3]金缕芽[4]。呀,什么官员在此?学士雪炊他[5],书生困想他,

---

[1] 翦一丫:剪一枝。翦,同"剪"。丫,丫杈,这里指桑枝。
[2] 俺罗敷自有家,便秋胡怎认他:汉乐府诗《陌上桑》里采桑女秦罗敷拒绝太守调戏:"使君自有妇,罗敷自有夫。"秋胡,春秋时鲁国秋胡离家五年后回乡,路上调戏一个采桑妇,并以黄金诱惑她,但被拒绝,归家后才知道采桑妇就是自己的妻子。元代有杂剧《秋胡戏妻》。此处采桑妇借罗敷、秋胡妻自比,说自己洁身自爱。
[3] 一旗半枪:指极细嫩的茶叶。旗、枪,茶片顶上的小芽,没有展开的叫枪,已经展开的叫旗。
[4] 金缕芽:上品茶。
[5] 学士雪炊他:用宋代学士陶穀的家姬取雪水烹茶一事。

竹烟新瓦[1]。(外)歌的好。说与他,不是邮亭学士[2],不是阳羡书生[3],是本府太爷劝农。看你妇女们采桑采茶,胜如采花。有诗为证:"只因天上少茶星,地下先开百草精[4]。闲煞女郎贪斗草[5],风光不似斗茶清。"领了酒,插花去。(老旦、丑插花,饮酒介)(合)官里醉流霞,风前笑插花,采茶人俊煞。(下)(生、末跪介)禀老爷,众父老茶饭伺候。(外)不消。余花余酒,父老们领去,给散小乡村,也见官府劝农之意。叫祗候们起马。(生、末做攀留不许介)(起叫介)村中男妇领了花赏了酒的,都来送太爷。

【清江引】(前各众插花上)黄堂春游韵潇洒,身骑五花马。村务里有光华,花酒藏风雅。男女们请了,你德政碑随路打。(下)

闾阎缭绕接山巅,杜甫

春草青青万顷田。张继

日暮不辞停五马,羊士谔

桃花红近竹林边。薛能

---

[1] 竹烟新瓦:竹烟,燃竹烹茶产生的烟气。瓦,瓦罐之类容器,这里指陶制茶壶。

[2] 邮亭学士:陶穀出使南唐,南唐在邮亭安排妓女秦弱兰诱惑他,他果然上当,赠词求欢。

[3] 阳羡书生:阳羡,今江苏宜兴,古代以产茶著名。南朝吴均《续齐谐记》记载,阳羡人许彦路遇一书生,书生从口里吐出一个美貌的女子,和他一起喝酒。

[4] 百草精:茶。

[5] 斗草:旧时端午节少女中最流行的娱乐风俗,竞采花草,比赛多寡优劣。

第九出　肃苑[1]

【一江风】(贴上)小春香,一种[2]在人奴上,画阁里从娇养。侍娘行,弄粉调朱,贴翠拈花,惯向妆台傍。陪他理绣床,陪他烧夜香。小苗条吃的是夫人杖。花面[3]丫头十三四,春来绰约省人事。终须等着个助情花,处处相随步步觑。俺春香日夜跟随小姐。看他名为国色,实守家声。嫩脸娇羞,老成尊重。只因老爷延师教授,读到《毛诗》第一章:"窈窕淑女,君子好逑。"悄然废书而叹曰:"圣人之情,尽见于此矣。今古同怀,岂不然乎?"春香因而进言:"小姐读书困闷,怎生消遣则个?"小姐一会沉吟,逡巡而起。便问道:"春香,你教我怎生消遣那?"俺便应道:"小姐,也没个甚法儿,后花园走走罢。"小姐说:"死丫头,老爷闻知怎好?"春香应说:"老爷下乡,有几日了。"小姐低回不语者久之,方才取过历书选看。说明日不佳,后日欠好,除大后日,是个小游神吉期。预唤花郎,扫清花径。我一时应了,则怕老夫人知道。却也由他。且自叫那小花郎分付去。呀,回廊那厢,陈师父来了。正是年光

---

[1] 肃苑:肃,整理;苑,花园。
[2] 一种:同样。
[3] 花面:如花的面貌。

到处皆堪赏,说与痴翁总不知。

【前腔】(末上)老书堂,暂借扶风帐。日暖钩帘荡。呀,那回廊,小立双鬟,似语无言,近看如何相?是春香,问你恩官在那厢?夫人在那厢?女书生怎不把书来上?(贴)原来是陈师父。俺小姐这几日没工夫上书。(末)为甚?(贴)听呵,

【前腔】甚年光!忒煞通明相[1],所事关情况。(末)有甚么情况?(贴)老师父还不知,老爷怪你哩。(末)何事?(贴)说你讲《毛诗》,毛的忒精了。小姐呵,为诗章,讲动情肠。(末)则讲了个"关关雎鸠"。(贴)故此了。小姐说,关了的雎鸠,尚然有洲渚之兴,可以人而不如鸟乎!书要埋头,那景致则抬头望。如今分付,明后日游后花园。(末)为甚去游?(贴)他平白地为春伤。因春去的忙,后花园要把春愁漾[2]。(末)一发不该了。

【前腔】论娘行,出入人观望,步起须屏障[3]。春香,你师父靠天也六十来岁,从不晓得伤个春,从不曾游个花园。(贴)为甚?(末)你不知。孟夫子说的好,圣人千言万语,则要人"收其放心"。但如常,着甚春伤?要甚春游?你放春归,怎把心儿放?小姐既不上书,我且告归几日。春香呵,你寻常到讲堂,时常向琐窗[4],怕燕泥香点涴在琴书上。我去了。

---

[1] 通明相:聪明模样。
[2] 春愁漾:指排遣春愁。漾,抛。
[3] 步起须屏障:指女子外出要把脸孔遮住。步起,指外出。
[4] 琐窗:此处指书房。琐,门窗上镂刻的环形花纹。

绣户[1]女郎闲斗草,下帷老子不窥园[2]。(下)(贴吊场[3])且喜陈师父去了。叫花郎在么?(叫介)花郎!

【普贤歌】(丑扮小花郎醉上)一生花里小随衙[4],偷去街头学卖花。令史们将我揸,祗候们将我搭,狠烧刀[5]、险把我嫩盘肠[6]生灌杀。(见介)春姐在此。(贴)好打。私出衙前骗酒,这几日菜也不送。(丑)有菜夫。(贴)水也不视[7]。(丑)有水夫。(贴)花也不送。(丑)每早送花,夫人一分,小姐一分。(贴)还有一分哩?(丑)这该打。(贴)你叫什么名字?(丑)花郎。(贴)你把花郎的意思,扮个曲儿俺听。扮的好,饶打。(丑)使得。

【梨花儿】小花郎看尽了花成浪,则春姐花沁的水洸浪。和你这日高头偷睐[8]睐,喋,好花枝干鳖了作么朗!(贴)待俺还你也哥。

【前腔】小花郎做尽花儿浪,小郎当夹细的大当郎?(丑)哎哟。(贴)俺待到老爷回时说一浪[9],(采丑发介)喋,敢儿

---

[1] 绣户:闺房。
[2] 下帷老子不窥园:据说汉代学者董仲舒在帷帐内专心学问,三年都未曾去看一下园圃。这里以"下帷老子"指陈最良。下帷,放下帷帐,指闭门苦读。
[3] 吊场:一出戏结尾处,其他演员都已下场,留一人在场上念下场诗;或一出戏中某个场面的结束,由某位演员说几句说白,转到另一个场面。
[4] 随衙:跟班。
[5] 烧刀:烧酒。
[6] 盘肠:肚肠。
[7] 视:同"笕",引水的长竹管,这里作动词用。
[8] 睐(làng):同"晾",晾晒。
[9] 说一浪:说一番。

第九出 肃苑

个小榔头把你分的朗。(丑倒介) 罢了，姐姐为甚事光降小园？(贴) 小姐大后日来瞧花园，好些扫除花径。(丑) 知道了。

东郊风物正薰馨，_{崔日用}

应喜家山接女星。_{陈陶}

莫遣儿童触红粉，_{韦应物}

便教莺语太丁宁。_{杜甫}

第十出　惊梦

【绕池游】(旦上)梦回莺啭,乱煞年光遍[1]。人立小庭深院。(贴)炷尽沉烟[2],抛残绣线,恁今春关情似去年?【乌夜啼】(旦)晓来望断梅关[3],宿妆残。(贴)你侧着宜春髻子[4]恰凭阑。(旦)翦不断,理还乱,闷无端。(贴)已分付催花莺燕借春看。(旦)春香,可曾叫人扫除花径?(贴)分付了。(旦)取镜台衣服来。(贴取镜台衣服上)云髻罢梳还对镜,罗衣欲换更添香。镜台衣服在此。

【步步娇】(旦)袅晴丝[5]吹来闲庭院,摇漾春如线。停半晌、整花钿。没揣菱花[6],偷人半面,迤逗的彩云偏[7]。(行介)步香闺怎便把全身现!(贴)今日穿插的好。

---

[1] 乱煞年光遍:缭乱的春光到处都是。
[2] 沉烟:沉水香。
[3] 梅关:大庾岭,又称"梅岭",因遍植梅树得名,在广东、江西交界处。
[4] 宜春髻子:古时候立春那天,女子用彩绸剪成燕子形,戴在髻上,彩绸上贴"宜春"二字,称"宜春髻"。
[5] 晴丝:晴朗的春天飘游在空中的游丝,也即后文所说的烟丝,虫类所吐的丝缕。
[6] 菱花:镜子。古时候铜镜镜背面多铸菱花,故称菱花镜,或用菱花代指镜子。
[7] 迤逗的彩云偏:此句意思是没想到镜子偷偷照着了她,羞得她秀发都弄偏了。迤逗,牵惹,引诱;彩云,美丽的发式。

【醉扶归】(旦)你道翠生生出落的裙衫儿茜,艳晶晶花簪八宝填[1],可知我常一生儿爱好是天然[2]。恰三春好处无人见。不提防沉鱼落雁鸟惊喧,则怕的羞花闭月花愁颤。(贴)早茶时了,请行。(行介)你看,画廊金粉半零星,池馆苍苔一片青。踏草怕泥新绣袜,惜花疼煞小金铃。(旦)不到园林,怎知春色如许!

【皂罗袍】原来姹紫嫣红开遍,似这般都付与断井颓垣。良辰美景奈何天,赏心乐事谁家院!恁般景致,我老爷和奶奶再不提起。(合)朝飞暮卷,云霞翠轩;雨丝风片,烟波画船——锦屏人[3]忒看的这韶光贱!(贴)是花都放了,那牡丹还早。

【好姐姐】(旦)遍青山啼红了杜鹃,荼蘼外烟丝醉软。春香呵,牡丹虽好,他春归怎占的先!(贴)成对儿莺燕呵。(合)闲凝眄[4],生生燕语明如翦,呖呖莺歌溜的圆。(旦)去罢。(贴)这园子委是观之不足也。(旦)提他怎的!(行介)

【隔尾】观之不足由他缱[5],便赏遍了十二亭台是枉然。倒不如兴尽回家闲过遣。(作到介)(贴)开我西阁门,展我东阁床。瓶插映山紫,炉添沉水香。小姐,你歇息片时,俺瞧老夫

---

[1] 翠生生出落的裙衫儿茜,艳晶晶花簪八宝填:翠生生,颜色鲜艳。出落的,衬托出。茜,绛红色。花簪八宝填,镶嵌着多种宝石的簪子。
[2] 爱好是天然:爱好,爱美。天然,天性。
[3] 锦屏人:深闺中人。
[4] 凝眄:凝视。
[5] 缱:缠绵留恋。

人去也。(下)(旦叹介)默地游春转,小试宜春面。春呵,得和你两留连,春去如何遣?咳,恁般天气,好困人也。春香那里?(作左右瞧介)(又低首沉吟介)天呵,春色恼人,信有之乎!常观诗词乐府,古之女子,因春感情,遇秋成恨,诚不谬矣。吾今年已二八,未逢折桂之夫;忽慕春情,怎得蟾宫之客?昔日韩夫人得遇于郎[1],张生偶逢崔氏[2],曾有《题红记》《崔徽传》二书。此佳人才子,前以密约偷期[3],后皆得成秦晋。(长叹介)吾生于宦族,长在名门。年已及笄[4],不得早成佳配,诚为虚度青春。光阴如过隙耳。(泪介)可惜妾身颜色如花,岂料命如一叶乎!

【山坡羊】没乱里[5]春情难遣,蓦地里怀人幽怨。则为俺生小婵娟,拣名门一例、一例里神仙眷。甚良缘,把青春抛的远!俺的睡情谁见?则索因循腼腆。想幽梦谁边,和春光暗流转?迁延,这衷怀那处言!淹煎[6],泼残生[7],除问天!身子困乏了,且自隐几[8]而眠。(睡介)(梦生介)(生持柳枝上)莺逢

---

[1] 韩夫人得遇于郎:唐僖宗时,宫女韩氏以红叶题诗,从御沟中流出宫外,被书生于佑拾获。于佑也以红叶题诗,投入御沟,流入宫中,巧为韩氏拾得。后来两人结为夫妇。
[2] 张生偶逢崔氏:《西厢记》张生和崔莺莺的爱情故事。
[3] 偷期:幽会。
[4] 及笄:笄,发簪。古代女子十五岁以笄束发表示成年,可以婚嫁。
[5] 没乱里:心绪混乱。
[6] 淹煎:受煎熬。
[7] 泼残生:苦命儿。
[8] 隐几:靠着几案。

日暖歌声滑，人遇风情笑口开。一径落花随水入，今朝阮肇到天台。小生顺路儿跟着杜小姐回来，怎生不见？（回看介）呀，小姐，小姐！（旦作惊起介）（相见介）（生）小生那一处不寻访小姐来，却在这里！（旦作斜视不语介）（生）恰好花园内，折取垂柳半枝。姐姐，你既淹通[1]书史，可作诗以赏此柳枝乎？（旦作惊喜，欲言又止介）（背想）这生素昧平生，何因到此？（生笑介）小姐，咱爱杀你哩！

【山桃红】则为你如花美眷，似水流年，是答儿[2]闲寻遍。在幽闺自怜。小姐，和你那答儿讲话去。（旦作含笑不行）（生作牵衣介）（旦低问）那边去？（生）转过这芍药栏前，紧靠着湖山石边。（旦低问）秀才，去怎的？（生低答）和你把领扣松，衣带宽，袖梢儿揾着牙儿苫也，则待你忍耐温存一晌眠。（旦作羞）（生前抱）（旦推介）（合）是那处曾相见，相看俨然，早难道这好处相逢无一言？（生强抱旦下）（末扮花神束发冠，红衣插花上）催花御史惜花天，检点春工又一年。蘸客伤心红雨下[3]，勾人悬梦彩云边。吾乃掌管南安府后花园花神是也。因杜知府小姐丽娘，与柳梦梅秀才，后日有姻缘之分。杜小姐游春感伤，致使柳秀才入梦。咱花神专掌惜玉怜香，竟来保护他，要他云雨十分欢幸也。

【鲍老催】（末）单则是混阳烝变，看他似虫儿般蠢动把

---

[1] 淹通：精通。
[2] 是答儿：到处。后文的"那答儿"，指那边。
[3] 蘸客伤心红雨下：指红雨般的落花沾在人的身上。

风情搧。一般儿娇凝翠绽魂儿颤。这是景上缘，想内成，因中见。呀，淫邪展污[1]了花台殿。咱待拈片落花儿惊醒他。（向鬼门[2]丢花介）他梦酣春透了怎留连？拈花闪碎的红如片。秀才才到的半梦儿；梦毕之时，好送杜小姐仍归香阁。吾神去也。（下）

【山桃红】（生、旦携手上）（生）这一霎天留人便，草藉花眠。小姐可好？（旦低头介）（生）则把云鬟点，红松翠偏。小姐休忘了呵，见了你紧相偎，慢厮连，恨不得肉儿般团成片也，逗的个日下胭脂雨上鲜。（旦）秀才，你可去呵？（合）是那处曾相见，相看俨然，早难道这好处相逢无一言？（生）姐姐，你身子乏了，将息，将息。（送旦依前作睡介）（轻拍旦介）姐姐，俺去了。（作回顾介）姐姐，你十分将息，我再来瞧你那。行来春色三分雨，睡去巫山一片云。（下）（旦作惊醒，低叫介）秀才，秀才，你去了也？（又作痴睡介）（老旦上）夫婿坐黄堂，娇娃立绣窗。怪他裙衩上，花鸟绣双双。孩儿，孩儿，你为甚瞌睡在此？（旦作醒，叫秀才介）咳也。（老旦）孩儿怎的来？（旦作惊起介）奶奶到此！（老旦）我儿，何不做些针指，或观玩书史，舒展情怀？因何昼寝于此？（旦）孩儿适花园中闲玩，忽值春暄恼人，故此回房。无可消遣，不觉困倦少息。有失迎接，望母亲恕儿之罪。（老旦）孩儿，这后花园中冷静，少去闲行。（旦）领母亲严命。（老旦）孩儿，

---

[1] 展污：沾污，弄脏。
[2] 鬼门：也称古门，戏台上演员的上下场门。

学堂看书去。(旦)先生不在,且自消停[1]。(老旦叹介)女孩儿长成,自有许多情态,且自由他。正是宛转随儿女,辛勤做老娘。(下)(旦长叹介)(看老旦下介)哎也,天那,今日杜丽娘有些侥幸也。偶到后花园中,百花开遍,睹景伤情。没兴而回,昼眠香阁。忽见一生,年可弱冠[2],丰姿俊妍。于园中折得柳丝一枝,笑对奴家说:"姐姐既淹通书史,何不将柳枝题赏一篇?"那时待要应他一声,心中自忖,素昧平生,不知名姓,何得轻与交言。正如此想间,只见那生向前说了几句伤心话儿,将奴搂抱去牡丹亭畔,芍药阑边,共成云雨之欢。两情和合,真个是千般爱惜,万种温存。欢毕之时,又送我睡眠,几声"将息"。正待自送那生出门,忽值母亲来到,唤醒将来。我一身冷汗,乃是南柯一梦。忙身参礼母亲,又被母亲絮了许多闲话。奴家口虽无言答应,心内思想梦中之事,何曾放怀。行坐不宁,自觉如有所失。娘呵,你教我学堂看书去,知他看那一种书消闷也。(作掩泪介)

【绵搭絮】雨香云片[3],才到梦儿边。无奈高堂,唤醒纱窗睡不便。泼新鲜冷汗粘煎,闪的俺心悠步䠅[4],意软鬟偏。不争多[5]费尽神情,坐起谁忺[6]?则待去眠。(贴上)晚妆销粉

---

[1] 消停:休息。
[2] 弱冠:二十岁。古代男子二十岁行冠礼,表示已经成人。
[3] 雨香云片:指梦中的幽会。
[4] 心悠步䠅:形容心里发虚,脚步偏斜。䠅,偏斜。
[5] 不争多:差不多,几乎。
[6] 忺:高兴。

印,春润费香篝[1]。小姐,薰了被窝睡罢。

【尾声】(旦)困春心游赏倦,也不索香薰绣被眠。天呵,有心情那梦儿还去不远。

春望逍遥出画堂,张说

间梅遮柳不胜芳。罗隐

可知刘阮逢人处?许浑

回首东风一断肠。韦庄

---

[1] 香篝:用来薰香或烘干衣服的薰笼。

第十一出　慈戒

　　（老旦上）昨日胜今日，今年老去年。可怜小儿女，长自绣窗前。几日不到女孩儿房中，午晌去瞧他，只见情思无聊，独眠香阁。问知他在后花园回，身子困倦。他年幼不知：凡少年女子，最不宜艳妆戏游空冷无人之处。这都是春香贱材逗引他。春香那里？（贴上）闺中图一睡，堂上有千呼。奶奶，怎夜分时节，还未安寝？（老旦）小姐在那里？（贴）陪过夫人到香阁中，自言自语，淹淹[1]春睡去了。敢在做梦也。（老旦）你这贱材，引逗小姐后花园去。倘有疏虞[2]，怎生是了！（贴）以后再不敢了。（老旦）听俺分付：

　　【征胡兵】女孩儿只合香闺坐，拈花剪朵。问绣窗针指如何？逗工夫一线多[3]。更昼长闲不过，琴书外自有好腾那[4]。去花园怎么？（贴）花园好景。（老旦）丫头，不说你不知：

　　【前腔】后花园窅静[5]无边阔，亭台半倒落。便我中年

---

[1] 淹淹：昏昏沉沉。
[2] 疏虞：疏忽，失误。
[3] 逗工夫一线多：一线，刺绣时用完一根线的工夫。意指日子长起来，可以比平日多做一些针线活。
[4] 腾那：那，同"挪"。此作消遣解。
[5] 窅静：幽静。

人要去时节,尚兀自里^[1]打个磨陀^[2]。女儿家甚做作?星辰高^[3]犹自可。(贴)不高怎的?(老旦唱)厮撞着,有甚不着科,教娘怎么?小姐不曾晚餐,早饭要早。你说与他。

（老）风雨林中有鬼神，_{苏广文}

（贴）寂寥未是采花人。_{郑谷}

（老）素娥毕竟难防备，_{段成式}

（贴）似有微词动绛唇。_{唐彦谦}

---

[1] 尚兀自里：犹自。
[2] 打个磨陀：磨陀，徘徊，此处指犹豫。
[3] 星辰高：星辰，流年。指福大命大，运道好。

第十二出　寻梦

【夜游宫】(贴上)腻脸朝云[1]罢盥,倒犀簪斜插双鬟。侍香闺起早,睡意阑珊[2]:衣桁[3]前,妆阁畔,画屏间。伏侍千金小姐,丫鬟一位春香。请过猫儿师父,不许老鼠放光。倖幸《毛诗》感动,小姐吉日时良。拖带春香遣闷,后花园里游芳。谁知小姐瞌睡,恰遇着夫人问当[4]。絮了小姐一会,要与春香一场。春香无言知罪,以后劝止娘行。夫人还是不放,少不得发咒禁当[5]。(内介)春香姐,发个甚咒来?(贴)敢再跟娘胡撞,教春香即世里不见儿郎。虽然一时抵对,乌鸦管的凤凰?一夜小姐焦躁,起来促水朝妆。由他自言自语,日高花影纱窗。(内介)快请小姐早膳。(贴)报道官厨饭熟,且去传递茶汤。(下)

【月儿高】(旦上)几曲屏山展,残眉黛深浅。为甚衾儿里不住的柔肠转?这憔悴非关爱月眠迟倦,可为惜花,朝起庭院?忽忽花间起梦情,女儿心性未分明。无眠一夜灯明灭,

---

[1] 朝云:女子头发。
[2] 阑珊:将尽。此处作"未消"解。
[3] 衣桁:衣架。
[4] 问当:当,语气助词,无意义。问及之意。
[5] 禁当:抵对,对付。

分[1]煞梅香唤不醒。昨日偶尔春游,何人见梦。绸缪顾盼,如遇平生。独坐思量,情殊怅怏。真个可怜人也。(闷介)(贴捧茶食上)香饭盛来鹦鹉粒[2],清茶擎出鹧鸪斑[3]。小姐早膳哩。(旦)咱有甚心情也!

【前腔】梳洗了才匀面,照台儿[4]未收展。睡起无滋味,茶饭怎生咽?(贴)夫人分付,早饭要早。(旦)你猛说夫人,则待把饥人劝。你说为人在世,怎生叫做吃饭?(贴)一日三餐。(旦)咳,甚瓯儿气力与擎拳!生生的了前件[5]。你自拿去吃便了。(贴)受用余杯冷炙,胜如剩粉残膏。(下)(旦)春香已去。天呵,昨日所梦,池亭俨然。只图旧梦重来,其奈新愁一段。寻思展转,竟夜无眠。咱待乘此空闲,背却春香,悄向花园寻看。(悲介)哎也,似咱这般,正是梦无彩凤双飞翼,心有灵犀一点通[6]。(行介)一径行来,喜的园门洞开,守花的都不在。则这残红满地呵!

【懒画眉】最撩人春色是今年。少甚么[7]低就高来粉画垣,原来春心无处不飞悬。(绊介)哎,睡荼蘼抓住裙衩线,恰

---

[1] 分:同"忿"。

[2] 鹦鹉粒:指米饭。

[3] 鹧鸪斑:带有鹧鸪斑纹的茶盏。另一解认为是盏中茶影似鹧鸪斑。

[4] 照台儿:镜台。

[5] 甚瓯儿气力与擎拳!生生的了前件:这两句是说没有气力捧碗吃饭,勉强算吃过了。擎拳,举手,犹言一举手之力。前件,指吃饭。

[6] 梦无彩凤双飞翼,心有灵犀一点通:化自李商隐《无题》诗句,原诗"梦"作"身"。灵犀,通灵的犀角。

[7] 少甚么:多的是。

便是花似人心好处牵。这一湾流水呵!

【前腔】为甚呵,玉真重溯武陵源[1]?也则为水点花飞在眼前。是天公不费买花钱,则咱人心上有啼红怨。咳,辜负了春三二月天。(贴上)吃饭去,不见了小姐,则得一径寻来。呀,小姐,你在这里!

【不是路】何意婵娟,小立在垂垂花树边。才朝膳,个人无伴怎游园?(旦)画廊前,深深蓦见衔泥燕,随步名园是偶然。(贴)娘回转,幽闺窄地[2]教人见,那些儿闲串?那些儿闲串?

【前腔】(旦作恼介)咦,偶尔来前,道的咱偷闲学少年。(贴)咳,不偷闲,偷淡。(旦)欺奴善,把护春台[3]都猜做谎桃源。(贴)敢胡言,这是夫人命,道春多刺绣宜添线,润逼炉香好腻笺[4]。(旦)还说甚来?(贴)这荒园堑,怕花妖木客寻常见[5]。去小庭深院,去小庭深院!(旦)知道了。你好生答应夫人去,俺随后便来。(贴)闲花傍砌如依主,娇鸟嫌笼会骂人。(下)(旦)丫头去了,正好寻梦。

---

[1] 玉真重溯武陵源:比喻自己重返花园里来寻梦。玉真,仙人,特指仙女。传说刘晨和阮肇在天台山桃源洞遇见两仙女,回到人间之后不久,他们又重返天台山找寻仙女。武陵源,又作"武陵溪",陶渊明《桃花源记》里写的桐乡桃花源的溪水名。后人多把武陵源的故事和刘、阮故事混为一谈。

[2] 窄地:突然。

[3] 护春台:指花园。春台,春日登眺览胜之处。

[4] 腻笺:使笺纸更为滑润便于书写。此处指读书。

[5] 怕花妖木客寻常见:木客,山中的精怪;见,同"现"。

【忒忒令】那一答可是湖山石边,这一答似牡丹亭畔。嵌雕阑芍药芽儿浅,一丝丝垂杨线,一丢丢榆荚钱。线儿春甚金钱吊转!呀,昨日那书生将柳枝要我题咏,强我欢会之时,好不话长!

【嘉庆子】是谁家少俊来近远,敢迤逗这香闺去沁园?话到其间腼腆。他捏这眼,奈烦也天;咱嚥这口,待酬言。

【尹令】那书生可意呵,咱不是前生爱眷,又素乏平生半面。则道来生出现,乍便今生梦见。生就个书生,恰恰生生抱咱去眠。那些好不动人春意也。

【品令】他倚太湖石,立着咱玉婵娟。待把俺玉山[1]推倒,便日暖玉生烟[2]。挨过雕阑,转过秋千,揞[3]著裙花展。敢席着地,怕天瞧见。好一会分明,美满幽香不可言。梦到正好时节,甚花片儿吊下来也!

【豆叶黄】他兴心儿[4]紧咽咽,呜[5]着咱香肩。俺可也慢掂掇[6]做意儿周旋。等闲间把一个照人儿昏善,那般形现,

---

[1] 玉山:身体。
[2] 日暖玉生烟:出自李商隐《锦瑟》:"蓝田日暖玉生烟。"这里指成就了男女情事。
[3] 揞:卡住。
[4] 兴心儿:着意,尽意。
[5] 呜:亲吻。
[6] 慢掂掇:慢吞吞。

那般软绵[1]。忑[2]一片撒花心的红影儿吊将来半天。敢是咱梦魂儿厮缠?咳,寻来寻去,都不见了。牡丹亭,芍药阑,怎生这般凄凉冷落,杳无人迹?好不伤心也!

【玉交枝】(泪介)是这等荒凉地面,没多半亭台靠边,好是咱眯冥色眼寻难见。明放着白日青天,猛教人抓不到魂梦前。霎时间有如活现,打方旋[3]再得俄延,呀,是这答儿压黄金钏匾。要再见那书生呵,

【月上海棠】怎赚骗,依稀想像人儿见。那来时荏苒,去也迁延。非远,那雨迹云踪才一转,敢依花傍柳还重现。昨日今朝,眼下心前,阳台一座登时变。再消停一番。(望介)呀,无人之处,忽然大梅树一株,梅子磊磊可爱。

【二犯幺令】偏则他暗香清远,伞儿般盖的周全。他趁这,他趁这春三月红绽雨肥天[4],叶儿青,偏逗着苦仁儿里撒

---

[1] 等闲间把一个照人儿昏善……那般软绵:这几句的意思是,轻易地把一个清醒的人弄得这般昏迷适意,到了那般真切、软绵的地步。照人儿,本指镜中人,这里有清醒、明白的意思,杜丽娘用来指自己。善,适意。形现,活灵活现。

[2] 忑:惊。

[3] 打方旋:盘旋,徘徊。

[4] 红绽雨肥天:梅子成熟的时候。句出自杜甫诗《陪郑广文游何将军山林十首》。

圆[1]。爱杀这昼阴便,再得到罗浮梦边[2]。罢了,这梅树依依可人,我杜丽娘若死后,得葬于此,幸矣。

【江儿水】偶然间心似缱,梅树边。这般花花草草由人恋,生生死死随人愿,便酸酸楚楚无人怨。待打并香魂一片,阴雨梅天,守的个梅根相见。(倦坐介)(贴上)佳人拾翠[3]春亭远,侍女添香午院清。咳,小姐走乏了,梅树下盹。

【川拨棹】你游花院,怎靠着梅树偃?(旦)一时间望,一时间望眼连天,忽忽地伤心自怜。(泣介)(合)知怎生情怅然,知怎生泪暗悬?(贴)小姐甚意儿?

【前腔】(旦)春归人面,整相看无一言,我待要折,我待要折的那柳枝儿问天,我如今悔,我如今悔不与题笺。(贴)这一句猜头儿是怎言?(合前)(贴)去罢。(旦作行又住介)

【前腔】为我慢归休,缓留连。(内鸟啼介)听,听这不如归[4]春暮天,难道我再,难道我再到这亭园,则挣的个长眠和短眠!(合前)(贴)到了,和小姐瞧奶奶去。(旦)罢了。

【意不尽】软哈哈[5]刚扶到画阑偏,报堂上夫人稳便。咱杜丽娘呵,少不得楼上花枝也则是照独眠。

---

[1] 偏进着苦仁儿里撒圆:双关语,怨梅子偏在苦命人面前结得圆圆的。梅子是圆的,它的核仁是苦的。"仁"与"人"同音。
[2] 再得到罗浮梦边:意指能和情人再在梦里相会。罗浮梦边,源自赵师雄神话故事。隋代赵师雄在罗浮山遇见美人一起饮酒。他醉后沉睡,天亮醒来,才发现自己是在一棵大梅花树下。
[3] 拾翠:拾取翠鸟羽毛。后多指妇人游春。
[4] 不如归:杜鹃啼声"不如归去"。
[5] 软哈哈:软绵绵。

（旦）武陵何处访仙郎？释皎然
（贴）只怪游人思易忘。韦庄
（旦）从此时时春梦里，白居易
（贴）一生遗恨系心肠。张祜

第十三出　诀谒

【杏花天】(生上)虽然是饱学名儒,腹中饥,峥嵘[1]胀气。梦魂中紫阁丹墀[2],猛抬头、破屋半间而已。蛟龙失水砚池枯,狡兔腾天笔势孤[3]。百事不成真画虎,一枝难稳又惊乌[4]。我柳梦梅在广州学里,也是个数一数二的秀才,挨了些数伏数九的日子。于今藏身荒圃,寄口髯奴[5]。思之,思之,惶愧,惶愧。想起韩友之谈,不如外县旁州,寻觅活计。正是家徒四壁求杨意[6],树少千头愧木奴[7]。老园公那里?

【字字双】(净扮郭驼上)前山低坬后山堆,驼背;牵弓射弩

---

[1] 峥嵘:形容山势高峻,此处形容一肚皮的闷气。
[2] 梦魂中紫阁丹墀:紫阁丹墀,指代皇帝宫殿。此句说梦想着在朝廷当官。
[3] 狡兔腾天笔势孤:狡兔,古代有兔毫笔,这里以兔指笔。没有兔毫,毛笔秃了,所以写不出文章。
[4] 一枝难稳又惊乌:意指找不到栖身之所。
[5] 寄口髯奴:倚靠奴仆为生。寄口,靠人养活。髯奴,汉王褒《僮约》里一奴仆名字。髯,胡子。
[6] 求杨意:指求人荐引。杨意,西汉杨得意。经他介绍,辞赋家司马相如才为汉武帝所赏识。
[7] 树少千头愧木奴:果树少,不能维持生活。传说,三国吴丹阳太守李衡种了一千株橘树留给儿子,说这是"千头木奴",儿子有了它们,以后生活不用愁了。

做人儿,把势[1];一连十个偌来回,漏地[2];有时跌做绣球儿,滚气。自家种园的郭驼子是也。祖公公郭橐驼,从唐朝柳员外来柳州。我因兵乱,跟随他二十八代玄孙柳梦梅秀才的父亲,流转到广,又是若干年矣。卖果子回来,看秀才去。(见介)秀才,读书辛苦。(生)园公,正待商量一事。我读书过了廿岁,并无发迹之期。思想起来,前路多长,岂能郁郁居此。搬柴运水,多有劳累。园中果树,都判[3]与伊。听我道来:

【桂花锁南枝】俺有身如寄,无人似你。俺吃尽了黄淡酸甜,费你老人家浇培接植。你道俺像甚的来?镇日里似醉汉扶头[4]。甚日的和老驼伸背?自株守[5],教怨谁?让荒园,你存济[6]。

【前腔】(净)俺橐驼风味,种园家世。(揖介)不能够展脚伸腰,也和你鞠躬尽力。秀才,你贴了俺果园那里去?(生)坐食三餐,不如走空一棍。(净)怎生叫做一棍?(生)混名打秋风[7]哩!(净)咳,你费工夫去撞府穿州[8],不如依本分登科及

---

[1] 把势:装样子。
[2] 漏地:走不快,走不稳。
[3] 判:给予,交付。
[4] 扶头:形容醉态。
[5] 自株守:意指自己不出去想办法。株守,守株待兔的省语。
[6] 存济:存活,过生活。
[7] 打秋风:也作"打抽丰",意指假借各种名目向人索取财物。
[8] 撞府穿州:意即东奔西跑到处漂荡,行止无定。

第。(生)你说打秋风不好?"茂陵刘郎秋风客[1]",到大来[2]做了皇帝。(净)秀才,不要攀今吊古的。你待秋风谁?你道滕王阁,风顺随[3],则怕鲁颜碑,响雷碎[4]。(生)俺干谒[5]之兴甚浓,休的阻挡。(净)也整理些衣服去。

【尾声】把破衫衿彻骨搥挑洗。(生)学干谒黉门一布衣。(净)秀才,则要你衣锦还乡俺还见的你。

(生)此身飘泊苦西东,杜甫

(净)笑指生涯树树红。陆龟蒙

(生)欲尽出游那可得?武元衡

(净)秋风还不及春风。王建

---

[1] 茂陵刘郎秋风客:出自李贺诗《金铜仙人辞汉歌》。茂陵刘郎指汉武帝,他的陵墓叫茂陵,曾作过《秋风辞》。秋风,双关"打秋风"。

[2] 到大来:到头来。

[3] 滕王阁,风顺随:指运气好。传说唐诗人王勃往南昌路上停船马当山(在今江西彭泽东北),山神助其一帆顺风,虽距南昌六七百里却一夜即到,正好赶上洪州牧阎伯屿的滕王阁宴会,写下了著名的《滕王阁序》。

[4] 鲁颜碑,响雷碎:指运气坏。宋代穷书生张镐流落饶州某寺院,僧人欲拓印颜真卿所留寺碑千份赠他带去京师出售挣钱,没想到纸墨已备,当晚碑石却被雷击毁。

[5] 干谒:为谋求禄位而请见当权的人。

第十四出　写真

【破齐阵】(旦上)径曲梦回人杳,闺深佩冷魂销。似雾蒙花,如云漏月,一点幽情动早。(贴上)怕待寻芳迷翠蝶,倦起临妆听伯劳[1]。春归红袖招。【醉桃源】(旦)不经人事意相关,牡丹亭梦残。(贴)断肠春色在眉弯,倩谁临远山[2]?(旦)排恨叠,怯衣单,花枝红泪[3]弹。(合)蜀妆[4]晴雨画来难,高唐云影间。(贴)小姐,你自花园游后,寝食悠悠,敢为春伤,顿成消瘦?春香愚不谏贤,那花园以后再不可行走了。(旦)你怎知就里?这是春梦暗随三月景,晓寒瘦减一分花。

【刷子序犯】(旦低唱)春归恁寒峭,都来几日意懒心乔[5],竟妆成熏香独坐无聊。逍遥,怎划尽助愁芳草,甚法儿点活心苗!真情强笑为谁娇?泪花儿打迸着梦魂飘。

【朱奴儿犯】(贴)小姐,你热性儿怎不冰着,冷泪儿几

---

[1] 伯劳:鸟名。我国南方所产鸣禽,单栖息,喜在仲夏鸣叫。此处表示夏季,也暗喻女子孤单的处境。
[2] 倩谁临远山:倩,请。临远山,画眉。
[3] 红泪:指花上的露水。此处杜丽娘以花自喻,以露水写自己伤感的泪水。
[4] 蜀妆:指巫山神女。
[5] 都来几日意懒心乔:都来,算来。心乔,心情不好。

曾干燥？这两度春游忒分晓，是禁不的燕抄[1]莺闹。你自窨约[2]，敢夫人见焦。再愁烦，十分容貌怕不上九分瞧。（旦作惊介）咳，听春香言语，俺丽娘瘦到九分九了。俺且镜前一照，委是如何？（照介）（悲介）哎也，俺往日艳冶轻盈，奈何一瘦至此！若不趁此时自行描画，流在人间，一旦无常，谁知西蜀杜丽娘有如此之美貌乎！春香，取素绢、丹青，看我描画。（贴下取绢、笔上）三分春色描来易，一段伤心画出难。绢幅、丹青，俱已齐备。（旦泣介）杜丽娘二八春容，怎生便是杜丽娘自手生描也呵！

【普天乐】这些时把少年人如花貌，不多时憔悴了。不因他福分难销，可甚的红颜易老？论人间绝色偏不少，等把风光丢抹早。打灭起离魂舍欲火三焦[3]，摆列着昭容阁[4]文房四宝，待画出西子湖眉月双高。

【雁过声】（照镜叹介）轻绡，把镜儿擘掠[5]。笔花尖淡扫轻描。影儿呵，和你细评度：你腮斗儿恁喜谑，则待注樱桃[6]，染柳条[7]，渲云鬟烟霭飘萧[8]；眉梢青未了，个中人全在秋波

---

[1] 抄：吵。
[2] 窨约：思忖。
[3] 打灭起离魂舍欲火三焦：此句意指消除身体里炽热的凡情。离魂舍，佛家语，躯壳。欲火三焦，凡情。佛家三欲，饮食欲、睡眠欲、淫欲。
[4] 昭容阁：皇帝内宫。昭容，宫中帝王妃嫔之类女官名。
[5] 擘掠：揩拭。
[6] 注樱桃：画嘴唇。
[7] 染柳条：画眉毛。
[8] 烟霭飘萧：形容头发。烟霭，云雾。飘萧，飘逸潇洒。

妙,可可的[1]淡春山钿翠小。

【倾杯序】(贴)宜笑,淡东风立细腰,又似被春愁着。(旦)谢半点江山,三分门户,一种人才,小小行乐,捻青梅闲厮调[2]。倚湖山梦晓,对垂杨风袅。忒苗条,斜添他几叶翠芭蕉。春香,幉[3]起来,可厮像也?

【玉芙蓉】(贴)丹青女易描,真色人难学。似空花水月,影儿相照。(旦喜介)画的来可爱人也。咳,情知画到中间好,再有似生成别样娇。(贴)只少个姐夫在身旁。若是姻缘早,把风流婿招,少什么美夫妻图画在碧云高!(旦)春香,咱不瞒你,花园游玩之时,咱也有个人儿。(贴惊介)小姐,怎的有这等方便呵?(旦)梦哩!

【山桃犯】有一个曾同笑,待想像生描着,再消详邈入其中妙,则女孩家怕漏泄风情稿[4]。这春容呵,似孤秋片月离云峤,甚蟾宫贵客傍的云霄[5]?春香,记起来了。那梦里书生,

---

[1] 可可的:恰好的。
[2] 谢半点江山……捻青梅闲厮调:半点江山,三分门户,指画中的景物。一种人才,指人,杜丽娘自指。行乐,肖像画。捻青梅,典出自李白"郎骑竹马来,绕床弄青梅"诗句。这里双关柳梦梅的名字,表达对梦中情人的怀念。闲厮调,悠闲地摆弄着。调,摆弄。这几句说的是自画像里,画着景物、杜丽娘,杜丽娘手持青梅枝。
[3] 幉:同"帧",撑开画幅。
[4] 再消详邈入其中妙,则女孩家怕漏泄风情稿:消详,端详,揣摩。邈,描绘。风情,恋爱的情怀。这两句说的是,想把梦中的情人描入画中,又怕泄漏了秘密。
[5] 甚蟾宫贵客傍的云霄:蟾宫贵客,指新考中的进士。此句意为谁能和画中的美人挨在一起。

曾折柳一枝赠我。此莫非他日所适之夫姓柳乎?故有此警报[1]耳。偶成一诗,暗藏春色,题于帧首之上何如?(贴)却好。(旦题吟介)近睹分明似俨然,远观自在若飞仙。他年得傍蟾宫客,不在梅边在柳边。(放笔叹介)春香,也有古今美女,早嫁了丈夫相爱,替他描模画样;也有美人自家写照,寄与情人。似我杜丽娘寄谁呵!

【尾犯序】心喜转心焦。喜的明妆俨雅,仙佩飘飘。则怕呵,把俺年深色浅[2],当了个金屋藏娇。虚劳,寄春容教谁泪落,做真真无人唤叫[3]。(泪介)堪愁夭,精神出现留与后人标。春香,悄悄唤那花郎分付他。(贴叫介)(丑扮花郎上)秦宫[4]一生花里活,崔徽不似卷中人。小姐有何分付?(旦)这一幅行乐图,向行家裱去。叫人家收拾好些。

【鲍老催】这本色人儿妙,助美的谁家裱?要练花绡帘儿莹、边阑小,教他有人问着休胡嘌[5]。日炙风吹悬衬的好,怕好物不坚牢。把咱巧丹青休浣了。(丑)小姐,裱完了,安奉

---

[1] 警报:预兆。
[2] 年深色浅:把画作总是藏着,年长月久,连色彩也褪了。
[3] 做真真无人唤叫:《太平广记》载,唐进士赵颜得一幅美人图,图中女子名真真。赵颜连续呼其名百日,真真从画中走下来,与赵颜结为夫妇。此句意指自己的画像以后无人顾怜。
[4] 秦宫:东汉大将军梁冀所宠幸的监奴名。这里借用作花郎自指。
[5] 要练花绡……教他有人问着休胡嘌:练,白绢。绡,轻纱。帘儿,裱好的画幅上方的空白处。边阑,边栏。胡嘌,胡说。这几句意思是,画要用漂白丝绢装裱,裱好的画幅上方要留空白,边栏要小。有人问起不要乱说是谁画的。

在那里?

【尾声】(旦)尽香闺赏玩无人到,(贴)这形模则合挂巫山庙。(合)又怕为雨为云飞去了。

(贴)眼前珠翠与心违,崔道融

(旦)却向花前痛哭归。韦庄

(贴)好写娇娆与教看,罗虬

(旦)令人评泊画杨妃。韩偓

第十五出 虏谍

【一枝花】(净扮番王引众上) 天心起灭了辽,世界平分了赵[1]。静鞭儿替了胡笳哨[2]。擂鼓鸣钟,看文武班齐到。骨碌碌南人笑,则个鼻凹儿跷,脸皮儿皰,毛梢儿魈[3]。万里江山万里尘。一朝天子一朝臣。俺北地怎禁沙日月,南人偏占锦乾坤。自家大金皇帝完颜亮[4]是也。身为夷虏,性爱风骚。俺祖公阿骨都[5],抢了南朝天下,赵康王[6]走去杭州,今又三十余年矣。听得他妆点杭州,胜似汴梁风景。一座西湖,朝欢暮乐。有个曲儿[7],说他"三秋桂子,十里荷花"。便待起兵百万,吞取何难?兵法虚虚实实,俺待用个南人,为我乡导。喜他淮

---

[1] 天心起灭了辽,世界平分了赵:天心,天意。指金灭辽,宋和金平分天下。
[2] 静鞭儿替了胡笳哨:金国采用汉人朝仪,以鸣鞭代替了胡笳。静鞭,又称鸣鞭,仪仗的一种。上朝时,侍卫人员鸣鞭叫人肃静。
[3] 则个鼻凹儿跷……毛梢儿魈:跷,同"跷"。皰(pào),同"疱",脸上的斑点。魈(jiāo),椎状的发髻。这几句是指金人嘲笑汉人的长相容貌,高鼻梁,面带斑点,椎状发髻。
[4] 完颜亮:金废帝海陵王,著名暴君,曾大举南侵攻宋。
[5] 阿骨都:阿骨打,金开国皇帝。
[6] 赵康王:南宋高宗赵构,初封康王。
[7] 有个曲儿:传说完颜亮读了柳永词《望海潮》之后,觊觎词中所描绘的杭州风景,便生了南侵的野心。

扬贼汉李全[1]，有万夫不当之勇。他心顺溜于俺，俺先封他为溜金王之职。限他三年内招兵买马，骚扰淮扬地方。相机而行，以开征进之路。哎哟，俺巴不到西湖上散闷儿也！

北【二犯江儿水】平分天道，虽则是平分天道，高头[2]偏俺照。俺司天台[3]标着那南朝，标着他那答儿好（众）那答里好？（净笑介）你说西子怎娇娆，向西湖上笑倚着兰桡。（众）西湖有俺这南海子、北海子[4]大么？（净）周围三百里。波上花摇，云外香飘。无明夜、锦笙歌围醉绕。（众）万岁爷，借他来耍耍。（净）已潜遣画工，偷将他全景来了。那湖上有吴山[5]第一峰，画俺立马其上。俺好不狠也！吴山最高，俺立马在吴山最高。江南低小，也看见了江南低小，（舞介）俺怕不占场儿砌一个《锦西湖上马娇》[6]。（众）奏万岁爷，怕急不能勾到西湖，何方驻驾？

北【尾】（净）呀，急切要画图中匹马把西湖哨，且迤递[7]

---

[1] 李全：原为南宋农民起义军领袖，后受招安抗金。后来叛宋通蒙古，骚扰江淮，最后败于宋将赵范，被杀。本剧所写的李全事多虚构，与历史人物不符。

[2] 高头：上天。

[3] 司天台：钦天监。

[4] 南海子、北海子：今北京南海、北海。

[5] 吴山：杭州城隍山。《大金国志》载，完颜亮即位后，潜遣画工到临安把临安湖山城郭画下，回国之后画在屏风上，加上自己立马吴山的形象。完颜亮在画上题诗有"立马吴山第一峰"之句。

[6] 占场儿砌一个《锦西湖上马娇》：占场儿，在花酒场中占首；砌，串演；《锦西湖上马娇》，杜撰的上演节目。

[7] 迤递：同"迤逦"，形容迂回曲折而行。

的看花向洛阳道。我呵,少不的把赵康王剩水残山都占了。

线大长江扇大天,谭峭

旌旗遥拂雁行偏。司空曙

可胜饮尽江南酒?张祜

交割山川直到燕。王建

第十六出　诘病

【三登乐】(老旦上)今生怎生？偏则是红颜薄命，眼见的孤苦仃俜[1]。(泣介)掌上珍，心头肉，泪珠儿暗倾。天呵，偏人家七子团圆[2]，一个女孩儿厮病[3]。【清平乐】如花娇怯，合得天饶借[4]。风雨于花生分劣[5]，作意十分凌藉。止堪深阁重帘，谁教月榭风檐[6]。我发短回肠寸断，眼昏眵泪双淹。老身年将半百，单生一女丽娘。因何一病，起倒[7]半年？看他举止容谈，不似风寒暑湿。中间缘故，春香必知，则问他便了。春香贱才那里？(贴上)有哩。我眼里不逢乖小使，掌中擎着个病多娇。得知堂上夫人召，剩酒残脂要咱消。春香叩头。(老旦)小姐闲常好好的，才着你贱才伏侍他，不上半年，偏是病害。可恼，可恼！且问近日茶饭多少？

【驻马听】(贴)他茶饭何曾，所事儿休提、叫懒应。看他

---

[1] 孤苦仃俜：孤苦伶仃。
[2] 七子团圆：表示子孙繁衍，有福气。
[3] 厮病：生病。
[4] 饶借：饶恕，怜惜。
[5] 生分劣：作恶。生分，与人过不去。
[6] 月榭风檐：月下风前的水榭亭台。这里指杜丽娘游园。
[7] 起倒：好一阵坏一阵，轻一阵重一阵，病情一直不见好。

娇啼隐忍,笑谵迷厮[1],睡眼懵瞪。(老旦)早早禀请太医了。(贴)则除是八法针针断软绵情。怕九还丹丹不的腌臜证。(老旦)是什么病?(贴)春香不知,道他一枕秋清,却怎生还害的是春前病。(老旦哭介)怎生了。

【前腔】他一搦[2]身形,瘦的庞儿没了四星[3]。都是小奴才逗他。大古是[4]烟花惹事,莺燕成招,云月知情。贱才还不跪!取家法来。(贴跪介)春香实不知道。(老旦)因何瘦坏了玉娉婷,你怎生触损了他娇情性?(贴)小姐好好的拈花弄柳,不知因甚病了。(老旦恼,打贴介)打你这牢承[5],嘴骨稜[6]的胡遮映[7]。(贴)夫人休闪了手。容春香诉来。便是那一日游花园回来,夫人撞到时节,说个秀才手里折的柳枝儿,要小姐题诗。小姐说这秀才素昧平生,也不和他题了。(老旦)不题罢了。后来?(贴)后来那、那、那秀才就一拍手把小姐端端正正抱在牡丹亭上去了。(老旦)去怎的?(贴)春香怎得知?小姐做梦哩。(老旦惊介)是梦么?(贴)是梦。(老旦)这等着鬼了。快请老爷商议。(贴请介)老爷有请。(外上)肘后印嫌金带重,掌中珠怕玉盘轻。夫人,女儿病体因何?(老旦泣介)老爷听讲:

---

[1] 迷厮:精神恍惚。
[2] 一搦:形容腰身纤细。
[3] 瘦的庞儿没了四星:瘦得不成样子。庞儿,脸庞;四星,秤杆末尾钉有四星,易磨灭。此句形容消瘦失形。
[4] 大古是:大概是。
[5] 牢承:本意殷勤,这里指滑头、善于献殷勤的人。
[6] 嘴骨稜:多嘴多舌。
[7] 遮映:隐瞒,掩饰。

【前腔】说起心疼,这病知他是怎生!看他长眠短起,似笑如啼,有影无形。原来女儿到后花园游了。梦见一人手执柳枝,闪了他去。(作叹介)怕腰身触污了柳精灵,虚嚣侧犯了花神圣[1]。老爷呵,急与禳星[2],怕流星赶月相刑迸[3]。(外)却还来。我请陈斋长教书,要他拘束身心。你为母亲的,倒纵他闲游。(笑介)则是些日炙风吹,伤寒流转。便要禳解,不用师巫,则叫紫阳宫石道婆诵些经卷可矣。古语云:"信巫不信医,一不治也。"我已请过陈斋长看他脉息去了。(老旦)看甚脉息。若早有了人家,敢没这病。(外)咳,古者男子三十而娶,女子二十而嫁。女儿点点年纪,知道个什么呢?

【前腔】忒恁憨生,一个哇儿甚七情[4]?则不过往来潮热,大小伤寒,急慢风惊。则是你为母的呵,真珠不放在掌中擎,因此娇花不奈这心头病。(泣介)(合)两口丁零,告天天,半边儿是咱全家命。(丑扮院公上)人来大庾岭,船去郁孤台。禀老爷,有使客到。

【尾声】(外)俺为官公事有期程。夫人,好看惜女儿身命,

---

[1] 虚嚣侧犯了花神圣:虚嚣,虚弱。侧犯,冒犯。此句意思是虚弱的身子触犯了花神。

[2] 禳星:禳,用符咒为人去邪除病。通过祭祀星辰消灾解厄的仪式。

[3] 怕流星赶月相刑迸:流星赶月,流星追月亮的天象,也指通过推算天象历法预测吉凶祸福。刑迸,星命家对于天象、生辰等有"冲、克、刑、迸"的说法,刑、迸主凶事。此句说的是怕碰上不吉利的时辰和地方。

[4] 忒恁憨生,一个哇儿甚七情:憨生,娇生,宠爱娇惯。哇,娃。七情,这里指男女之情。此句意思是,你太娇惯女儿了,她一个孩子,怎会懂什么男女情事?

少不的人向秋风病骨轻[1]。(外、丑下)(老旦、贴吊场介)(老旦)无官一身轻,有子万事足。我看老相公则为往来使客,把女儿病都不瞧。好伤怀也。(泣介)想起来一边叫石道婆禳解,一边教陈教授下药。知他效验如何?正是世间只有娘怜女,天下能无卜与医!(下)

柳起东风惹病身,李绅

举家相对却沾巾。刘长卿

偏依仙法多求药,张籍

会见蓬山不死人。项斯

---

[1] 人向秋风病骨轻:进入秋季体弱易病。

第十七出　道觋[1]

【风入松】(净扮老道姑上)人间嫁娶苦奔忙,只为有阴阳。问天天从来不具人身相[2],只得来道扮男妆,屈指有四旬之上。当人生,梦一场。【集唐】紫府[3]空歌碧落寒李群玉,竹石如山不敢安杜甫。长恨人心不如石刘禹锡,每逢佳处便开看韩愈。贫道紫阳宫石道姑是也。俗家原不姓石,则因生为石女,为人所弃,故号"石姑"。思想起来:要还俗,《百家姓》上有俺一家;论出身,《千字文》[4]中有俺数句。天呵,非是俺"求古寻论[5]",恰正是"史鱼秉直[6]"。俺因何住在这"楼观飞惊[7]",打并的"劳谦谨敕[8]"?看修行似"福缘善庆",论因果是"祸因恶积"。有甚么"荣业所基"?几辈儿"林皋幸

---

[1] 觋:男巫。
[2] 不具人身相:指老道姑是石女。
[3] 紫府:仙人住的宫殿。
[4] 《千字文》:传统儿童启蒙读物。这一大段石道姑的说白中,共引了一百多处原文,以引号标注。这是旧时文人惯玩用的文字游戏。有些词语在本段里带有双关含义,流于猥亵,故不作注解。
[5] 求古寻论:从古籍里追根溯源。
[6] 史鱼秉直:史鱼,春秋时卫国史官,以直谏著名。此处指实话实说。
[7] 楼观飞惊:形容楼很高。
[8] 劳谦谨敕:对人殷勤还守规矩。

即[1]"。生下俺"形端表正",那些"性静情逸"。大便孔似"园莽抽条",小净处也"渠荷滴沥"。只那些儿正好叉着口,"巨野洞庭";偏和你灭了缝,"昆池碣石"。虽则石路上可以"路侠槐卿",石田中怎生"我艺黍稷"?难道嫁人家"空谷传声"?则好守娘家"孝当竭力"。可奈不由人"诸姑伯叔",聒噪俺"入奉母仪[2]"。母亲说你内才儿虽然"守真志满",外像儿"毛施淑姿[3]",是人家有个"上和下睦",偏你石二姐没个"夫唱妇随"?便请了个有口齿的媒人,"信使可复"。许了个大鼻子的女婿,"器欲难量"。则见不多时,那人家下定了。说道选择了一年上"日月盈昃[4]",配定了八字儿"辰宿列张"。他过的礼,"金生丽水[5]",俺上了轿,"玉出昆冈[6]"。遮脸的"纨扇圆洁",引路的"银烛辉煌"。那新郎好不打扮的头直上"高冠陪辇[7]"。咱新人一般排比了腰儿下"束带矜庄"。请了些"亲戚故旧",半路上"接杯举觞"。请新人"升阶纳陛[8]",叫女伴们"侍巾帷房"。合卺[9]的"弦歌酒宴",撒帐的"诗赞羔羊"。把俺做新人嘴脸儿一寸寸"鉴貌辨色",

---

[1] 林皋幸即:退隐山林,幸免于难。皋,水边高地。幸,幸运。即,到。
[2] 入奉母仪:出嫁为妻为母。
[3] 毛施淑姿:像毛嫱、西施那么美貌。
[4] 日月盈昃:盈昃,盈亏。昃,日斜。意指择吉日。
[5] 金生丽水:丽水即金沙江,盛产金。这里指聘金。
[6] 玉出昆冈:昆冈,昆仑山,盛产玉。这里指出嫁。
[7] 高冠陪辇:陪辇,陪乘。戴高冠,坐车右,表示受人尊敬。
[8] 升阶纳陛:登堂入室。
[9] 合卺:吃交杯酒,夫妇成婚的仪式。

将俺那宝妆奁一件件都"寓目囊箱"。早是二更时分,新郎紧上来了。替俺说,俺两口儿活像"鸣凤在竹",一时间就要"白驹食场"。则见被窝儿"盖此身发",灯影里褪尽了这几件"乃服衣裳"。天呵,瞧了他那"驴骡犊特";教俺好一会"悚惧恐惶"。那新郎见我害怕,说道:新人,你年纪不少了,"闰余成岁"。俺可也不使狠,和你慢慢的"律吕调阳"。俺听了口不应,心儿里笑着。新郎,新郎,任你"矫手顿足",你可也"靡恃己长"。三更四更了,他则待阳台上"云腾致雨",怎生巫峡内"露结为霜"? 他一时摸不出路数儿,道是怎的? 快取亮来。侧着脑要"右通广内",踣[1]着眼在"篮笋象床"。那时节俺口不说,心下好不冷笑。新郎,新郎,俺这件东西,则许你"徘徊瞻眺",怎许你"适口充肠"。如此者几度了,恼的他气不分的嘴劳刀"俊乂密勿",累的他凿不窍皮混沌的"天地玄黄"。和他整夜价则是"寸阴是竞"。待讲起,丑煞那"属耳垣墙[2]"。几番待悬梁,待投河,"免其指斥"。若还用刀钻,用线药,"岂敢毁伤"? 便拚做赸[3]了交"索居闲处",甚法儿取他意"悦豫且康"? 有了,有了。他没奈何央及煞后庭花"背邙面洛",俺也则得且随顺干荷叶,和他"秋收冬藏"。哎哟,对面儿做的个"女慕贞洁",转腰儿到做了"男效才良"。虽则暂时间"释纷利俗",毕竟情意儿"四大五常"。要留俺怕

---

[1] 踣:斜,倾斜。
[2] 属耳垣墙:墙外有人窃听。
[3] 赸:走开。

误了他"嫡后嗣续",要嫁了俺怕人笑"饥厌糟糠"。这时节俺也索劝他了:官人,官人,少不得请一房"妾御绩纺",省你气那"鸟官人皇"。俺情愿"推位让国",则要你"得能莫忘"。后来当真讨一个了。没多时做小的"宠增抗极[1]",反捻去俺为正的"率宾归王[2]"。不怨他,只"省躬讥诫"。出了家罢,俺则"垂拱平章[3]"。若论这道院里,昔年也不甚"宫殿盘郁";到老身,才开辟了"宇宙洪荒"。画真武"剑号巨阙",步北斗"珠称夜光"。奉香供"果珍李柰",把斋素也是"菜重芥姜"。世间味识得破"海咸河淡",人中网逃得出"鳞潜羽翔"。俺这出了家呵,把那几年前做新郎的臭粘涎"骸[4]垢想浴",将俺即世里做老婆的干柴火"执热愿凉"。则可惜做观主"游鹍独运[5]",也要知观的"顾答审详"。赴会的都要"具膳餐饭",行脚的[6]也要"老少异粮"。怎生观中再没个人儿?也都则是"沉默寂寥",全不会"笺牒简要[7]"。俺老将来"年矢[8]每催",镜儿里"晦魄环照[9]"。硬配不上仕女图"驰誉丹青",

---

[1] 宠增抗极:意指妾得宠后权势很大。
[2] 率宾归王:指妻反而受妾的摆布。
[3] 垂拱平章:垂拱,天子垂衣拱手无为而治。此处指出家后清静闲适。
[4] 骸:此处指身体。
[5] 游鹍独运:游鹍,大鸟,一飞八百里。此处指只有自己一个人主持道观,没有其他道姑帮助。
[6] 行脚的:原指行脚僧,此处指游方的道姑。
[7] 笺牒简要:指向人募化。
[8] 年矢:岁月如箭。
[9] 晦魄环照:月亮盈亏。这里指镜中人影。

也要接得着仙真传"坚持雅操"。懒云游"东西二京",端一味"坐朝问道"。女冠子有几个"同气连枝",骚道士不与他"工颦妍笑"[1]。怕了他暗地虎"布射辽丸"[2],则守着寒水鱼"钧巧任钓"[3]。使唤的只一个"犹子[4]比儿",叫做癞头鼋"愚蒙等诮[5]"。(内)姑娘骂俺哩。俺是个妙人儿。(净)好不羞。"殆辱近耻",到夸奖你"并皆佳妙"。(内)杜太爷皂隶拿姑娘哩。(净)为甚么?(内)说你是个贼道。(净)咳,便道那府牌[6]来"杜稿钟隶[7]",把俺做女妖看"诛斩贼盗"。俺可也"散虑逍遥",不用你这般"虚辉朗耀[8]"。(丑扮府差上)承差府堂上,提名仙观中。(见介)(净)府牌哥为何而来?

【大迓鼓】(丑)府主坐黄堂,夫人传示,衙内敲梆。知他小姐年多长,染一疾,半年光。(净)俺不是女科[9]。(丑)请你修斋,一会祈禳。

---

[1] 工颦妍笑:颦,皱眉。以一颦一笑取悦于人。
[2] 布射辽丸:善射的吕布和春秋时善弄丸的楚人熊宜僚。
[3] 守着寒水鱼"钧巧任钓":寒水鱼,唐代船子和尚偈曰:"千尺丝纶直下垂,一波才动万波随。夜静水寒鱼不食,满船空载月明归。"见北宋惠洪《冷斋夜话》。钧,三国时期的巧匠马钧,曾制造发石车。任,指庄子寓言中的任公子,曾在东海钓得大鱼。此处比喻自己坚守斋戒,不受诱惑。
[4] 犹子:侄子。
[5] 愚蒙等诮:像无知的人一样受人讥诮。
[6] 府牌:府里来的差役。
[7] 杜稿钟隶:东汉杜操的草书和三国魏钟繇的隶书。这里只取"隶"字,指皂隶,差役。
[8] 虚辉朗耀:指以虚假的声势吓人。
[9] 女科:妇科医生。

【前腔】(净)俺仙家有禁方。小小灵符,带在身旁。教他刻下人无恙。(丑)有这等灵符!快行动些。(行介)(净)叫童儿。(内应介)(净)好看守,卧云房。殿上无人,仔细灯香。(内)知道了。

(净)紫微宫女夜焚香,_{王建}

(丑)古观云根路已荒。_{释皎然}

(净)犹有真妃长命缕,_{司空图}

(丑)九天无事莫推忙。_{曹唐}

第十八出　诊祟

【一江风】(贴扶病旦上)(旦)病迷厮。为甚轻憔悴？打不破愁魂谜。梦初回，燕尾翻风，乱飒起湘帘翠。春去偌多时，春去偌多时，花容只顾衰。井梧声刮的我心儿碎。【行香子】春香呵，我楚楚精神，叶叶腰身，能禁多病逡巡！(贴)你星星措与[1]，种种生成，有许多娇，许多韵，许多情。(旦)咳，咱弄梅心事[2]，那折柳情人[3]，梦淹渐暗老残春。(贴)正好篝炉香午，枕扇风清。知为谁颦，为谁瘦，为谁疼？(旦)春香，我自春游一梦，卧病如今。不痒不疼，如痴如醉。知他怎生？(贴)小姐，梦儿里事，想他则甚！(旦)你教我怎生不想呵！

【金落索】贪他半晌痴，赚了多情泥[4]。待不思量，怎不思量得？就里暗销肌，怕人知，嗽腔腔[5]嫩喘微。哎哟，我这惯淹煎的样子谁怜惜？自嗓窄[6]的春心怎的支？心儿悔，悔

---

[1] 你星星措与：星星，件件；措与，举措。意指你的一个个行为。
[2] 弄梅心事：弄梅，杜丽娘为自己画的手捻青梅肖像图。此句指杜丽娘的怀春之情。
[3] 折柳情人：指柳梦梅。在杜丽娘梦里，他曾折柳请她题诗。
[4] 赚了多情泥：赚，骗取，这里是"害得""弄得"的意思。泥，阻滞、滞留，指使人流连。
[5] 腔腔：象声词，咳嗽的声音。
[6] 嗓窄：有心事闷在心里不说。

当初一觉留春睡。(贴)老夫人替小姐冲喜。(旦)信他冲的个甚喜？到的年时,敢犯杀花园内[1]？

【前腔】(贴)看他春归何处归,春睡何曾睡？气丝儿怎度的长天日？把心儿捧凑眉[2],病西施。小姐,梦去知他实实谁？病来只送的个虚虚的你。做行云先渴倒在巫阳会。全无谓,把单相思害得弑明昧[3]。又不是困人天气,中酒心期[4],魆魆[5]地常如醉。(末上)"日下晒书嫌鸟迹,月中捣药要蟾酥[6]。"我陈最良承公相命,来诊视小姐脉息。到此后堂,不免打叫一声。春香贤弟有么？(贴见介)是陈师父。小姐睡哩。(末)免惊动他。我自进去。(见介)小姐。(旦作惊介)谁？(贴)陈师父哩。(旦扶起介)(旦)师父,我学生患病。久失敬了。(末)学生,学生,古书有云:"学精于勤,荒于嬉。"你因为后花园汤风冒日,感下这疾,荒废书工。我为师的在外,寝食不安。幸喜老公相请来看病。也不料你清减至此。似这般样,几时能够起来读书？早则端阳节哩。(贴)师父,端节有你的。(末)我说端阳,难道要你粽子？小姐,望闻问切,我且问你病症因

---

[1] 到的年时,敢犯杀花园内:到的,相当于及得、算得；敢,莫非,可能；杀,通"煞",凶神恶煞。这两句是说,难道是从前,在花园里冲撞了什么鬼煞么？
[2] 把心儿捧凑眉:凑眉,皱眉。西施心口疼是捧心皱眉的样子。
[3] 明昧:不明不白。
[4] 中酒心期:中酒,醉酒。心期,本意内心期望,此处作心绪解。
[5] 魆魆:精神恍惚。
[6] 月中捣药要蟾酥:蟾酥,蟾蜍皮肤内毒腺的分泌液,供药用。神话传说,月亮里有白兔捣药。

何?(贴)师父问什么!只因你讲《毛诗》,这病便是"君子好求"上来的。(末)是那一位君子?(贴)知他是那一位君子。(末)这般说,《毛诗》病用《毛诗》去医。那头一卷就有女科圣惠方[1]在哩。(贴)师父,可记的《毛诗》上方儿?(末)便依他处方。小姐害了"君子"的病,用的史君子[2]。《毛诗》:"既见君子,云胡不瘳[3]?"这病有了君子抽一抽,就抽好了。(旦羞介)哎也!(贴)还有甚药?(末)酸梅十个。《诗》云"摽有梅,其实七兮[4]",又说"其实三兮"。三个打七个,是十个。此方单医男女过时思酸之病。(旦叹介)(贴)还有呢?(末)天南星[5]三个。(贴)可少?(末)再添些。《诗》云:"三星在天[6]。"专医男女及时之病。(贴)还有呢?(末)俺看小姐一肚子火,你可抹净一个大马桶,待我用栀子仁、当归,泻下他火来。这也是依方:"之子于归,言秣其马[7]。"(贴)师父,这马不同那"其马"。

---

[1] 圣惠方:《圣惠方》,全称《太平圣惠方》,宋代官修医书,收集过万验方。此处指灵验有效的药方。

[2] 史君子:使君子,中药名。

[3] 既见君子,云胡不瘳:语出《诗经·郑风·风雨》。既见君子,与上句"史君子"双关。云,语气助词,无义;瘳,病愈。指杜丽娘害了相思病,若遇心仪之人,病就会好。

[4] 摽有梅,其实七兮:摽,落下。梅子落下了,树上还留了七个。语出《诗经·召南·摽有梅》。这是一首描写女子渴望出嫁的诗歌,此处暗示杜丽娘渴求出嫁的急切心理。

[5] 天南星:中药名。

[6] 三星在天:语出《诗经·唐风·绸缪》。原诗歌颂男女相会时的欢乐。

[7] 之子于归,言秣其马:语出《诗经·周南·汉广》。原意说:那个姑娘要出嫁了,喂饱马,驾车迎娶她。

（末）一样髀鞯窟洞下[1]。（旦）好个伤风切药陈先生。（贴）做的按月通经陈妈妈。（旦）师父不可执方[2]，还是诊脉为稳。（末看脉，错按旦手背介）（贴）师父，讨个转手。（末）女人反此背看之，正是王叔和《脉诀》[3]。也罢，顺手看是。（诊脉介）呀，小姐脉息，到这个分际了。

【金索挂梧桐】他人才忒整齐，脉息恁微细。小小香闺，为甚伤憔悴？（起介）春香呵，似他这伤春怯夏肌，好扶持。病烦人容易伤秋意。小姐，我去咀药[4]来。（旦叹介）师父，少不得情栽了窍髓针难入[5]，病躲在烟花你药怎知？（泣介）承尊觑，何时何日来看这女颜回[6]？（合）病中身怕的是惊疑。且将息，休烦絮。（旦）师父且自在。送不得你了。可曾把俺八字推算么？（末）算来要过中秋好。当生止有八个字，起死曾无三世医[7]。（下）（贴）一个道姑走来了。（净上）不闻弄玉吹箫[8]去，又见嫦娥窃药来。自家紫阳宫石道姑便是。承杜老夫人呼唤，

---

[1] 一样髀鞯窟洞下：指马和马桶都是一样骑坐，或一样有髀鞯。髀鞯，即鞴鞯，马鞍上的皮带，亦为马桶上篾箍的谐音。

[2] 执方：固执。

[3] 王叔和《脉诀》：晋代著名医学家王叔和，《脉诀》是其所著医书。

[4] 咀药：中药有些药材在煎煮前要用嘴嚼细。这里作煎药解。

[5] 情栽了窍髓针难入：窍、髓，泛指人体内部的器官；针，针灸。相思的病根生在骨髓里面，针刺不进去。

[6] 女颜回：颜回，孔子最优秀的弟子，早逝。女颜回，指优秀而短命的女学生。

[7] 三世医：祖传三代的医生。

[8] 弄玉吹箫：传说，春秋时秦穆公的女儿弄玉与丈夫萧史都善吹箫，后来夫妇都乘凤鸟飞升成仙。

替小姐禳解。(见贴介)(贴)姑姑为何而来?(净)吾乃紫阳宫石道姑。承夫人命,替小姐禳解。不知害的甚病?(贴)尴尬病。(净)为谁来?(贴)后花园耍来。(净举三指,贴摇头介)(净举五指,贴又摇头介)(净)咳,你说是三是五,与他做主。(贴)你自问他去。(净见旦介)小姐,小姐,道姑稽首那。(旦作惊介)那里道姑?(净)紫阳宫石道姑。夫人有召,替小姐保禳。闻说小姐在后花园着魅,我不信。

【前腔】你惺惺的[1]怎着迷?设设的[2]浑如魅。(旦作魇语[3]介)我的人那。(净、贴背介)你听他念念呢呢[4],作的风风势[5]。是了,身边带有个小符儿。(取旦钗挂小符,作咒介)"赫赫扬扬,日出东方[6]。此符屏却恶梦,辟除不祥。急急如律令敕[7]。"(插钗介)这钗头小篆符,眠坐莫教离。把闲神野梦都回避。(旦醒介)咳,这符敢不中?我那人呵,须不是依花附木廉纤鬼[8],咱做的弄影团风抹媚痴[9]。(净)再痴时,请个五雷[10]

---

[1] 惺惺的:机灵的样子。
[2] 设设的:昏昏沉沉。
[3] 魇语:梦呓。
[4] 念念呢呢:说话含糊不清。
[5] 风风势:发疯状。
[6] 赫赫扬扬,日出东方:作法治病的常用开头咒语。
[7] 急急如律令敕:咒语的结句。
[8] 廉纤鬼:小鬼。
[9] 咱做的弄影团风抹媚痴:弄影团风,疑神疑鬼;抹媚痴,被鬼物迷惑而痴迷。
[10] 五雷:掌心雷,道家的一种法术。

打他。(旦)些儿意,正待携云握雨,你却用掌心雷。(合前)(净)还分明说与,起个三丈高咒幡儿[1]。(旦)待说个甚么子好?

【尾声】依稀则记的个柳和梅。姑姑,你也不索打符桩挂竹枝,则待我冷思量,一星星咒向梦儿里。(贴扶旦下)

(贴)绿惨双蛾不自持,步非烟

(净)道家妆束厌襀时。薛能

(旦)如今不在花红处,僧怀濬

(合)为报东风且莫吹。李涉

---

[1] 咒幡儿:长条形旗子,上面写有咒语,道士禳解时用。

第十九出　牝贼[1]

北【点绛唇】（净扮李全引众上）世扰膻风，家传杂种[2]。刀兵动，这贼英雄，比不的穿墙洞[3]。野马千蹄合一群，眼看江海尽风尘。汉儿学得胡儿语，又替胡儿骂汉人。自家李全是也。本贯楚州人氏。身有万夫不当之勇。南朝不用，去而为盗。以五百人出没江淮之间，正无归着。所幸大金皇帝，遥封俺为溜金王。央我骚扰淮扬，看机进取。奈我多勇少谋。所喜妻子杨氏娘娘，能使一条梨花枪，万人无敌。夫妻上阵，大有威风。则是娘娘有些吃酸，但是掳的妇人，都要送他帐下。便是军士们，都只畏惧他。正是山妻独霸蛇吞象，海贼封王鱼变龙。

【番卜算】（丑扮杨婆持枪上）百战惹雌雄，血映燕支[4]重。（舞介）一枝枪洒落花风，点点梨花弄。（见举手介）大王千岁。奴家介胄在身，不拜了。（净）娘娘，你可知大金皇帝，封俺做溜金

---

[1] 牝贼：女贼。
[2] 世扰膻风，家传杂种：世扰，世代养成；膻，膻味，指北方少数民族世代养成的吃肉的传统。
[3] 穿墙洞：指穿墙洞的小贼。
[4] 燕支：胭脂。

王?（丑）怎么叫做溜金王?（净）溜者顺也。（丑）封你何事?（净）央俺骚扰淮扬三年。待俺兵粮齐集，一举渡江，灭了赵宋。那时还封俺为帝哩!（丑）有这等事! 恭喜了。借此号令，买马招军。

【六幺令】如雷喧哄，紧辕门画鼓冬冬。哨尖儿[1]飞过海云东。（合）好男女，坐当中，淮扬草木都惊动。

【前腔】聚粮收众。选高蹄战马青骢。闪盔缨斜簇玉钗红。（合前）

（净）群雄竞起向前朝，杜甫

（丑）折戟沉沙铁未销。杜牧

　　平原好牧无人放，曹唐

　　白草连天野火烧。王维

---

[1] 哨尖儿：探子。

第二十出　闹殇

【金珑璁】(贴上)连宵风雨重，多娇多病愁中。仙少效，药无功。颦有为颦，笑有为笑[1]。不颦不笑，哀哉年少。春香侍奉小姐，伤春病到深秋。今夕中秋佳节，风雨萧条。小姐病转沉吟，待我扶他消遣。正是从来雨打中秋月，更值风摇长命灯[2]。(下)

【鹊桥仙】(贴扶病旦上)拜月堂空，行云径拥。骨冷怕成秋梦。世间何物似情浓？整一片断魂心痛。(旦)枕函敲破漏声残，似醉如呆死不难。一段暗香迷夜雨，十分清瘦怯秋寒。春香，病境沉沉，不知今夕何夕？(贴)八月半了。(旦)哎也，是中秋佳节哩。老爷，奶奶，都为我愁烦，不曾玩赏了？(贴)这都不在话下了。(旦)听见陈师父替我推命，要过中秋。看看病势转沉，今宵欠好。你为我开轩一望，月色如何？(贴开窗，旦望介)

【集贤宾】(旦)海天悠、问冰蟾何处涌？玉杵秋空，凭谁窃药把嫦娥奉？甚西风吹梦无踪！人去难逢，须不是神挑鬼弄。在眉峰，心坎里别是一般疼痛。(旦闷介)

---

[1]颦有为颦，笑有为笑：该忧时忧，该笑时笑。
[2]风摇长命灯：长命灯在风中飘摇，比喻生命垂危。

【前腔】(贴)甚春归无端厮和哄[1],雾和烟两不玲珑[2]。算来人命关天重,会消详、直恁匆匆[3]!为着谁侬[4],俏样子等闲抛送?待我谎他。姐姐,月上了。月轮空,敢蘸破[5]你一床幽梦。(旦望叹介)轮时盼节想中秋,人到中秋不自由。奴命不中孤月照,残生今夜雨中休。

【前腔】你便好中秋月儿谁受用?剪西风泪雨梧桐。楞生瘦骨加沉重。趱程期[6]是那天外哀鸿。草际寒蛩[7],撒剌剌[8]纸条窗缝。(旦惊作昏介)冷松松,软兀剌四梢难动[9]。(贴惊介)小姐冷厥[10]了。夫人有请。(老旦上)百岁少忧夫主贵,一生多病女儿娇。我的儿,病体怎生了?(贴)奶奶,欠好,欠好。(老旦)可怎了!

【前腔】不提防你后花园闲梦铳[11],不分明再不惺忪,睡临侵[12]打不起头梢重。(泣介)恨不呵早早乘龙[13]。夜夜孤

---

[1] 厮和哄:厮,互相;和哄,欺骗,调弄。
[2] 雾和烟两不玲珑:又雾又雨,天气不好。
[3] 会消详、直恁匆匆:消详,待一会儿。本以为病情会慢慢好转,谁知一下子病成这样。
[4] 侬:人,江浙方言。
[5] 蘸破:点破。
[6] 趱程期:趱,催促。赶路,赶时间。
[7] 蛩:蟋蟀。
[8] 撒剌剌:风吹窗纸声。
[9] 软兀剌四梢难动:软兀剌,软绵绵地。四梢,四肢。
[10] 冷厥:昏厥。
[11] 梦铳:睡梦。
[12] 睡临侵:昏昏状。
[13] 乘龙:嫁个佳婿。

鸿,活害杀俺翠娟娟雏凤。一场空,是这答里把娘儿命送。

【啭林莺】(旦醒介)甚飞丝缱的阳神动,弄悠扬风马叮咚[1]。(泣介)娘,儿拜谢你了。(拜跌介)从小来觑的千金重,不孝女孝顺无终。娘呵,此乃天之数也。当今生花开一红,愿来生把萱椿再奉。(众泣介)(合)恨西风,一霎无端碎绿摧红。

【前腔】(老旦)并无儿、荡得个娇香种[2],绕娘前笑眼欢容。但成人索把俺高堂送。恨天涯老运孤穷。儿呵,暂时间月直年空[3],返将息你这心烦意冗。(合前)(旦)娘,你女儿不幸,作何处置?(老旦)奔[4]你回去也。儿!

【玉莺儿】(旦泣介)旅榇[5]梦魂中,盼家山千千重。(老旦)便远也去。(旦)是不是听女孩儿一言。这后园中一株梅树,儿心所爱。但葬我梅树之下可矣。(老旦)这是怎的来?(旦)做不的病婵娟桂窟里长生,则分的粉骷髅向梅花古洞[6]。(老旦泣介)看他强扶头泪蒙,冷淋心汗倾,不如我先他一命无常用。(合)恨苍穹,妒花风雨,偏在月明中。(老旦)还去与爹讲,广做道

---

[1] 甚飞丝缱的阳神动,弄悠扬风马叮咚:阳神,生魂;风马,风铃(铁马)。原来是风吹铁马叮咚响,把阳神从昏迷中惊醒过来。
[2] 荡得个娇香种:好不容易养了一个好女儿。
[3] 月直年空:迷信说法,即月值年灾,命定的灾祸。
[4] 奔:这里是指送走遗体。
[5] 旅榇:榇,棺木。旅榇,指寄存外乡的棺木。
[6] 做不的病婵娟桂窟里长生,则分的粉骷髅向梅花古洞:婵娟,指嫦娥。桂窟,桂花窟,指月宫。分,应分,应该。这两句说的是,不能像嫦娥在月宫长生不老,就应该把尸骨埋在梅树古洞中。

场也。儿，银蟾谩捣君臣药，纸马重烧子母钱[1]。（下）（旦）春香，咱可有回生之日否？

【前腔】（叹介）你生小事依从，我情中你意中。春香，你小心奉事老爷奶奶。（贴）这是当的了。（旦）春香，我记起一事来。我那春容，题诗在上，外观不雅。葬我之后，盛着紫檀匣儿，藏在太湖石底。（贴）这是主何意儿？（旦）有心灵翰墨春容，倘直那人知重[2]。（贴）姐姐宽心。你如今不幸，孤坟独影。肯将息起来，禀过老爷，但是姓梅姓柳秀才，招选一个，同生同死，可不美哉！（旦）怕等不得了。哎哟，哎哟！（贴）这病根儿怎攻，心上医怎逢？（旦）春香，我亡后，你常向灵位前叫唤我一声儿。（贴）他一星星说向咱伤情重。（合前）（旦昏介）不好了，不好了，老爷奶奶快来！

【忆莺儿】（外、老旦上）鼓三冬，愁万重。冷雨幽窗灯不红。听侍儿传言女病凶。（贴泣介）我的小姐，小姐！（外、老旦同泣介）我的儿呵，你舍的命终，抛的我途穷。当初只望把爹娘送。（合）恨匆匆，萍踪浪影，风剪了玉芙蓉。（旦作醒介）（外）快苏醒！儿，爹在此。（旦作看外介）哎哟，爹爹扶我中堂去罢。（外）扶你也，儿。（扶介）

---

[1] 银蟾谩捣君臣药，纸马重烧子母钱：谩，徒然；君臣药，中医配药的方法，主药叫君，辅药叫臣；纸马，也叫甲马，旧时候的神符，焚化祭祀逝者；子母钱，各种纸钱。这两句意指月宫中玉兔徒然捣着仙药，也救不得杜丽娘性命。

[2] 倘直那人知重：直，同"值"，遇到。意即也许能得到心上人欣赏珍重。

【尾声】(旦)怕树头树底不到的五更风[1],和俺小坟边立断肠碑一统[2]。爹,今夜是中秋。(外)是中秋也,儿。(旦)禁了这一夜雨。(叹介)怎能够月落重生灯再红!(并下)(贴哭上)我的小姐,我的小姐,天有不测之风云,人有无常之祸福。我小姐一病伤春死了。痛杀了我家老爷、我家奶奶。列位看官们,怎了也!待我哭他一会。

【红衲袄】小姐,再不叫咱把领头香心字烧,再不叫咱把剔花灯红泪缴[3],再不叫咱拈花侧眼调歌鸟,再不叫咱转镜移肩和你点绛桃[4]。想着你夜深深放剪刀,晓清清临画稿。提起那春容,被老爷看见了,怕奶奶伤情,分付殉了葬罢。俺想小姐临终之言,依旧向湖山石儿靠也,怕等得个拾翠人来把画粉销[5]。老姑姑,你也来了。(净上)你哭得好,我也来帮你。

【前腔】春香姐,再不教你暖朱唇学弄箫。(贴)为此。(净)再不和你荡湘裙闲斗草。(贴)便是。(净)小姐不在,春香姐也松泛多少。(贴)怎见得?(净)再不要你冷温存热絮叨,再不要你夜眠迟、朝起的早。(贴)这也惯了。(净)还有省气的所

---

[1]怕树头树底不到的五更风:怕满树的花朵,还没等到五更风吹就已落尽。这里指杜丽娘青春夭折。

[2]一统:一方。

[3]红泪缴:红泪,熔化流下来的红蜡液;缴,揩拭。

[4]点绛桃:点红唇。

[5]怕等得个拾翠人来把画粉销:拾翠人,拾取翠鸟羽毛的人,这里指拾画的人。此句说的是,就怕等来了拾画的人,画上的粉彩却已消退。

在。鸡眼睛不用你做嘴儿挑[1],马子儿[2]不用你随鼻儿倒。(贴啐介)(净)还一件,小姐青春有了,没时间做出些儿也[3],那老夫人呵,少不的把你后花园打折腰。(贴)休胡说!老夫人来也。(老旦哭介)我的亲儿。

【前腔】每日绕娘身有百十遭,并不见你向人前轻一笑。他背熟的班姬《四诫》从头学,不要得孟母三迁把气淘。也愁他软苗条忒恁娇,谁料他病淹煎真不好。(哭介)从今后谁把亲娘叫也,一寸肝肠做了百寸焦。(老旦闷倒,贴惊叫介)老爷,痛杀了奶奶也。快来,快来!(外哭上)我的儿也,呀,原来夫人闷倒在此。

【前腔】夫人,不是你坐孤辰把子宿辜[4],则是我坐公堂冤业报。较不似老仓公多女好[5]。撞不着赛卢医他一病跷[6]。天,天,似俺头白中年啊,便做了大家缘[7]何处消?见放着小

---

[1] 鸡眼睛不用你做嘴儿挑:鸡眼不用你努嘴挑。
[2] 马子儿:马桶。
[3] 没时间做出些儿也:些儿,事,儿女私情。意指不知什么时候做出儿女间的事来。
[4] 坐孤辰把子宿辜:坐,因为;辰,地支名;孤辰,没有天干相配谓之孤辰,迷信认为人的生辰八字犯孤辰即主不吉利;子宿,子星;辜,虚无。此句意为因为命不好,没有儿子。
[5] 较不似老仓公多女好:较不似,比不上;老仓公,即汉代名医淳于意,做过太仓长,称仓公。他无子而有五女,小女儿缇萦曾为他上书脱罪。这句说的是,比不上仓公女儿多的福气。
[6] 撞不着赛卢医他一病跷:赛,赛过;卢医,指扁鹊,因住在卢地,世称卢医;跷,死。此句说杜丽娘因为遇不到良医而死。
[7] 家缘:家产。

门楣生折倒!夫人,你且自保重。便做你寸肠千断了也,则怕女儿呵,他望帝魂归不可招[1]。(丑扮院公上)人间旧恨惊鸦去,天上新恩喜鹊来。禀老爷,朝报高升。(外看报介)吏部一本,奉圣旨:"金寇南窥,南安知府杜宝,可升安抚使[2],镇守淮扬。即日起程,不得违误。钦此。"(叹介)夫人,朝旨催人北往,女丧不便西归。院子,请陈斋长讲话。(丑)老相公有请。(末上)彭殇真一壑[3],吊贺每同堂。(见介)(外)陈先生,小女长谢你了。(末哭介)正是。苦伤小姐仙逝,陈最良四顾无门。所喜老公相乔迁,陈最良一发失所。(众哭介)(外)陈先生有事商量。学生奉旨,不得久停。因小女遗言,就葬后园梅树之下,又恐不便后官居住,已分付割取后园,起座梅花庵观,安置小女神位。就着这石道姑焚修看守。那道姑可承应的来?(净跪介)老道婆添香换水。但往来看顾,还得一人。(老旦)就烦陈斋长为便。(末)老夫人有命,情愿效劳。(老旦)老爷,须置些祭田才好。(外)有漏泽院二顷虚田,拨资香火(末)这漏泽院[4]田,就漏在生员身上。(净)咱号道姑,堪收稻谷。你是陈绝粮,漏不

---

[1] 望帝魂归不可招:望帝,传说蜀王杜宇自称望帝,死后化为杜鹃鸟。意指魂招不回来,死而不能复生。
[2] 安抚使:官名。主管某个地区军政大事,由知州兼任。
[3] 彭殇真一壑:彭,彭祖,传说活到了八百岁;殇,殇子,夭折的未成年人;壑,坑谷,指尸首埋葬地。
[4] 漏泽院:官府设置的坟地。

到你。(末)秀才口吃十一方[1],你是姑姑,我还是孤老[2],偏不该我收粮?(外)不消争,陈先生收给。陈先生,我在此数年,优待学校。(末)都知道。便是老公相高升,旧规有诸生遗爱记、生祠碑文,到京伴礼送人[3]为妙。(净)陈绝粮,遗爱记是老爷遗下与令爱作表记么?(末)是老公相政迹歌谣。什么"令爱"!(净)怎么叫做生祠?(末)大祠宇塑老爷像供养,门上写着"杜公之祠"。(净)这等不如就塑小姐在旁,我普同供养。(外恼介)胡说!但是旧规,我通不用了。

【意不尽】陈先生,老道姑,咱女坟儿三尺暮云高,老夫妻一言相靠。不敢望时时看守,则清明寒食一碗饭儿浇。

(外)魂归冥漠魄归泉,朱褒
(老)使汝悠悠十八年。曹唐
(末)一叫一回肠一断,李白
(合)如今重说恨绵绵。张籍

---

[1] 秀才口吃十一方:俗话说和尚口吃十方,而寄宿庙里的秀才连和尚的饭也吃,所以说秀才口吃十一方。
[2] 孤老:此处与"谷稻"谐音,所以有此说。
[3] 到京伴礼送人:当时风气,为巴结官员,给他们送礼时有时会附以遗爱记、生祠碑文等,吹嘘自己官做得好,作为谋求升官的手段。这里借诨语来嘲笑这种风气。

第二十一出　谒遇

【光光乍】(老旦扮僧上)一领破袈裟,香山岙里巴[1]。多生多宝多菩萨[2],多多照证光光乍[3]。小僧广州府香山岙多宝寺一个住持。这寺原是番鬼[4]们建造,以便迎接收宝官员。兹有钦差苗爷任满,祭宝于多宝菩萨位前,不免迎接。

【挂真儿】(净扮苗舜宾,末扮通事[5],外、贴扮皂卒,丑扮番鬼上)半壁天南开海汊,向真珠窟[6]里排衙[7]。(僧接介)(合)广利神王[8],善财[9]天女[10],听梵放海潮音下[11]。(净)铜柱珠崖

---

[1] 巴:寺庙。明代澳门(香山岙)基督教所建教堂称"三巴寺",现残存的大门为著名景点"大三巴"。
[2] 多生多宝多菩萨:多生,佛教以众生造善恶之业,受轮回之苦,生死相续,谓之"多生";多宝多菩萨,多宝如来,宝净佛。
[3] 照证光光乍:照证,照耀;光光乍,光头和尚。
[4] 番鬼:旧时粤人称外国人为番鬼。
[5] 通事:翻译官。
[6] 真珠窟:这里指香山岙。
[7] 排衙:官府里铺排仪仗,部下依次参拜长官。
[8] 广利神王:南海海神。唐天宝十载,富有奇珍异宝的南海神被封为广利王。
[9] 善财:佛教弟子名,又称善财童子。传说其出生时种种珍宝自然涌出。
[10] 天女:天上的神女。
[11] 听梵放海潮音下:梵,梵音,指诵经说法。此句形容念佛之声有如海潮声一般洪亮。

道路难，伏波横海旧登坛。越人自贡珊瑚树，汉使何劳獬豸冠[1]？自家钦差识宝使臣苗舜宾便是。三年任满，例当祭赛多宝菩萨。通事那里？(末见介)(丑见介)伽喇喇[2]。(老旦见介)(净)叫通事，分付番回献宝。(末)俱已陈设。(净起看宝介)奇哉宝也。真乃磊落山川，精荧日月。多宝寺不虚名矣！看香。(内鸣钟，净礼拜介)

【亭前柳】(净)三宝唱三多[3]，七宝[4]妙无过。庄严成世界，光彩遍娑婆[5]。甚多，功德无边阔。(合)领拜南无[6]，多得宝，宝多罗多罗。(净)和尚，替番回海商，祝赞一番。

【前腔】(老旦)大海宝藏多，船舫遇风波。商人持重宝，险路怕经过。刹那，念彼观音脱[7]。(合前)

【挂真儿】(生上)望长安西日下，偏吾生海角天涯。爱

---

[1] "铜柱珠崖道路难"四句：铜柱，东汉伏波将军马援渡海南征交趾，在今广西上思县分茅岭建铜柱，作为分疆标志。珠崖，汉代郡名，今海南岛东部，古代以产珠著名。獬豸(xiè zhì)冠，指御史，这里指使臣。这几句说的是，路途险阻，古时只有马援曾经到过。珊瑚树是越人自贡，用不着朝廷派使臣去索取。
[2] 伽喇喇：表示番人说话声。
[3] 三宝唱三多：三宝，佛家以佛、法、僧为三宝，这里指僧人。三多，佛教用语，指多近善友，多闻法音，多修不净观。
[4] 七宝：七种宝物，《法华经》指金、银、琉璃、砗磲、玛瑙、珍珠、玫瑰为七宝，但说法不一。
[5] 娑婆：佛教把大千世界称作"娑婆世界"。
[6] 南无：梵语，意为归命、敬礼、度我。
[7] 念彼观音脱：佛家认为，受苦难的人只要念一下观音菩萨的佛名，就能立刻得到解脱。

宝的喇嘛，抽珠的佛法，滑琉璃两下难拿[1]。自笑柳梦梅，一贫无赖，弃家而游。幸遇钦差寺中祭宝，托词进见。倘言语中间，可以打动，得其赈援，亦未可知。（见外介）（生）烦大哥通报一声。广州府学生员柳梦梅，来求看宝。（报介）（净）朝廷禁物，那许人观。既系斯文[2]，权请相见。（见介）（生）南海开珠殿[3]。（净）西方掩玉门[4]。（生）剖怀俟知己。（净）照乘[5]接贤人。敢问秀才以何至此？（生）小生贫苦无聊。闻得老大人在此赛宝，愿求一观，以开怀抱。（净笑介）既逢南土之珍，何惜西昆之秘[6]。请试一观。（净引生看宝介）（生）明珠美玉，小生见而知之。其间数种，未委何名？烦老大人一一指教。

【驻云飞】（净）这是星汉神砂，这是煮海金丹和铁树花。少什么猫眼精光射，母碌通明差。嗏，这是靺鞨柳金芽，这是温凉玉斝，这是吸月的蟾蜍，和阳燧冰盘化。（生）我广南有明月珠，珊瑚树。（净）径寸明珠等让他[7]，便是几尺珊瑚碎了

---

[1] 滑琉璃两下难拿：指前面所说"爱宝的喇嘛、抽珠的佛法"像琉璃一样圆滑，两者都靠不住，不能指望他们的帮助。
[2] 斯文：指读书人。
[3] 珠殿：用珠玉装饰的宫殿。
[4] 西方掩玉门：玉门关外的昆仑山和于阗均为玉石产地。此句意思是，不必到玉门关外去求宝玉了。
[5] 照乘：照乘珠，传说它的光亮能照见许多车辆，故称"照乘"。乘，车辆。
[6] 西昆之秘：西昆，西方的昆仑山；秘，稀奇珍宝。
[7] 径寸明珠等让他：就是直径一寸的大珠也比不上这些珍宝。

他[1]。(生)小生不游大方之门[2],何因睹此!

【前腔】天地精华,偏出在番回到帝子家。禀问老大人,这宝来路多远?(净)有远三万里的,至少也有一万多程。(生)这般远,可是飞来,走来?(净笑介)那有飞走而至之理。都因朝廷重价购求,自来贡献。(生叹介)老大人,这宝物蠢尔无知,三万里之外,尚然无足而至;生员柳梦梅,满胸奇异,到长安三千里之近,倒无一人购取,有脚不能飞!他重价高悬下,那市舶能奸诈[3],咳,浪把宝船抷[4]。(净)疑惑这宝物欠真么?(生)老大人,便是真,饥不可食,寒不可衣,看他似虚舟飘瓦[5]。(净)依秀才说,何为真宝?(生)不欺,小生倒是个真正献世宝[6]。我若载宝而朝,世上应无价。(净笑介)则怕朝廷之上,这样献世宝也多着。(生)但献宝龙宫笑杀他,便斗宝临潼[7]也赛得他。(净)这等便好献与圣天子了。(生)寒儒薄相,要伺候官府,尚不能够。怎见的圣天子?(净)你不知倒是圣天子好见。(生)则三千里路资难处。(净)一发不难。古人黄金

---

[1] 几尺珊瑚碎了他:指晋代王恺与石崇争富之事。王恺炫耀皇帝赐他的三尺许高的珊瑚树。石崇看后用铁如意敲碎了它,然后拿出六七株更高的珊瑚树任由王恺挑选。
[2] 大方之门:大方,识见广博。这里指祭宝的大场面。
[3] 那市舶能奸诈:市舶,指外国商船。能,这样。
[4] 抷:通"划"。
[5] 虚舟飘瓦:虚舟,空船;飘瓦,飘落的瓦片。比喻无用之物。
[6] 献世宝:现世宝,稀有之宝。后面净角所说的献世宝,用以指人,有讥讽之意。
[7] 斗宝临潼:传说秦穆公为并吞天下十七国诸侯,要每个国家拿出宝物一件,在临潼比赛。

赠壮士,我将衙门常例银两[1],助君远行。(生)果尔,小生无父母妻子之累,就此拜辞。(净)左右,取书仪[2],看酒。(丑上)广南爱吃荔枝酒,直北偏飞榆荚钱。酒到,书仪在此。(净)路费先生收下。(生)谢了。(净送酒介)

【三学士】你带微醺走出这香山罅,向长安有路荣华。(生)无过献宝当今驾,撒去收来再似他。(合)骤金鞭及早把荷衣挂[3],望归来锦上花。

【前腔】(生)则怕呵,重瞳[4]有眼苍天瞎,似波斯[5]赏鉴无差。(净)由来宝色无真假,只在淘金的会拣沙。(合前)(生)告行了。

【尾声】你赠壮士黄金气色佳。(净)一杯酒酸寒奋发,则愿的你呵,宝气冲天海上槎[6]。

(生)乌纱巾上是青天,司空图

(净)俊骨英才气俨然。刘禹锡

(生)闻道金门堪济美,张南史

(净)临行赠汝绕朝鞭。李白

---

[1] 常例银两:旧时官员享有的灰色收入,如下属的馈赠、多收的赋税等。因是不成文规定,故称常例。
[2] 书仪:馈赠的钱物。
[3] 早把荷衣挂:荷衣,隐士的衣服。挂起荷衣,意指做官。
[4] 重瞳:一眼中有两瞳仁。传说舜帝就是重瞳。
[5] 波斯:相传波斯人善于鉴识宝物。
[6] 海上槎:槎,木筏。传说每年八月海上有浮槎来往,乘槎可直达天河之上。此处比喻做官高升。

第二十二出　旅寄

【捣练子】(生伞、袱,病容上) 人出路,鸟离巢。(内风声介) 搅天风雪梦牢骚。这几日精神寒冻倒。香山岙里打包[1]来,三水[2]船儿到岸开。要寄乡心值寒岁,岭南南上半枝梅。我柳梦梅。秋风拜别中郎[3],因循亲友辞饯。离船过岭,早是暮冬。不提防岭北风严,感了寒疾,又无扫兴而回之理。一天风雪,望见南安。好苦也!

【山坡羊】树槎牙饿鸢惊叫[4],岭迢遥病魂孤吊。破头巾毡打风筛,透衣单伞做张儿哨[5]。路斜抄,急没个店儿捎[6]。雪儿呵,偏则把白面书生奚落。怎生冰凌断桥,步高低蹬着。好了。有一株柳,酬[7]将过去。方便处柳跎腰[8]。(扶柳过

---

[1] 打包:收拾行装。
[2] 三水:地名,今广东佛山辖区。
[3] 中郎:官名,这里指识宝使臣苗舜宾。
[4] 树槎牙饿鸢惊叫:槎牙,形容老树枯枝纵横。鸢,老鹰。
[5] 透衣单伞做张儿哨:张,量词,一个。这句说风吹透单衣和纸伞,破伞像哨子一样呜呜作响。
[6] 捎:此处指投宿。
[7] 酬:扶,方言。
[8] 柳跎腰:跎,驼背。柳树斜横水上,好像驼腰一样。

介）虚嚣[1]，尽枯杨命一条。蹊跷，滑喇沙跌一交。（跌介）

【步步娇】（末上）俺是个卧雪先生[2]没烦恼。背上驴儿笑，心知第五桥[3]。那里开年有斋村学[4]！（生作哎呀介）（末）怎生来人怨语声高？（看介）呀，甚城南破瓦窑，闪下个精寒料[5]。（生）救人，救人！（末）我陈最良，为求馆冲寒到此。彩头儿恰遇着吊水之人，且由他去。（生又叫介）救人！（末）听说救人，那里不是积福处。俺试问他。（问介）你是何等之人，失脚在此？（生）俺是读书之人。（末）委是读书之人，待俺扶起你来。（末扶生，相跌，诨介）（末）请问何方至此？

【风入松】（生）五羊城一叶过南韶[6]，柳梦梅来献宝。（末）有何宝货？（生）我孤身取试长安道，犯严寒少衾单病了。没揣的逗着断桥溪道，险跌折柳郎腰。（末）你自揣高中的，方可去受这等辛苦。（生）不瞒说，小生是个擎天柱，架海梁[7]。（末笑介）却怎生冻折了擎天柱，扑倒了紫金梁？这也罢了，老夫

---

[1] 虚嚣：虚浮，不可靠。这里指柳树枯了，扶不牢。
[2] 卧雪先生：说的是东汉袁安故事，见《后汉书》。袁安大雪时一个人僵卧家中，不愿出去求人，后作安贫乐道的典故。
[3] 第五桥：在长安韦曲之西。源自杜甫诗句"不识南塘路，今知第五桥"。这里泛指一座桥。
[4] 斋村学：村塾。
[5] 甚城南破瓦窑，闪下个精寒料：破瓦窑，宋朝穷困不堪的青年吕蒙正只能住在破窑里。精寒料，穷光蛋。此二句意思是，这是什么地方来的穷愁潦倒的倒霉鬼。
[6] 五羊城一叶过南韶：五羊城即广州。一叶，一只小船。南韶，今广东曲江。
[7] 擎天柱，架海梁：比喻有出息的读书人。

颇谙医理。边近有梅花观,权将息度岁而行。

【前腔】(末)尾生般抱柱正题桥[1],做倒地文星[2]佳兆。论草包似俺堪调药,暂将息梅花观好。(生)此去多远?(末指介)看一树雪垂垂如笑[3],墙直上绣幡飘。(生)这等望先生引进。

(生)三十无家作路人,薛据

(末)与君相见即相亲。王维

(生)华阳洞里仙坛上,白居易

(合)似近东风别有因。罗隐

---

[1] 尾生般抱柱正题桥:此句有两个典故。尾生抱柱,书生尾生与爱人约定在桥下相会。尾生先到,遇河水涨,他为守约抱柱不肯离开,竟被淹死。这是以尾生指柳梦梅掉进水里。题桥,传说司马相如经过成都升仙桥,在桥柱上题字:"不乘赤车驷马,不过汝下也。"这是借指柳梦梅抱负远大。全句说的是,柳梦梅正满怀当官抱负,却掉进水里。

[2] 文星:文曲星。

[3] 看一树雪垂垂如笑:满树雪一样的梅花就像带着笑容。

第二十三出　冥判

北【点绛唇】（净扮判官，丑扮鬼持笔、簿上）十地宣差[1]，一天封拜。阎浮界[2]，阳世栽埋[3]，又把俺这里门楫[4]迈。自家十地阎罗王殿下一个胡判官是也。原有十位殿下，因阳世赵大郎[5]家，和金达子争占江山，损折众生，十停去了一停，因此玉皇上帝，照见人民稀少，钦奉裁减事例。九州九个殿下，单减了俺十殿下之位，印无归着。玉帝可怜见下官正直聪明，着权管十地狱印信。今日走马到任，鬼卒夜叉，两旁刀剑，非同容易也。（丑捧笔介）新官到任，都要这笔判刑名[6]，押花字。请新官喝采他一番。（净看笔介）鬼使，捧了这笔，好不干系[7]也。

---

[1] 十地宣差：十地，阴司十殿的第十殿转轮王，主管鬼魂转世事。宣差，当差。
[2] 阎浮界：泛指人世间。
[3] 栽埋：埋葬。
[4] 门楫：门槛。
[5] 赵大郎：宋朝开国皇帝赵匡胤。
[6] 刑名：刑罚名称，如死刑、徒刑等。
[7] 好不干系：关系很重大。

【混江龙】这笔架在那落迦山外[1],肉莲花高耸案前排[2]。捧的是功曹令史,识字当该。(丑)笔管儿?(净)笔管儿是手想骨、脚想骨[3],竹筒般刬的圆滴溜。(丑)笔毫?(净)笔毫呵,是牛头须、夜叉发,铁丝儿揉定赤支毾[4]。(丑)判爷上的选[5]哩?(净)这笔头公[6],是遮须国[7]选的人才。(丑)有甚名号?(净)这管城子[8],在夜郎城[9]受了封拜。(丑)判爷兴哩?(净作笑舞介)啸一声,支兀另汉钟馗其冠不正[10]。舞一回,疏喇沙斗河魁近墨者黑[11]。(丑)喜哩?(净)喜时节,滦河桥题笔儿耍去。(丑)闷呵?(净)闷时节,鬼门关投笔归来。(丑)判爷可上榜来?(净)俺也曾考神祇,朔望[12]旦名题天榜。(丑)

---

[1] 这笔架在那落迦山外:那落迦山,地狱,梵语的音译,又借"山"字写笔架之形。
[2] 肉莲花高耸案前排:肉莲花,形容笔架的形状像莲花。肉,当指阴司笔架由人骨肉制成。意思是说判官手中笔在地域中关系重大。
[3] 手想骨、脚想骨:手管骨、脚管骨,是说阴间笔管用手骨和脚骨做成。
[4] 赤支毾:指红色的胡须。
[5] 上的选:制毛笔关键在选毫,故毛笔上印有某人(或某商号)"精选"的字样。就是说,上面所印的选者为谁。
[6] 笔头公:指笔。
[7] 遮须国:传说三国魏曹植死后做遮须国王。
[8] 管城子:韩愈给笔取的外号,见《毛颖传》。
[9] 夜郎城:夜郎国,这里借指阴间。
[10] 支兀另汉钟馗其冠不正:支兀另,形容啸声;汉钟馗其冠不正,钟馗的形象大多容貌丑陋衣冠不整。
[11] 疏喇沙斗河魁近墨者黑:疏喇沙,形容舞蹈时的声音和形态。斗,斗魁,主管文章的神,手执墨斗,作踢斗状。河魁,凶神名。以上所提钟馗、斗魁、河魁都用来形容判官面貌丑陋。
[12] 朔望:阴历初一和十五。

可会书来?(净)摄星辰,井鬼[1]宿,俺可也文会书斋。(丑)判爷高才。(净)做弗迭鬼仙才[2],白玉楼摩空作赋[3];陪得过风月主,芙蓉城[4]遇晚书怀。便写不尽四大洲[5]转轮日月,也差的着五瘟使[6]号令风雷。(丑)判爷见有地分[7]?(净)有地分,则合北斗司、阎浮殿,立俺边旁[8];没衙门,却怎生东岳观、城隍庙,也塑人左侧[9]。(丑)让谁?(净)便百里城高捧手,让大菩萨,好相庄严乘坐位[10]。(丑)恼谁?(净)怎三尺土[11],低分气[12],对小鬼卒,清奇古怪立基阶。(丑)纱帽古气些。(净)但站脚,一管笔、一本簿,尘泥轩冕[13]。(丑)笔干了。(净)要

---

[1] 井鬼:井和鬼都是星宿名。
[2] 鬼仙才:唐朝诗人李贺的诗被称为"鬼仙之词",鬼仙才指李贺。联系下文,意思是说自己比不上李贺,但跟宋代文人石曼卿水平不相上下。
[3] 摩空作赋:李贺有"殿前作赋声摩空"的诗句。
[4] 芙蓉城:传说石曼卿死后成了芙蓉城主。
[5] 四大洲:佛家说须弥山四方咸海中有四大洲——东胜神洲、南赡部洲、西牛货洲、北俱卢洲,就像今天所说的全世界。
[6] 五瘟使:灾神,主管瘟疫。
[7] 见有地分:现在的地位。
[8] 有地分……立俺边旁:阎浮,指阎罗。这几句指判官的塑像立在北斗司的北斗星君和阎浮殿的阎罗旁边。
[9] 却怎生东岳观、城隍庙,也塑人左侧:指东岳观和城隍庙都有判官的塑像。
[10] 便百里城高捧手,让大菩萨,好相庄严乘坐位:百里城,原指县官,这里指地狱判官;好相庄严,庄严的佛相;乘坐位,有座位坐。指判官的塑像,手捧笔和文卷,照例站着,有意让着庄严的菩萨有座位坐。
[11] 三尺土:指塑像只不过三尺高。
[12] 低分气:没体面。
[13] 尘泥轩冕:座车衣冠上全是尘泥。

润笔,十锭金、十贯钞,纸陌[1]钱财。(丑)点鬼簿在此。(净)则见没掂三展花分鱼尾册,无赏一挂日子虎头牌[2]。真乃是鬼董狐[3]落了款,《春秋传》某年某月某日下,崩薨葬卒大注脚[4]。假如他支祈兽上了样,把禹王鼎各山各水各路上,魍魉魑魅细分胎。(丑)待俺磨墨。(净)看他子时砚[5],忔忔察察,乌龙蘸眼[6]显精神。(丑)鸡唱了。(净)听丁字牌[7],冬冬登登,金鸡翦梦追魂魄。(丑)禀爷点卷。(净)但点上格子眼,串出四万八千三界[8],有漏[9]人名,乌星炮粲[10]。怎按下笔尖头,插入一百四十二重无间地狱,铁树花开[11]。(丑)大押花。(净)

---

[1] 纸陌:一百或者一串纸钱。
[2] 则见没掂三展花分鱼尾册,无赏一挂日子虎头牌:没掂三,糊里糊涂;花分鱼尾册,指列有姓名的点鬼簿;无赏,这里指判处死期;虎头牌,指摄魂牌。这两句的意思是,草草翻开了点鬼簿,按照簿册开列的名单、日期,一一摄拿判处死刑。
[3] 鬼董狐:判官自称。
[4] 崩薨葬卒大注脚:封建时代不同等级的人死亡有不同的叫法,如皇帝死了叫崩,二品以上官员死了叫薨,等等。
[5] 子时砚:半夜子时用的砚。
[6] 乌龙蘸眼:乌龙,指墨;蘸眼,耀眼。
[7] 丁字牌:丁字形状的摄魂牌。
[8] 但点上格子眼,串出四万八千三界:只要在格子里的名字上点一点,死者在来生就有各种不同的命运了。
[9] 有漏:佛家语,有烦恼。
[10] 乌星炮粲:炮粲,爆竹爆裂的碎片。形容人多得像燃放爆竹后的碎片。
[11] 怎按下笔尖头,插入一百四十二重无间地狱,铁树花开:无间地狱,八大地狱之一,罪人堕入无间地狱,永远受苦,没有间断,从寒冰地狱到饮铜地狱共有一百四十二重;铁树花开,比喻不可能或极少可能的事。这三句意思是,按下笔头,把鬼犯打入无间地狱,是罕见的事。

哎也,押花字,止不过发落簿刬、烧、舂、磨一灵儿[1]。(丑)少一个请字。(净)登请书,左则是那虚无堂,瘫、痨、蛊、膈四正客[2]。(丑)吊起称竿来。(众卒应介)(净)发称竿,看业[3]重身轻,衡石程书秦狱吏[4]。(内作"哎哟",叫"饶也,苦也"介)(丑)隔壁九殿下拷鬼。(净)肉鼓吹[5],听神啼鬼哭,毛钳刀笔汉乔才[6]。这时节呵,你便是没关节包待制、"人厌其笑"[7]。(内哭介)恁风景,谁听的无棺椁颜修文、"子哭之哀"[8]!(丑)判爷害怕哩。(净恼介)哎,《楼炭经》,是俺六科五判[9]。刀花树[10],是俺

---

[1] 刬、烧、舂、磨一灵儿:刬、烧、舂、磨,地狱刑罚的名称。一灵儿,指游魂。
[2] 瘫、痨、蛊、膈四正客:瘫、痨、蛊、膈,四种疾病。正客,凶神。
[3] 业:罪孽。
[4] 衡石程书秦狱吏:秦代的竹简文书很重,秦始皇每日称取一石(一百二十斤)公文,每日定量完成,不办完不休息。这里形容办案迅速。
[5] 肉鼓吹:五代后蜀县官李匡远是个酷吏,天天用刑,把鞭笞犯人的声音叫作肉鼓吹。
[6] 毛钳刀笔汉乔才:毛钳刀笔,指刀笔吏,引申为酷吏;汉乔才,汉代的酷吏,见《史记·酷吏列传》。
[7] 没关节包待制、"人厌其笑":关节,指行贿;包待制,包拯。这里说的是,不受贿赂的包拯,铁面无私,即使笑了也让人讨厌,极言地狱惨状。
[8] 无棺椁颜修文、"子哭之哀":颜修文,即颜回,传说他死后作地下修文郎的官,是孔子最喜欢的弟子。颜回死,孔子哭得很伤心。颜回父亲请求用孔子的车作为颜回入葬时的外椁,孔子不答应。因为按照他的身份,必须坐车,不能徒步。意思是境况已经够惨了,不堪再听见哭声。
[9] 《楼炭经》,是俺六科五判:六科,汉代刺史用以考察官吏的六条法令;五判,指笞、杖、徒、流、死等五刑。这句意指以《楼炭经》作为刑法,判处鬼犯化生为飞鸟或走兽。
[10] 刀花树:刀山地狱。

九棘三槐[1]。脸娄搜风髯赳赳。眉剔竖电目崖崖[2]。少不得中书鬼考,录事神差[3]。比着阳世那金州判、银府判、铜司判、铁院判,白虎临官,一样价打贴刑名催伍作;实则俺阴府里注湿生,牒化生,准胎生,照卵生[4],青蝇报赦[5],十分的磊齐功德转三阶[6]。威凛凛人间掌命,颤巍巍天上消灾。叫掌案的,这簿上开除[7]都也明白。还有几宗人犯,应该发落了?(贴扮吏上)人间勾令史,地下列功曹[8]。禀爷,因缺了殿下,地狱空虚三年。则有枉死城中轻罪男子四名,赵大、钱十五、孙心、李猴儿;女囚一名,杜丽娘:未经发落。(净)先取男犯四名。(生、末、外、老旦扮四犯,丑押上)(丑)男犯带到。(净点名介)赵大有何罪业,脱在枉死城?(生)鬼犯没甚罪。生前喜歌唱些。(净)一边去。叫钱十五。(末)鬼犯无罪。则是做了一个小小房儿,沉香泥壁。(净)一边去。叫孙心。(老旦)鬼犯些小年纪,好使些花粉钱。(净)叫李猴儿。(外)鬼犯是有些罪,好男风。(丑)是真。便在地狱里,还勾上这小孙儿。(净恼介)谁叫你插嘴!起

---

[1] 九棘三槐:原指朝堂,此处作审判厅解。
[2] 崖崖:形容目光凌厉。
[3] 少不得中书鬼考,录事神差:中书,掌管文书的办事人员。录事,抄录文书的人。这句意指协助判官审理鬼魂的吏员不少。
[4] 注湿生,牒化生,准胎生,照卵生:佛经说众生依四种方式出生,即湿生、化生、胎生、卵生,注、牒、准、照均作动词用,意为判明、批准。
[5] 青蝇报赦:赦免的消息不胫而走。典出自《晋书》。
[6] 磊齐功德转三阶:磊齐功德,功高德厚。转三阶,官升三级。
[7] 开除:此处作开列解。
[8] 人间勾令史,地下列功曹:人间死了一个令史,来阴间做了功曹。

去伺候。(做写簿介)叫鬼犯听发落。(四犯同跪介)(净)俺初权印,且不用刑。赦你们卵生去罢。(外)鬼犯们禀问恩爷,这个卵是什么卵?若是回回卵,又生在边方去了。(净)咦,还想人身?向蛋壳里走去。(四犯泣介)哎。被人宰了!(净)也罢,不教阳间宰吃你。赵大喜歌唱,贬做黄莺儿。(生)好了。做莺莺小姐去。(净)钱十五住香泥房子。也罢,准你去燕窠里受用,做个小小燕儿。(末)恰好做飞燕娘娘哩。(净)孙心使花粉钱,做个蝴蝶儿。(外)鬼犯便和孙心同做蝴蝶去。(净)你是那好男风的李猴,着你做蜜蜂儿去,屁窟里长拖一个针。(外)哎哟,叫俺钉谁去?(净)四位虫儿听分付:

【油葫芦】蝴蝶呵,你粉版花衣胜翦裁;蜂儿呵,你忒利害,甜口儿咋着细腰挨;燕儿呵,斩[1]香泥弄影钩帘内;莺儿呵,溜笙歌警梦纱窗外:恰好个花间四友[2]无拘碍。则阳世里孩子们轻薄,怕弹珠儿打的呆[3],扇梢儿扑的坏,不枉了你宜题入画高人爱,则教你翅挪儿展将春色闹场来。(外)俺做蜂儿的不来,再来钉肿你个判官脑。(净)讨打。(外)可怜见小性命。(净)罢了。顺风儿放去,快走快走。(净嘑气[4]介)(四人做各色飞下)(净做向鬼门嘘气哄声介)(丑带旦上)天台有路难逢俺,地狱无情欲恨谁?女鬼见。(净抬头背介[5])这女鬼倒有几分颜色!

---

[1] 斩:同"蘸"。
[2] 花间四友:莺、燕、蜂、蝶。
[3] 怕弹珠儿打的呆:这句写莺,下三句依次写蝶、燕、蜂。
[4] 嘑气:嘘气作法。
[5] 背介:旁白。

【天下乐】猛见了荡地惊天女俊才,哈也么哈,来俺里来。(旦叫苦介)(净)血盆中叫苦观自在[1]。(丑耳语介)判爷权收做个后房夫人。(净)哇,有天条,擅用囚妇者斩。则你那小鬼头胡乱筛[2],俺判官头何处买?(旦叫哎介)(净回身)是不曾见他粉油头忒弄色[3]。叫那女鬼上来。

【那吒令】瞧了你润风风粉腮[4],到花台、酒台?溜些些短钗,过歌台、舞台?笑微微美怀,住秦台、楚台[5]?因甚的病患来?是谁家嫡支派?这颜色不像似在泉台。(旦)女囚不曾过人家,也不曾饮酒,是这般颜色。则为在南安府后花园梅树之下,梦见一秀才,折柳一枝,要奴题咏。留连婉转,甚是多情。梦醒来沉吟,题诗一首:"他年若傍蟾宫客,不是梅边是柳边。"为此感伤,坏了一命。(净)谎也。世有一梦而亡之理?

【鹊踏枝】一溜溜[6]女婴孩,梦儿里能宁耐!谁曾挂圆梦招牌[7],谁和你拆字道白[8]?哈也么哈,那秀才何在?梦

---

[1] 血盆中叫苦观自在:血盆,地狱名;观自在,观音菩萨。观音菩萨像多作美女形象,此处借喻杜丽娘。
[2] 胡乱筛:胡说八道。
[3] 粉油头忒弄色:粉油头,少女;弄色,卖弄风情。
[4] 润风风粉腮:形容脸色娇嫩红润。
[5] 秦台、楚台:秦台,弄玉和萧史居住地;楚台,楚怀王与巫山神女欢会处。
[6] 一溜溜:一点点大。
[7] 挂圆梦招牌:指专门解梦的人。
[8] 拆字道白:测字。

魂中曾见谁来?(旦)不曾见谁。则见朵花儿闪下来,好一惊。(净)唤取南安府后花园花神勘问。(丑叫介)(末扮花神上)红雨数番春落魄,《山香》一曲女消魂[1]。老判大人请了。(举手介)(净)花神,这女鬼说是后花园一梦,为花飞惊闪而亡。可是?(末)是也。他与秀才梦的绵缠,偶尔落花惊醒。这女子慕色而亡。(净)敢便是你花神假充秀才,迷误人家女子?(末)你说俺着甚迷他来?(净)你说俺阴司里不知道呵!

【后庭花滚】但寻常春自在,恁司花忒弄乖。眨眼儿偷元气艳楼台[2]。克性子费春工淹酒债[3]。恰好九分态,你要做十分颜色。数着你那胡弄的花色儿来。(末)便数来。碧桃花[4]。(净)他惹天台。(末)红梨花。(净)扇妖怪。(末)金钱花。(净)下的财[5]。(末)绣球花。(净)结得采。(末)芍药花。(净)心事谐。(末)木笔花。(净)写明白。(末)水菱花。(净)宜镜台。(末)玉簪花。(净)堪插戴。(末)蔷薇花。(净)露[6]渲腮。(末)腊梅花。(净)春点额[7]。(末)翦春花。(净)罗袂裁。(末)水仙花。(净)把

---

[1]《山香》一曲女消魂:传说西王母宴群仙,有舞者舞《山香》,曲未终而花纷落。这里指杜丽娘因梦而亡。
[2] 眨眼儿偷元气艳楼台:眨眼之间你就偷了天地间元气,化成了千花百草,装饰美化亭台楼阁。
[3] 克性子费春工淹酒债:你应该克制在花酒之间陶醉的本性。
[4] 碧桃花:男女幽会之处。这支曲子以下借用花的名字写女子从受聘、结婚、男女欢爱、生子,直到年老。
[5] 下的财:男给女下的聘金。
[6] 露:蔷薇露。
[7] 春点额:典出南朝宋武帝女儿寿阳公主的梅花妆。

绫袜踹。(末)灯笼花。(净)红影筛。(末)酴醿花。(净)春醉态。(末)金盏花。(净)做合卺杯。(末)锦带花。(净)做裙褶带。(末)合欢花。(净)头懒抬。(末)杨柳花。(净)腰恁摆。(末)凌霄花。(净)阳壮的咍。(末)辣椒花。(净)把阴热窄。(末)含笑花。(净)情要来。(末)红葵花。(净)日得他爱。(末)女萝花。(净)缠的歪。(末)紫薇花。(净)痒的怪。(末)宜男花。(净)人美怀。(末)丁香花。(净)结半躩。(末)豆蔻花。(净)含着胎。(末)奶子花。(净)摸着奶。(末)栀子花。(净)知趣乖。(末)柰子花。(净)恣情奈。(末)枳壳花。(净)好处揌。(末)海棠花。(净)春困怠。(末)孩儿花。(净)呆笑孩。(末)姊妹花。(净)偏妒色。(末)水红花。(净)了不开。(末)瑞香花。(净)谁要采。(末)旱莲花。(净)怜再来。(末)石榴花。(净)可留得在?几桩儿你自猜。哎,把天公无计策。你道为什么流动了女裙钗,划地里牡丹亭又把他杜鹃花魂魄洒?(末)这花色花样,都是天公定下来的。小神不过遵奉钦依,岂有故意勾人之理?且看多少女色,那有玩花而亡[1]。(净)你说自来女色,没有玩花而亡。数你听着。

【寄生草】花把青春卖,花生锦绣灾。有一个夜舒莲,扯不住留仙带[2];一个海棠丝,蔫不断香囊怪[3];一个瑞香风赶不上非烟在[4]。你道花容那个玩花亡?可不道你这花神罪业

---

[1] 且看多少女色,那有玩花而亡:意谓古今美女没有因赏花而死的。
[2] 一个夜舒莲,扯不住留仙带:此指赵飞燕因淫乱而亡身。
[3] 一个海棠丝,蔫不断香囊怪:此指杨贵妃与唐明皇故事。
[4] 一个瑞香风赶不上非烟在:指唐人传奇《非烟传》里,武公业爱妾步非烟因与书生赵象相爱而死的故事。

随花败。(末)花神知罪,今后再不开花了。(净)花神,俺这里已发落过花间四友,付你收管。这女囚慕色而亡,也贬在燕莺队里去罢。(末)禀老判,此女犯乃梦中之罪,如晓风残月。且他父亲为官清正,单生一女,可以耽饶。(净)父亲是何人?(旦)父亲杜宝知府,今升淮扬总制之职。(净)千金小姐哩。也罢,杜老先生分上,当奏过天庭,再行议处。(旦)就烦恩官替女犯查查,怎生有此伤感之事?(净)这事情注在断肠簿上。(旦)劳再查女犯的丈夫,还是姓柳姓梅?(净)取婚姻簿查来。(作背查介)是。有个柳梦梅,乃新科状元也。妻杜丽娘,前系幽欢,后成明配。相会在红梅观中。不可泄漏。(回介)有此人和你姻缘之分。我今放你出了枉死城,随风游戏,跟寻此人。(末)杜小姐,拜了老判。(旦叩头介)拜谢恩官,重生父母。则俺那爹娘在扬州,可能勾一见?(净)使得。

【幺篇】他阳禄还长在,阴司数未该。禁烟花一种春无赖[1],近柳梅一处情无外。望椿萱一带天无碍。则这水玻璃,堆起望乡台[2],可哨见纸铜钱,夜市扬州界?花神,可引他望乡台随意观玩。(旦随末登台,望扬州哭介)那是扬州,俺爹爹奶奶呵,待飞将去。(末扯住介)还不是你去的时节。(净)下来听分付。功曹给一纸游魂路引去,花神休坏了他的肉身也。(旦)谢恩官。

---

[1] 禁烟花一种春无赖:春天的烟花都是无赖,应该禁了。
[2] 则这水玻璃,堆起望乡台:水玻璃,形容水色。迷信说法,阴间有望乡台,鬼魂登台可望见自己的家。

【赚尾】(净)欲火近干柴,且留的青山在[1],不可被雨打风吹日晒。则许你傍月依星将天地拜,一任你魂魄来回。脱了狱省的勾牌,接着活免的投胎。那花间四友你差排,叫莺窥燕猜,倩蜂媒蝶采,敢守的那破棺星[2]圆梦那人来。(净下)(末)小姐回后花园去来。

(末)醉斜乌帽发如丝,许浑

(旦)尽日灵风不满旗。李商隐

(净)年年检点人间事,罗邺

(合)为待萧何作判司。元稹

---

[1]且留的青山在:比喻杜丽娘肉身不坏,将来可以还魂。
[2]破棺星:星名,这里指挖坟开棺救活杜丽娘的人。

第二十四出　拾画

【金珑璁】(生上)惊春谁似我？客途中都不问其他。风吹绽蒲桃褐[1]，雨淋殷杏子罗[2]。今日晴和，晒衾单兀自有残云涴。脉脉梨花春院香，一年愁事费商量。不知柳思能多少？打叠腰肢斗沈郎[3]。小生卧病梅花观中，喜得陈友知医，调理痊可。则这几日间春怀郁闷，何处忘忧？早是老姑姑到也。

【一落索】(净上)无奈女冠何，识的书生破。知他何处梦儿多？每日价欠伸千个。秀才安稳！(生)日来病患较些，闷坐不过。偌大梅花观，少甚园亭消遣。(净)此后有花园一座，虽然亭榭荒芜，颇有闲花点缀。则留散闷，不许伤心。(生)怎的得伤心也！(净作叹介)是这般说。你自去游便了。从西廊转画墙而去，百步之外，便是篱门。三里之遥，都为池馆。你尽情玩赏，竟日消停，不索老身陪去也。名园随客到，幽恨少人知。(下)(生)既有后花园，就此迤逦而去。(行介)这是西廊下

---

[1] 蒲桃褐：蒲桃，常绿乔木，果实成熟呈黄色。此指黄色粗布衣服。
[2] 雨淋殷杏子罗：殷，黑红色。黑红色的罗衫被雨淋湿了。
[3] 打叠腰肢斗沈郎：这是说自己比沈约还要消瘦。打叠，收拾。沈郎，南朝文人沈约说自己腰细，后以"沈郎腰"喻腰围清减。

了。(行介) 好个葱翠的篱门，倒了半架。(叹介)【集唐】凭阑仍是玉阑干王初，四面墙垣不忍看张隐。想得当时好风月韦庄，万条烟罩[1]一时干李山甫。(到介) 呀，偌大一个园子也。

【好事近】则见风月暗消磨，画墙西正南侧左。(跌介) 苍苔滑擦，倚逗着断垣低垛，因何蝴蝶门儿落合[2]？原来以前游客颇盛，题名在竹林之上。客来过，年月偏多，刻画尽琅玕[3]千个。咳，早则是寒花绕砌，荒草成窠。怪哉，一个梅花观，女冠之流，怎起的这座大园子？好疑惑也。便是这湾流水呵！

【锦缠道】门儿锁，放着这武陵源一座。恁好处教颓堕！断烟中见水阁摧残，画船抛躲，冷鞦韆尚挂下裙拖。又不是曾经兵火，似这般狼籍呵，敢断肠人远、伤心事多？待不关情么，恰湖山石畔留着你打磨陀。好一座山子哩。(窥介) 呀，就里一个小匣儿。待把左侧一峰靠着，看是何物？(作石倒介) 呀，是个檀香匣儿。(开匣看画介) 呀，一幅观世音喜相。善哉，善哉！待小生捧到书馆，顶礼供养，强如埋在此中。

【千秋岁】(捧匣回介) 小嵯峨[4]，压的旃檀合[5]，便做了好相观音俏楼阁。片石峰前，那片石峰前，多则是飞来石，三生

---

[1] 万条烟罩：形容柳条繁多。
[2] 落合：门关着。
[3] 琅玕：竹的代称。
[4] 嵯峨：形容山势险峻，此指假山。
[5] 旃檀合：旃檀，檀香木；合，同"盒"。

因果。请将去炉烟上过[1],头纳地,添灯火,照的他慈悲我。俺这里尽情供养,他于意云何?(到介)到了观中,且安置阁儿上,择日展礼。(净上)柳相公多早了!

【尾声】(生)姑姑,一生为客恨情多,过冷澹园林日午殢[2]。老姑姑,你道不许伤心,你为俺再寻一个定不伤心何处可。

(生)僻居虽爱近林泉,伍乔

(净)早是伤春梦雨天。韦庄

(生)何处邀将归画府?谭用之

(合)三峰花半碧堂悬。钱起

[1]请将去炉烟上过:把画像迎请去,为它上香。
[2]殢:日斜。

第二十五出　忆女

【玩仙灯】(贴上)睹物怀人,人去物华销尽。道的个"仙果难成,名花易陨"。(叹介)恨兰昌殉葬无因[1],收拾起烛灰香烬。自家杜府春香是也。跟随公相夫人到扬州。小姐去世,将次三年。俺看老夫人那一日不作念,那一日不悲啼。纵然老公相暂时宽解,怎散真愁?莫说老夫人,便是俺春香想起小姐平常恩养,病里言词,好不伤心也。今乃小姐生忌[2]之辰,老夫人分付香灯,遥望南安浇奠。早已安排。夫人,有请。

【前腔】(老旦上)地老天昏,没处把老娘安顿。思量起举目无亲,招魂有尽。(哭介)我的丽娘儿也!在天涯老命难存,割断的肝肠寸寸。【苏幕遮】岭云沉,关树杳。(贴)春思无凭,断送人年少。(老旦)子母千回肠断绕。绣夹书囊,尚带余香裛。(贴)瑞烟清,银烛皎。(老旦)绣佛灵辰,血泪风前祷。(哭介)(合)万里招魂魂可到?则愿的人天净处超生早。(老旦)春香,自从小姐亡过,俺皮骨空存,肝肠痛尽。但见他读残书本,绣罢花枝,断粉零香,余簪弃履,触处无非泪眼,见之总是伤心。

---

[1] 恨兰昌殉葬无因:指春香未死,不能葬在杜丽娘墓侧。典出自《太平广记》所载张云容故事。
[2] 生忌:死者生日。

算来一去三年,又是生辰之日。心香[1]奉佛,泪烛浇天。分付安排,想已齐备。(贴)夫人,就此望空顶礼。(老旦拜介)【集唐】微香冉冉泪涓涓李商隐,酒滴灰香似去年陆龟蒙。四尺孤坟何处是许浑?南方归去再生天沈佺期。杜安抚之妻甄氏,敬为亡女生辰,顶礼佛爷。愿得杜丽娘皈依佛力,早早生天。(起介)春香,祷告了佛爷,不免将此茶饭,浇奠小姐。

【香罗带】(老旦)丽娘何处坟?问天难问。梦中相见得眼儿昏,则听的叫娘的声和韵也。惊跳起,猛回身,则见阴风几阵残灯晕。(哭介)俺的丽娘人儿也。你怎抛下的万里无儿白发亲!

【前腔】(贴拜介)名香叩玉真,受恩无尽,赏春香还是你旧罗裙。(起介)小姐临去之时,分付春香,长叫唤一声。今日叫他,"小姐,小姐呵",叫的一声声小姐可曾闻也?(老旦、贴哭介)(合)想他那情切,那伤神,恨天天生割断俺娘儿直恁忍!(贴回介)俺的小姐人儿也,你可还向旧宅里重生何处身?(贴跪介)禀老夫人,人到中年,不堪哀毁。小姐难以生易死,夫人无以死伤生。且自调养尊年,与老相公同享富贵。(老旦哭介)春香,你可知老相公年来因少男儿,常有娶小之意?止因小姐承欢膝下,百事因循。如今小姐丧亡,家门无托。俺与老相公闷怀相对,何以为情?天呵!(贴)老夫人,春香愚不谏贤,依夫人所言,既然老相公有娶小之意,不如顺他,收下一房,

---

[1]心香:佛教语,表示虔诚。心诚则如焚香供奉一样。

生子为便。(老旦)春香,你见人家庶出之子,可如亲生?(贴)春香但蒙夫人收养,尚且非亲是亲,夫人肯将庶出看成,岂不无子有子?(老旦)好话,好话。

(老)曾伴残蛾到女儿,徐凝

(贴)白杨今日几人悲。杜甫

(老)须知此恨消难得,温庭筠

(合)泪滴寒塘蕙草时。廉氏

第二十六出　玩真

（生上）芭蕉叶上雨难留，芍药梢头风欲收。画意无明偏着眼，春光有路暗抬头。小生客中孤闷，闲游后园。湖山之下，拾得一轴小画，似是观音大士，宝匣庄严。风雨淹旬[1]，未能展视。且喜今日晴和，瞻礼一会。（开匣，展画介）

【黄莺儿】秋影挂银河，展天身，自在波[2]。诸般好相[3]能停妥[4]。他真身在补陀[5]，咱海南人遇他。（想介）甚威光不上莲花座？再延俄，怎湘裙直下一对小凌波[6]？是观音，怎一对小脚儿？待俺端详一会。

【二郎神慢】些儿个，画图中影儿则度。着了，敢谁书馆中吊下幅小嫦娥，画的这俫停倭妥。是嫦娥，一发该顶戴了。问嫦娥折桂人有我？可是嫦娥，怎影儿外没半朵祥云托？树皴儿又不似桂丛花琐？不是观音，又不是嫦娥，人间

---

[1] 淹旬：淹，满。淹旬，满十天。
[2] 自在波：自在，即观自在菩萨，观音菩萨；波，语助词，用于句末，同"吧""啊"。
[3] 诸般好相：佛家语。佛有三十二妙相。
[4] 停妥：停当妥帖。这里指画像上女子方方面面都长得好。
[5] 补陀：普陀，是观世音菩萨说法圣地。
[6] 小凌波：指女人小脚。

那得有此?成惊愕,似曾相识,向俺心头摸。待俺瞧,是画工临的,还是美人自手描的?

【莺啼序】问丹青何处娇娥,片月影光生豪末?似恁般一个人儿,早见了百花低躲[1]。总天然意态难模,谁近得把春云淡破?想来画工怎能到此!多敢他自己能描会脱[2]。且住,细观他帧首之上,小字数行。(看介)呀,原来绝句一首。(念介)"近睹分明似俨然,远观自在若飞仙。他年得傍蟾宫客,不在梅边在柳边。"呀,此乃人间女子行乐图也。何言"不在梅边在柳边"?奇哉怪事哩!

【集贤宾】望关山梅岭天一抹,怎知俺柳梦梅过?得傍蟾宫知怎么?待喜呵,端详停和[3],俺姓名儿直么费嫦娥定夺?打磨诃[4],敢则是梦魂中真个。好不回盼小生!

【黄莺儿】空影落纤娥,动春蕉,散绮罗。春心只在眉间锁,春山翠拖,春烟淡和。相看四目谁轻可[5]!恁横波,来回顾影不住的眼儿睃。却怎半枝青梅在手,活似提掇[6]小生一般?

【啼莺序】他青梅在手诗细哦,逗春心一点蹉跎。小生待画饼充饥,小姐似望梅止渴。小姐,小姐,未曾开半点么

---

[1] 早见了百花低躲:低躲,低头躲开。此句指百花见她都自惭形秽。
[2] 脱:脱稿、脱色。指逼真地描绘。
[3] 停和:消停,这里指细看一会儿。
[4] 打磨诃:打磨陀,这里作思量解。
[5] 轻可:轻易,等闲。
[6] 提掇:提出。此处指有意提醒。

荷[1]，含笑处朱唇淡抹，韵情多。如愁欲语，只少口气儿呵。小娘子画似崔徽，诗如苏蕙[2]，行书逼真卫夫人。小子虽则典雅，怎到得这小娘子！蓦地相逢，不免步韵一首。（题介）丹青妙处却天然，不是天仙即地仙。欲傍蟾宫人近远，恰些春在柳梅边。

【簇御林】他能绰斡[3]，会写作。秀入江山人唱和。待小生狠狠叫他几声：美人，美人！姐姐，姐姐！向真真啼血你知么？叫的你喷嚏似天花唾。动凌波，盈盈欲下——不见影儿那。咳，俺孤单在此，少不得将小娘子画像，早晚玩之、拜之，叫之，赞之。

【尾声】拾的个人儿先庆贺，敢柳和梅有些瓜葛？小姐小姐，则被你有影无形看杀我。

不须一向恨丹青，白居易

堪把长悬在户庭。伍乔

惆怅题诗柳中隐，司空图

添成春醉转难醒。章碣

---

[1] 幺荷：幺，小。幺荷即荷花蕾，形容嘴唇。
[2] 苏蕙：前秦窦滔妻，善诗，曾织锦为回文诗寄与丈夫。
[3] 绰斡：绰，拂。斡，雕刻。此处指作画。

第二十七出　魂游

【挂真儿】(净扮石道姑上)台殿重重春色上。碧雕阑映带银塘。扑地[1]香腾,归天磬响。细展度人经藏[2]。【集唐】几年红粉委黄泥雍裕之,十二峰[3]头月欲低李涉。折得玫瑰花一朵李建勋,东风吹上窈娘堤[4]罗虬。俺老道姑看守杜小姐坟庵,三年之上。择取吉日,替他开设道场,超生玉界。早已门外竖立招幡,看有何人来到。

【太平令】(贴扮小道姑,丑扮徒弟上)岭路江乡,一片彩云扶月上。羽衣青鸟[5]闲来往。(丑)天晚,梅花观歇了罢。(贴)南枝外有鹊炉[6]香。小道姑乃韶阳郡碧云庵主是也,游方到此。见他庄严幡引,榜示道场,恰好登坛,共成好事。(见介)【集

---

[1] 扑地:遍地。
[2] 经藏:指经卷。
[3] 十二峰:巫山十二峰。
[4] 窈娘堤:窈娘,唐乔知之的宠婢,被武承嗣所夺,投井死。窈娘堤在洛阳。
[5] 羽衣青鸟:羽衣,指道士;青鸟,神话中西王母的信使。这里的羽衣青鸟指小道姑和她的徒弟。
[6] 鹊炉:鹊尾炉,有柄的香炉。

唐】（贴）大罗天[1]上柳烟含鱼玄机，（净）你毛节[2]朱幡倚石龛王维。（贴）见向溪山求住处韩愈，（净）好哩，你半垂檀袖学通参[3]，女光。小姑姑从何而至？（贴）从韶阳郡来，暂此借宿。（净）东头房儿，有个岭南柳相公养病。则下厢房可矣。（贴）多谢了。敢问今夕道场，为何而设？（净叹介）则为杜衙小姐去三年，待与招魂上九天[4]。（贴）这等呵！"清醮坛场[5]今夜好，敢将香火助真仙。"（净）这等却好。（内鸣钟鼓介）（众）请老师父拈香。（净）南斗注生真妃[6]，东岳受生夫人[7]殿下。（拈香拜介）

【孝南歌】钻新火，点妙香。虔诚为因杜丽娘。（众拜介）香霭绣幡幢，细乐风微扬。仙真呵，威光无量，把一点香魂，早度人天上。怕未尽凡心，他再作人身想。做儿郎，做女郎，愿他永成双。再休似少年亡。（净）想起小姐生前爱花而亡，今日折得残梅，安在净瓶供养。（拜神主介）

【前腔】瓶儿净，春冻阳。残梅半枝红蜡装。小姐呵！你香梦与谁行？精神忒孤往！（众）老师兄，你说净瓶像什么，残梅像什么？（净）这瓶儿空像，世界包藏。身似残梅样，有水无根，尚作余香想。（众）小姐，你受此供呵，教你肌骨凉，魂

---

[1] 大罗天：道家语。指最高的天。
[2] 毛节：道士用来表示法力的符节。
[3] 通参：修道。
[4] 九天：九重天，天的最高处。
[5] 清醮坛场：道教设坛祈祷的一种仪式。
[6] 南斗注生真妃：南斗星君管人生。真妃，女仙的称号。
[7] 东岳受生夫人：东岳夫人管人死后投生。

魄香。肯回阳,再住这梅花帐?（内风响介）（净）奇哉怪哉,冷窣窣一阵风打旋也。（内鸣钟介）（众）这晚斋时分,且吃了斋,收拾道场。正是晓镜抛残无定色,晚钟敲断步虚声[1]。（众下）

【水红花】（魂旦作鬼声,掩袖上）则下得望乡台如梦俏魂灵,夜荧荧、墓门人静。（内犬吠,旦惊介）原来是赚花阴小犬吠春星。冷冥冥,梨花春影。呀,转过牡丹亭、芍药阑,都荒废尽,爹娘去了三年也。（泣介）伤感煞断垣荒径。望中何处也鬼灯青。（听介）兀的有人声也啰。【添字昭君怨】昔日千金小姐,今日水流花谢。这淹淹惜惜杜陵花[2],太亏他。生性独行无那[3],此夜星前一个。生生死死为情多。奈情何!奴家杜丽娘女魂是也。只为痴情慕色,一梦而亡。凑的十地阎君奉旨裁革,无人发遣,女监三年。喜遇老判,哀怜放假。趁此月明风细,随喜一番。呀,这是书斋后园,怎做了梅花庵观?好伤感人也。

【小桃红】咱一似断肠人和梦醉初醒。谁偿咱残生命也。虽则鬼丛中姊妹不同行,窣地的把罗衣整[4]。这影随形,风沉露,云暗斗,月勾星[5],都是我魂游境也。到的这花影初更,（内作丁冬声,旦惊介）一霎价心儿瘆,原来是弄风铃台殿冬丁。好一

---

[1] 步虚声:道观所唱的赞歌。
[2] 这淹淹惜惜杜陵花:淹淹惜惜,形容多情。杜陵花,喻杜家的女儿。杜陵,在长安东南。杜甫曾住此。
[3] 无那:无奈。
[4] 窣地的把罗衣整:窣地,拖地,形容衣服很长。这句意指把拖地的罗衣整理一番。
[5] 月勾星:月蚀。

阵香也。

【下山虎】我则见香烟隐隐,灯火荧荧。呀,铺了些云霞幢,不由人打个呓挣[1]。是那位神灵,原来是东岳夫人,南斗真妃。(作稽首介)仙真仙真,杜丽娘鬼魂稽首。魃魃地投明证明,好替俺朗朗的超生注生。再看这青词[2]上,原来就是石道姑在此住持。一坛斋意,度俺生天。道姑道姑,我可也生受你呵。再瞧这净瓶中,咳,便是俺那家上残梅哩。梅花呵,似俺杜丽娘半开而谢,好伤情也。则为这断鼓零钟金字经,叩动俺黄粱境。俺向这地坼里梅根进几程,透出些儿影。(泣介)姑姑们这般至诚,若不留些踪影,怎显的俺鉴知他,就将梅花散在经台之上。(撒花介)抵甚么一点香销万点情。想起爹娘何处,春香何处也?呀,那边厢有沉吟叫唤之声,听怎来?(内叫介)俺的姐姐呵!俺的美人呵!(旦惊介)谁叫谁也?再听。(内又叫介)(旦叹介)

【醉归迟】生和死,孤寒命。有情人叫不出情人应。为什么不唱出你可人名姓?似俺孤魂独趁,待谁来叫唤俺一声。不分明,无倒断[3],再消停。(内又叫介)(旦)咳,敢边厢甚么书生,睡梦里语言胡咥[4]?

【黑蟆令】不由俺无情有情,凑着叫的人三声两声,冷

---

[1] 呓挣:寒噤。
[2] 青词:道家的祈祷词,用青藤纸写成。
[3] 无倒断:无休止。
[4] 胡咥:胡言乱语。

惺忪红泪飘零。呀，怕不是梦人儿梅卿柳卿？俺记着这花亭水亭，趁的这风清月清。则这鬼宿前程，盼得上三星四星[1]？待即行寻趁，奈斗转参横[2]，不敢久停呵！

【尾声】为什么闪摇摇春殿灯？（内叫介）殿上响动。（丑虚上望介）（又作风起介）（旦）一弄儿绣幡飘迥，则这几点落花风是俺杜丽娘身后影。（旦作鬼声下）（丑打照面，惊叫介）师父们，快来，快来！（净、贴惊上）怎生大惊小怪？（丑）则这灯影荧煌，躲着瞧时，见一位女神仙，袖拂花幡，一闪而去。怕也，怕也！（净）怎生模样？（丑打手势介）这多高，这多大，俊脸儿，翠翘金凤[3]，红裙绿袄，环佩叮当，敢是真仙下降？（净）咳，这便是杜小姐生时样子。敢是他有灵活现。（贴）呀，你看经台之上，乱糁[4]梅花，奇也，异也！大家再祝赞他一番。

【忆多娇】（众）风灭了香，月到廊。闪闪尸尸[5]魂影儿凉。花落在春宵情易伤。愿你早度天堂，早度天堂，免留滞他乡故乡。（贴）敢问杜小姐为何病亡？以何缘故而来出现？

【尾声】（净）休惊恍，免问当。收拾起乐器经堂。你听波，兀的冷窣窣佩环风还在回廊那边响。

（净）心知不敢辄形相，曹唐

---

[1] 则这鬼宿前程，盼得上三星四星：前程，此指婚姻；三星四星，三分四分。这两句意思是做了鬼，我的姻缘还能有几分拿得准呢？
[2] 斗转参横：斗、参，星宿名。指天快亮了。
[3] 翠翘金凤：翠翘，一种女子首饰，状似翠鸟尾上的长羽。金凤，金凤钗。
[4] 糁：铺洒，散落。
[5] 闪闪尸尸：乍隐乍现。

（贴）欲话因缘恐断肠。天竺牧童

（丑）若使春风会人意，罗邺

（合）也应知有杜兰香。罗虬

第二十八出　幽媾

【夜行船】(生上)瞥下天仙何处也？影空蒙似月笼沙。有恨徘徊，无言窨约[1]。早是夕阳西下。一片红云下太清[2]，如花巧笑玉娉婷。凭谁画出生香面？对俺偏含不语情。小生自遇春容，日夜想念。这更阑时节，破些工夫，吟其珠玉[3]，玩其精神。倘然梦里相亲，也当春风一度。(展画玩介)呀，你看美人呵，神含欲语，眼注微波。真乃"落霞与孤鹜齐飞，秋水共长天一色"。

【香遍满】晚风吹下，武陵溪边一缕霞，出落个人儿风韵杀。净无瑕，明窗新绛纱。丹青小画叉，把一幅肝肠挂。小姐小姐，则被你想杀俺也。

【懒画眉】轻轻怯怯一个女娇娃，楚楚臻臻像个宰相衙。想他春心无那对菱花，含情自把春容画，可想到有个拾翠人儿也逗着他？

【二犯梧桐树】他飞来似月华，俺拾的愁天大。常时夜夜对月而眠，这几夜呵，幽佳，婵娟隐映的光辉杀。教俺迷留

---

[1] 窨约：暗约。
[2] 一片红云下太清：红云，指杜丽娘画像；太清，天。下太清即从天而降。
[3] 珠玉：比喻好诗美文。

没乱[1]的心嘈杂,无夜无明快着他。若不为擎奇[2]怕涴的丹青亚,待抱着你影儿横榻。想来小生定是有缘也。再将他诗句朗诵一番。(念诗介)

【浣沙溪】拈诗话,对会家[3]。柳和梅有分儿些[4]。他春心迸出湖山罅,飞上烟绡萼绿华[5]。则是礼拜他便了。(拈香拜介)㑚倖[6]杀,对他脸晕眉痕心上掐,有情人不在天涯。小生客居,怎勾姐姐风月中片时相会也。

【刘泼帽】恨单条[7]不惹的双魂化,做个画屏中倚玉蒹葭[8]。小姐呵,你耳朵儿云鬓月侵芽[9],可知他一些些都听的俺伤情话?

【秋夜月】堪笑咱,说的来如戏耍。他海天秋月云端挂,烟空翠影遥山抹。只许他伴人清暇,怎教人佻达[10]。

---

[1] 迷留没乱:指意乱情迷。
[2] 擎奇:高举。
[3] 拈诗话,对会家:会家,行家。意谓杜丽娘的诗是为他这知心之人写的。
[4] 有分儿些:有些缘分。
[5] 飞上烟绡萼绿华:萼绿华,神话中的女仙。这句说的是,好像仙女飞上了绢幅,化成画像。
[6] 㑚倖:指烦恼。
[7] 单条:狭长的独幅字画。
[8] 做个画屏中倚玉蒹葭:倚玉蒹葭,即"蒹葭倚玉树",比喻美丑不能相比。蒹葭,芦苇。这句的意思是,恨不得自己也化成画中人物,与她成双成对。
[9] 耳朵儿云鬓月侵芽:芽,指新月。耳朵被乌发遮盖,像浓云遮住新月芽。
[10] 佻达:戏谑。

【东瓯令】俺如念咒,似说法。石也要点头,天雨花[1]。怎虔诚不降的仙娥下?是不肯轻行踏。(内作风起,生按住画介)待留仙怕杀风儿刮,粘嵌着锦边牙[2]。怕刮损他,再寻个高手临他一幅儿。

【金莲子】闲喷牙[3],怎能够他威光水月生临榻[4]?怕有处相逢他自家,则问他许多情,与春风画意再无差。再把灯剔起细看他一会。(照介)

【隔尾】敢人世上似这天真多则假[5]。(内作风吹灯介)(生)好一阵冷风袭人也。险些儿误丹青风影落灯花。罢了,则索睡掩纱窗去梦他。(打睡介)(魂旦上)泉下长眠梦不成。一生余得许多情。魂随月下丹青引,人在风前叹息声。妾身杜丽娘鬼魂是也。为花园一梦,想念而终。当时自画春容,埋于太湖石下。题有"他年得傍蟾宫客,不在梅边在柳边"。谁想魂游观中几晚,听见东房之内,一个书生高声低叫:"俺的姐姐,俺的美人。"那声音哀楚,动俺心魂。悄然蓦入他房中,则见高挂起一轴小画。细玩之,便是奴家遗下春容。后面和诗一

---

[1] 石也要点头,天雨花:石点头,梁僧竺道生在苏州虎邱讲法,认石为徒,石皆点头。天雨花,梁高僧云光法师在南京雨花台讲经,天都被感动到落花。
[2] 锦边牙:系在裱好的画幅上端供悬挂用的丝带。
[3] 闲喷牙:说空话,多嘴。
[4] 怎能够他威光水月生临榻:威光水月,此指画中美人。生临榻,活生生来到床榻上。
[5] 天真多则假:天真,天仙。多则假,多半是假的。

首，观其名字，则岭南柳梦梅也。梅边柳边，岂非前定乎！因而告过了冥府判君，趁此良宵，完其前梦。想起来好苦也。

【朝天懒】怕的是粉冷香销泣绛纱，又到的高唐馆玩月华。猛回头羞飒鬓儿鬖，自擎拿。呀，前面是他房头了。怕桃源路径行来诧，再得俄旋试认他。(生睡中念诗介)"他年若傍蟾宫客，不在梅边在柳边。"我的姐姐呵。(旦)(听打悲介)

【前腔】是他叫唤的伤情咱泪雨麻，把我残诗句没争差。难道还未睡呵？(瞧介)(生又叫介)(旦)他原来睡屏中作念猛嗟呀[1]。省喧哗，我待敲弹翠竹窗柩下。(生作惊醒，叫"姐姐"介)(旦悲介)待展香魂去近他。(生)呀，户外敲竹之声，是风是人？(旦)有人。(生)这咱时节有人，敢是老姑姑送茶来？免劳了。(旦)不是。(生)敢是游方的小姑姑么？(旦)不是。(生)好怪，好怪，又不是小姑姑。再有谁？待我启门而看。(生开门看介)

【玩仙灯】呀，何处一娇娃，艳非常使人惊诧。(旦作笑闪入)(生急掩门)(旦敛衽整容见介)秀才万福。(生)小娘子到来，敢问尊前何处，因何夤夜至此？(旦)秀才，你猜来。

【红衲袄】(生)莫不是莽张骞犯了你星汉槎[2]，莫不是小梁清夜走天曹罚[3]？(旦)这都是天上仙人，怎得到此。(生)

---

[1] 嗟呀：嗟叹。
[2] 张骞犯了你星汉槎：传说张骞乘木筏到银河边，遇见织女。
[3] 小梁清夜走天曹罚：梁清是神话中的女仙，相传她和太白星逃往下界，相爱生子，被天帝惩罚。

是人家彩凤暗随鸦?(旦摇头介)(生)敢甚处里绿杨曾系马[1]?(旦)不曾一面。(生)若不是认陶潜眼挫的花[2],敢则是走临邛道数儿差[3]?(旦)非差。(生)想是求灯的?可是你夜行无烛也,因此上待要红袖分灯向碧纱?

【前腔】(旦)俺不为度仙香空散花,也不为读书灯闲濡蜡。俺不似赵飞卿旧有瑕,也不似卓文君新守寡[4]。秀才呵,你也曾随蝶梦迷花下。(生想介)是当初曾梦来。(旦)俺因此上弄莺簧赴柳衙[5]。若问俺妆台何处也,不远哩,刚则在宋玉东邻第几家。(生作想介)是了。曾后花园转西,夕阳时节,见小娘子走动哩。(旦)便是了。(生)家下有谁?

【宜春令】(旦)斜阳外,芳草涯,再无人有伶仃的爹妈。奴年二八,没包弹[6]风藏叶里花。为春归惹动嗟呀,瞥见你风神俊雅。无他,待和你剪烛临风,西窗闲话。(生背介)奇哉,奇

---

[1] 绿杨曾系马:曾下马去看过她。典出自姜夔《月下笛》:"曾游处,但系马垂杨,认郎鹦鹉。"
[2] 认陶潜眼挫的花:找情郎看错了人。陶潜,有时被代指情郎。眼挫的花,眼花错看。
[3] 走临邛道数儿差:走临邛,指私奔。此指私奔走错了路。典出自《史记·司马相如列传》。
[4] "俺不为度仙香空散花"四句:杜丽娘说自己不是仙女,不是侍妾,不是不检点的女子,不是私奔的寡妇。度仙香空散花,传说,文殊到维摩诘那里问病,天女以天花散到菩萨身上后落下。散在大弟子身上却没落下。天女说,这是大弟子尘缘未尽。赵飞卿旧有瑕,汉成帝皇后赵飞燕,相传她贫贱时曾和射鸟者私通。
[5] 弄莺簧赴柳衙:弄莺簧,形容莺啼,指春日。柳衙,指柳梦梅住房。
[6] 没包弹:无可指摘。

哉，人间有此艳色！夜半无故而遇明月之珠，怎生发付！

【前腔】他惊人艳，绝世佳。闪一笑风流银蜡。月明如乍，问今夕何年星汉槎？金钗客寒夜来家，玉天仙人间下榻。(背介)知他，知他是甚宅眷的孩儿，这迎门调法[1]？待小生再问他。(回介)小娘子夤夜下顾小生，敢是梦也？(旦笑介)不是梦，当真哩。还怕秀才未肯容纳。(生)则怕未真。果然美人见爱，小生喜出望外。何敢却乎？(旦)这等真个盼着你了。

【耍鲍老】幽谷寒涯，你为俺催花连夜发。俺全然未嫁，你个中知察，拘惜的好人家。牡丹亭，娇恰恰；湖山畔，羞答答；读书窗，渐喇喇[2]。良夜省陪茶，清风明月知无价。

【滴滴金】(生)俺惊魂化，睡醒时凉月些些。陡地荣华，敢则是梦中巫峡？亏杀你走花阴不害些儿怕，点苍苔不溜些儿滑，背萱亲不受些儿吓，认书生不着些儿差。你看斗儿斜，花儿亚[3]，如此夜深花睡罢。笑咖咖，吟哈哈，风月无加。把他艳软香娇做意儿耍，下的[4]亏他？便亏他则半霎。(旦)妾有一言相恳，望郎恕罪。(生笑介)贤卿有话，但说无妨。(旦)妾千金之躯，一旦付与郎矣，勿负奴心。每夜得共枕席，平生之愿足矣。(生笑介)贤卿有心恋于小生，小生岂敢忘于贤卿乎？(旦)还有一言。未至鸡鸣，放奴回去。秀才休送，以避晓风。(生)

---

[1] 迎门调法：迎门，当门。调法，耍花招。
[2] 渐喇喇：风吹窗纸声。
[3] 花儿亚：花儿低垂。
[4] 下的：忍心。

这都领命。只问姐姐贵姓芳名?

【意不尽】(旦叹介)少不得花有根元玉有芽,待说时惹的风声大。(生)以后准望贤卿逐夜而来。(旦)秀才,且和俺点勘春风这第一花。

(生)浩态狂香昔未逢,韩愈

(旦)月斜楼上五更钟。李商隐

(旦)朝云夜入无行处,李白

(生)神女知来第几峰? 张子容

第二十九出　旁疑

【步步娇】(净扮老道姑上)女冠儿生来出家相。无对向、没生长[1]。守着三清[2]像,换水添香,钟鸣鼓响。赤紧的[3]是那走方娘[4],弄虚花扯闲帐?世事难挤一个信,人情常带三分疑。杜老爷为小姐创下这座梅花观,着俺看守三年。水清石见,无半点瑕疵。止因陈教授老狗,引下个岭南柳秀才,东房养病。前几日到后花园回来,悠悠漾漾的,着鬼着魅一般,俺已疑惑了。凑着个韶阳小道姑,年方念八,颇有风情,到此云游,几日不去。夜来柳秀才房里,唧唧哝哝,听的似女儿声息。敢是小道姑瞒着我去瞧那秀才,秀才逆来顺受了。俺且待他来,打觑[5]他一番。

【前腔】(贴扮小道姑上)俺女冠儿俏的仙真样。论举止都停当,则一点情抛漾[6]。步斗风前,吹笙[7]月上。(叹介)古来仙

---

[1] 无对向、没生长:没有对象,没有生育。
[2] 三清:道观所供奉的元始天尊、太上道君、太上老君。
[3] 赤紧的:真的,这里是猜测的口气。
[4] 走方娘:指游方的小道姑。
[5] 打觑:探看。
[6] 抛漾:此指抛在外面,在外飘荡。
[7] 吹笙:传说西王母侍女董双成修炼得道后,吹笙骑鹤升天。

女定成双,怎生来寒乞相?(见介)(贴)常无欲以观其妙,(净)常有欲以观其窍[1]。小姑姑,你昨夜游方,游到柳秀才房儿里去。是窍,是妙?(贴)老姑姑这话怎的起?谁曾见来?(净)俺见来。

【剔银灯】你出家人芙蓉淡妆,翦一片湘云鹤氅[2]。玉冠儿斜插笑生香,出落的十分情况。斟量,敢则向书生夜窗,迤逗的幽辉半床[3]?(贴)向那个书生?老姑姑这话敢不中哩。

【前腔】俺虽然年青试妆,洗凡心冰壶月朗。你怎生剥落[4]的人轻相?比似你半老的佳人停当!(净)倒栽起俺来。(贴)你端详,这女贞观傍,可放着个书生话长?(净)哎也,难道俺与书生有账!这梅花观,你是云游道婆,他是云游秀才,你住的,偏他住不的?则是往常秀才夜静高眠,则你到观中,那秀才夜半开门,唧唧哝哝的。不共你说话,共谁来?扯你道箓司[5]告去。(扯介)(贴)便去。你将前官香火院,停宿外方游棍[6]。难道偏放过你?(扯介)

【一封书】(末上)闲步白云除,问柳先生何处居?扣梅

---

[1] 常无欲以观其妙,常有欲以观其窍:出自《老子》。"窍"在原文中为"徼",这里以"窍"字调谑。
[2] 湘云鹤氅:湘云,形容衣服淡雅。鹤氅,羽衣,道家装束。
[3] 幽辉半床:崔莺莺与张生月夜西厢幽会时的月景,典出自元稹《会真记》。这里暗示道姑去柳梦梅处幽会。
[4] 剥落:伤害,毁坏。这里是诋毁的意思。
[5] 道箓司:管理道教的官署。
[6] 游棍:流氓。

花院主。(见扯介)呀,怎两个姑姑争施主?玄牝同门道可道[1],怎不韫椟而藏姑待姑[2]?俺知道你是大姑他是小姑,嫁的个彭郎港口无[3]?(净)先生不知。听的柳秀才半夜开门,不住的唧哝。俺好意儿问这小姑:"敢是你共柳秀才讲话哩?"这小姑则答应着"谁共秀才讲话来",便罢;倒嘴骨弄的说俺养着个秀才。陈先生,凭你说,谁引这秀才来?扯他道箓司明白去。俺是石的。(贴)难道俺是水的?(末)禁声,坏了柳秀才体面。俺劝你,

【前腔】教你姑徐徐。撒月招风实也虚?早则是者也之乎,那柳下先生君子儒,到道箓司牒[4]你去俗还俗,敢儒流们笑你姑不姑。(贴)正是不雅相。(末)好把冠子儿扶水云梳,裂了这仙衣四五铢[5]。(净)便依说,开手罢。陈先生吃个斋去。(末)待柳秀才在时又来。

【尾声】清绝处,再踟蹰。(泪介)咳,糁东风穷泪扑疏疏。道姑,杜小姐坟儿可上去?(净)雨哩。(末叹介)则恨的锁春寒这几点杜鹃花下雨。(下)(净、贴吊场)(净)陈老儿去了。小姑姑好嚛。(贴)和你再打听谁和秀才说话来。

---

[1] 玄牝同门道可道:出自《老子》。这里是调谑。
[2] 韫椟而藏姑待姑:韫椟,放在匣子里。典出自《论语·子罕》,这里引用原文而有意改动,戏谑用。
[3] 俺知道你是大姑他是小姑,嫁的个彭郎港口无:这两句是双关语。江西彭泽县有大姑山、小姑山,旁有彭郎矶。后人把彭郎附会为小姑的丈夫。
[4] 牒:文书。这里指告状。
[5] 铢:古代重量单位,一两等于二十四铢。

（净）烟水何曾息世机！温庭筠

（贴）高情雅淡世间稀。刘禹锡

（净）陇山鹦鹉能言语，岑参

（贴）乱向金笼说是非。僧子兰

第三十出　欢挠

【捣练子】(生上)听漏下半更多,月影向中那[1]。恁时节夜香烧罢么?一点猩红一点金,十个春纤十个针。只因世上美人面,改尽人间君子心。俺柳梦梅是个读书君子,一味志诚。止因北上南安,凑着东邻西子。嫣然一笑,遂成暮雨之来;未是五更,便逐晓风而去。今宵有约,未知迟早。正是金莲若肯移三寸,银烛先教刻五分[2]。则一件,姐姐若到,要精神对付他。偷眈一会,有何不可。(睡介)

【称人心】(魂旦上)冥途挣挫[3],要死却心儿无那。也则为俺那人儿忒可,教他闷房头守着闲灯火。(入门介)呀,他端然睡瞌,恁春寒也不把绣衾来摸。多应他祗候着我。待叫醒他。秀才,秀才!(生醒介)姐姐,失敬也。(起揖介)(生)待整衣罗,远远相迎个。这二更天风露多,还则怕夜深花睡么?(旦)秀才,俺那里长夜好难过,缱着你无眠清坐。(生)姐姐,你来的脚踪儿恁轻,是怎的?【集唐】(旦)自然无迹又无尘朱庆余,(生)白日寻思夜梦频令狐楚。(旦)行到窗前知未寝无名氏,

---

[1] 那:通"挪"。
[2] 银烛先教刻五分:意指点起蜡烛早早恭候。
[3] 挣挫:苦挣扎。

(生)一心惟待月夫人皮日休。姐姐,今夜来的迟些。

【绣带儿】(旦)镇消停,不是俺闲情忒慢俄。那些儿忘却俺欢哥。夜香残,回避了尊亲。绣床俀收拾起生活,停脱[1]顺风儿斜将金佩拖,紧摘离[2]百忙的淡妆明抹。(生)费你高情,则良夜无酒奈何?(旦)都忘了。俺携酒一壶,花果二色,在楯栏之上,取来消遣。(旦取酒、果、花上)(生)生受了。是甚果?(旦)青梅数粒。(生)这花?(旦)美人蕉。(生)梅子酸似俺秀才,蕉花红似俺姐姐。串饮一杯。(共杯饮介)

【白练序】(旦)金荷、斟香糯[3]。(生)你酝酿春心玉液波。拚微酡,东风外翠香红酸[4]。(旦)也摘不下奇花果,这一点蕉花和梅豆呵,君知么,爱的人全风韵,花有根科。

【醉太平】(生)细哦,这子儿花朵,似美人憔悴,酸子情多。喜蕉心暗展,一夜梅犀点污[5]。如何?酒潮微晕笑生涡。待噉着脸恣情的呜嗻[6],些儿个,翠偎了情波,润红蕉点,香生梅唾。

【白练序】(旦)活泼、死腾那,这是第一所人间风月窝。咋宵个微芒暗影轻罗,把势儿[7]忒显豁。为什么人到幽期话

---

[1] 停脱:停当,停妥。
[2] 紧摘离:摘离,脱离,分离。此指赶紧起身。
[3] 金荷、斟香糯:金荷,荷叶形酒杯。香糯,糯米香酒。
[4] 红酸:酸,再加蒸制的烈性酒。这里指酒醉。
[5] 梅犀点污:梅犀,梅子。这句隐喻欢会。
[6] 噉着脸恣情的呜嗻:偎着脸狂吻。
[7] 把势儿:指欢会的姿态。

转多?(生)好睡也。(旦)好月也。消停坐,不妒色嫦娥,和俺人三个。

【醉太平】(生)无多,花影阿那[1]。劝奴奴睡也,睡也奴哥。春宵美满,一霎暮钟敲破。娇娥、似前宵雨云羞怯颤声讹,敢今夜翠鬐轻可。睡则那,把腻乳微搓,酥胸汗帖,细腰春锁。(净、贴悄上)(贴)道可道,可知道?名可名,可闻名?(生、旦笑介)(贴)老姑姑,你听秀才房里有人。这不是俺小姑姑了。(净作听介)是女人声,快敲门去。(敲门介)(生)是谁?(净)老道姑送茶。(生)夜深了。(净)相公房里有客哩。(生)没有。(净)女客哩。(生、旦慌介)怎好?(净急敲门介)相公,快开门。地方巡警,免的声扬哩。(生慌介)怎了,怎了!(旦笑介)不妨,俺是邻家女子,道姑不肯干休时,便与他一个勾引的罪名儿。

【隔尾】便开呵须撒和[2],隔纱窗怎守的到参儿趖[3]!柳郎,则管松了门儿。俺影着这一幅美人图那边躲。(生开门,旦作躲,生将身遮旦,净、贴闯进笑介)喜也。(生)什么喜?(净前看,生身拦介)

【滚遍】(净、贴)这更天一点锣,仙院重门阖,何处娇娥?怕惹的干柴火。(生)你便打睃,有甚着科[4]?是床儿里窝?箱儿里那?袖儿里阁?(净、贴向前,生拦不住,内作风起,旦闪下介)(生)昏了灯也。(净)分明一个影儿,只这轴美女图在此。古画

---

[1] 阿那:婀娜。
[2] 便开呵须撒和:撒和,调停。这里意思是,开了门,要好好说话。
[3] 参儿趖:参,星名;趖,指移动。这里意为参星横斜,指夜深。
[4] 着科:犯错。

成精了么?

【前腔】画屏人踏歌[1],曾许你书生和。不是妖魔,甚影儿望风躲?相公,这是什么画?(生)妙婆婆,秀才家随行的香火。俺寂静里暗祈求,你莽吒喝。(净)是了。不说不知,俺前晚听见相公房内啾啾唧唧,疑惑是这小姑姑。俺如今明白了。相公,权留小姑姑伴话。(生)请了。

【尾声】(贴)动不动道篆司官了私和。(生)则欺负俺不分外[2]的书生欺别个!姑姑,这多半觉美鼾鼾,则被你奚落杀了我。(净、贴下)(生笑介)一天好事,两个瓦剌姑[3]。扫兴,扫兴。那美人呵,好吃惊也!

应陪秉烛夜深游,曹松

恼乱春风卒未休。罗隐

大姑山远小姑出,顾况

更凭飞梦到瀛洲。胡宿

---

[1] 画屏人踏歌:唐代传奇故事。一士人醉卧醒来,见画屏上女子都来他床前歌舞,他惊叫一声,女子就都回到画屏中去了。
[2] 不分外:守本分。
[3] 瓦剌姑:骂女人卑劣的话。

第三十一出　缮备[1]

【番卜算】(贴扮文官,净扮武官上)边海一边江,隔不断胡尘涨。维扬[2]新筑两城墙,酾酒[3]临江上。请了。俺们扬州府文武官僚是也。安抚杜老大人,为因李全骚扰地方,加筑外罗城[4]一座。今日落成开宴,杜老大人早到也。

【前腔】(众拥外上)三千客两行[5],百二关重壮。(文武迎介)(外)维扬风景世无双,直上层楼望。(见介)(众)北门卧护要耆英[6]。(外)恨少胸中十万兵[7]。(众)天借金山为底柱。(外)身当铁瓮作长城。扬州表里重城,不日成就。皆文武诸公士民之力。(众)此皆老安抚远略奇谋。属官窃在下风,敢献一杯,效古人城隅之宴。(外)正好。且向新楼一望。(望介)壮哉,城也!

---

[1] 缮备:指修葺城墙,加强武装。缮,修补,整治。
[2] 维扬:扬州。
[3] 酾酒:斟酒。
[4] 外罗城:城墙外再加筑的大城。
[5] 三千客两行:杜宝表示自己爱贤好客。用《史记》中"食客三千"的典故。
[6] 北门卧护要耆英:耆英,老年的贤者。此句意为凭借老将的威名,就是躺着不动,也能收到防守北方的实效。典出自《新唐书·裴度传》。
[7] 胸中十万兵:指胸中有韬略。典出自元代袁桷题范仲淹画像诗:"甲兵十万在胸中,赫赫英名震犬戎。"

真乃江北无双堑[1]，淮南第一楼。(众)请进酒。

【山花子】(众)贺层城顿插云霄敞，雉[2]飞腾映压寒江。据表里山河一方，控长淮万里金汤。(合)敌楼高窥临女墙，临风酾酒旌旆扬。乍想起琼花[3]当年吹暗香，几点新亭[4]，无限沧桑。(外)前面高起如霜似雪四五十堆，是何山也？(众)都是各场所积之盐，众商人中纳[5]。(外)商人何在？(末、老旦扮商人上)"占种海田高白玉，掀翻盐井横黄金。"商人见。(外)商人么，则怕早晚要动支兵粮，攒紧上纳。

【前腔】这盐呵，是银山雪障连天晃，海煎成夏草秋粮。平看取盐花灶场，尽支排中纳边商。(合前)(外)酒罢了。喜的广有兵粮，则要众文武关防如法[6]。

【舞霓裳】(众)文武官僚立边疆，立边疆。休坏了这农桑，士工商。(合)敢大金家早晚来无状[7]，打贴起炮箭旗枪。听边声风沙迭荡，猛惊起，见蟠花战袍旧边将。

【红绣鞋】(众)吉日祭赛城隍，城隍。归神谢土安康，安康。祭旗纛，犒军装。阵头儿，谁抵当？箭眼里，好遮藏。

---

[1] 堑：护城河。这里指城池。
[2] 雉：这里指雉堞，即女墙，是筑在城上的小墙，上面有射箭的孔眼。
[3] 琼花：传说隋炀帝开凿大运河，坐船到扬州看琼花，后来为宇文化及所杀，隋亡。
[4] 几点新亭：几滴忧国之泪。新亭指新亭之泪，典出自《世说新语·言语》。
[5] 中纳：宋朝廷允许商人直接运送粮草到边境地区以供军需，然后在京师发给商人领盐执照，这种官商之间的实物交易称为"入中"，即"中纳"。
[6] 关防如法：防守得很严密。
[7] 无状：指前来侵犯。

【尾声】(外) 按三韬把六出旗门放[1],文和武肃静端详。则等待海西头[2]动边烽那一声炮儿响。

夹城云暖下霓旄,杜牧

千里崤函一梦劳。谭用之

不意新城连嶂起,钱起

夜来冲斗气何高。谭用之

---

[1] 按三韬把六出旗门放:三韬,《三略》《六韬》,古代兵法,此指阵图;六出旗门,指这个阵势有六个出入口。
[2] 海西头:泛指边塞。

第三十二出　冥誓

【月云高】(生上)暮云金阙[1],风幡淡摇拽。但听的钟声绝,早则是心儿热。纸帐书生,有分盒兰麝。咱时还早。荡花阴,单则把月痕遮。(整灯介)溜风光,稳护着灯儿烨。(笑介)好书读易尽,佳人期未来。前夕美人到此,并不提防,姑姑搅攘。今宵趁他未来之时,先到云堂[2]之上攀话一回,免生疑惑。(作掩门行介)此处留人户半斜,天呵,俺那有心期在那些。(下)

【前腔】(魂旦上)孤神害怯,佩环风定夜。(惊介)则道是人行影,原来是云偷月。(到介)这是柳郎书舍了。呀,柳郎何处也?闪闪幽斋,弄影灯明灭。魂再艳,灯油接;情一点,灯头结。(叹介)奴家和柳郎幽期,除是人不知,鬼都知道。(泣介)竹影寺风声怎的遮[3],黄泉路夫妻怎当赊[4]?待说何曾说,如聱不奈聱。把持花下意,犹恐梦中身。奴家虽登鬼录,未损

---

[1] 金阙:道家称天帝或仙人所住的宫殿。此处指道观。
[2] 云堂:僧人坐禅的地方。
[3] 竹影寺风声怎的遮:竹影寺,即竹林寺。元代谚语:"竹林寺有影无形。"这里是反用,既有影而使人们捕风捉影,就免不了有闲话。全句意谓杜丽娘鬼魂的行踪已被人察觉,无法遮掩。
[4] 赊:时间长久。

人身。阳禄将回,阴数已尽。前日为柳郎而死,今日为柳郎而生。夫妇分缘,去来明白。今宵不说,只管人鬼混缠到甚时节?只怕说时柳郎那一惊呵,也避不得了。正是夜传人鬼三分话,早定夫妻百岁恩。

【懒画眉】(生上)画阑风摆竹横斜。(内作鸟声惊介)惊鸦闪落在残红榭。呀,门儿开也。玉天仙光降了紫云车[1]。(旦出迎介)柳郎来也。(生揖介)姐姐来也。(旦)剔灯花这咱望郎爷。(生)直恁的志诚亲姐姐。(旦)秀才,等你不来,俺集下了唐诗一首。(生)洗耳。(旦念介)拟托良媒亦自伤秦韬玉,月寒山色两苍苍薛涛。不知谁唱春归曲曹唐?又向人间魅阮郎刘言史。(生)姐姐高才。(旦)柳郎,这更深何处来也?(生)昨夜被姑姑败兴,俺乘你未来之时,去姑姑房头看了他动静,好来迎接你。不想姐姐今夜来恁早哩。(旦)盼不到月儿上也。

【太师引】(生)叹书生何幸遇仙提揭[2],比人间更志诚亲切。乍温存笑眼生花,正渐入欢肠啖蔗[3]。前夜那姑姑呵,恨无端风雨把春抄截。姐姐呵,误了你半宵周折,累了你好回[4]惊怯。不嗔嫌,一径的把断红重接。

【锁窗寒】(旦)是不提防他来的哼嚇[5],吓的个魂儿收

---

[1] 紫云车:神话传说中西王母的座车。
[2] 提揭:提携。
[3] 啖蔗:吃甘蔗,喻正甜蜜。
[4] 好回:好一阵。
[5] 哼嚇:厉害。

不迭。仗云摇月躲,画影人遮。则没揣的[1]涩道[2]边儿,闪人一跌。自生成不惯这磨灭。险些些,风声扬播到俺家爷,先吃了俺狠尊慈痛决[3]。(生)姐姐费心。因何错爱小生至此?(旦)爱的你一品人才。(生)姐姐敢定了人家?

【太师引】(旦)并不曾受人家红定回鸾帖[4]。(生)喜个甚样人家?(旦)但得个秀才郎情倾意惬。(生)小生倒是个有情的。(旦)是看上你年少多情,迤逗俺睡魂难贴。(生)姐姐,嫁了小生罢。(旦)怕你岭南归客路途赊,是做小伏低[5]难说。(生)小生未曾有妻。(旦笑介)少什么旧家根叶,着俺异乡花草填接?敢问秀才,堂上有人么?(生)先君官为朝散,先母曾封县君。(旦)这等是衙内了。怎恁婚迟?

【锁窗寒】(生)恨孤单飘零岁月,但寻常稔色谁沾藉[6]?那有个相如在客,肯驾香车?萧史无家,便同瑶阙[7]?似你千金笑等闲抛泄,凭说,便和伊青春才貌恰争些,怎做

---

[1] 没揣的:没想到,没提防。
[2] 涩道:阶石。
[3] 尊慈痛决:尊慈,母亲。痛决,严厉的责罚。
[4] 受人家红定回鸾帖:红定,男家送女家的聘礼。鸾帖,写有女方生辰八字的庚帖。此句指订婚。女方接受红定,回以鸾帖,即表示答允缔结婚约。
[5] 做小伏低:指做妾。
[6] 寻常稔色谁沾藉:稔色,美色。沾藉,沾惹。姿色一般的女子谁去招惹她。
[7] 那有个相如在客,肯驾香车?萧史无家,便同瑶阙:驾香车,卓文君与司马相如一起驾车私奔去了成都,这里指私奔。瑶阙,传说中的仙宫。这几句意思是,谁肯像卓文君私奔司马相如一样来爱一个异乡人?萧史不碰上秦弄玉,怎能共同成仙?

的露水相看伙别[1]！(旦)秀才有此心，何不请媒相聘？也省的奴家为你担慌受怕。(生)明早敬造尊庭，拜见令尊令堂，方好问亲于姐姐。(旦)到俺家来，只好见奴家。要见俺爹娘还早。(生)这般说，姐姐当真是那样门庭。(旦笑介)(生)是怎生来？

【红衫儿】看他温香艳玉神清绝，人间迥别。(旦)不是人间，难道天上？(生)怎独自夜深行，边厢少侍妾？且说个贵表尊名。(旦叹介)(生背介)他把姓字香沉，敢怕似飞琼[2]漏泄？姐姐不肯泄漏姓名，定是天仙了。薄福书生，不敢再陪欢宴。尽仙姬留意书生，怕逃不过天曹罚折。

【前腔】(旦)道奴家天上神仙列，前生寿折。(生)不是天上，难道人间？(旦)便作是私奔，悄悄何妨说。(生)不是人间，则是花月之妖。(旦)正要你掘草寻根，怕不待勾辰就月[3]。(生)是怎么说？(旦欲说又止介)不明白辜负了幽期，话到尖头又咽。【相思令】(生)姐姐，你千不说，万不说。直恁的书生不酬决[4]，更向谁边说？(旦)待要说，如何说？秀才，俺则怕聘则为妻奔则妾[5]，受了盟香说。(生)你要小生发愿，定为正妻，便与姐姐拈香去。

---

[1] 便和伊青春才貌恰争些，怎做的露水相看伙别：露水，喻爱情短暂。伙别，离别。这两句意思是，纵然比你的青春才貌差一些，我既然爱上了，怎么会轻易分手。
[2] 飞琼：许飞琼，昆仑山女仙。
[3] 勾辰就月：勾辰，即"钩陈"，星官名。指盼望难遇的佳期。
[4] 酬决：说清楚。
[5] 聘则为妻奔则妾：明媒正娶的是妻，私奔的是妾。

【滴溜子】(生、旦同拜)神天的，神天的，盟香满爇[1]。柳梦梅，柳梦梅，南安郡舍，遇了这佳人提挈，作夫妻。生同室，死同穴。口不心齐，寿随香灭。(旦泣介)(生)怎生吊下泪来？(旦)感君情重，不觉泪垂。

【闹樊楼】你秀才郎为客偏情绝，料不是虚脾[2]把盟誓撇。哎，话吊在喉咙觉了舌。嘱东君[3]在意者，精神打叠。暂时间奴儿回避趄[4]，些儿待说，你敢扑忪松害跌[5]。(生)怎的来？(旦)秀才，这春容得从何处？(生)太湖石缝里。(旦)比奴家容貌争多？(生看惊介)可怎生一个粉扑儿[6]？(旦)可知道，奴家便是画中人也。(生合掌谢画介)小生烧的香到哩。姐姐，你好歹表白一些儿。

【啄木犯】(旦)柳衙内听根节。杜南安原是俺亲爹。(生)呀，前任杜老先生升任扬州，怎么丢下小姐？(旦)你觉了灯。(生觉灯介)(旦)觉了灯、余话堪明灭。(生)且请问芳名，青春多少？(旦)杜丽娘小字有庚帖，年华二八，正是婚时节。(生)是丽娘小姐，俺的人那！(旦)衙内，奴家还未是人。(生)不是人，是鬼？(旦)是鬼也。(生惊介)怕也，怕也。(旦)靠边些，听俺消

---

[1] 爇：烧。
[2] 虚脾：虚情假意。
[3] 东君：神话中的春神。这里杜丽娘以花自喻，以东君比喻柳梦梅。
[4] 趄：犹豫不前。
[5] 些儿待说，你敢扑忪松害跌：扑忪松，相当于"扑通"，这两句意思是，我要说些话，恐怕你会因为害怕而扑通跌倒。
[6] 一个粉扑儿：一个模样儿。

第三十二出 冥誓

详说。话在前教伊休害怯,俺虽则是小鬼头人半截。(生)姐姐,因何得回阳世而会小生?

【前腔】(旦)虽则是阴府别,看一面千金小姐,是杜南安那些枝叶。注生妃央及煞回生帖,化生娘点活了残生劫[1]。你后生儿蘸定俺前生业。秀才,你许了俺为妻真切,少不得冷骨头着疼热。(生)你是俺妻,俺也不害怕了。难道便请起你来?怕似水中捞月,空里拈花。

【三段子】(旦)俺三光不灭[2]。鬼胡由,还动迭[3],一灵未歇。泼残生,堪转折。秀才可谙经典?是人非人心不别,是幻非幻如何说?虽则似空里拈花,却不是水中捞月。(生)既然虽死犹生,敢问仙坟何处?(旦)记取太湖石梅树一株。

【前腔】爱的是花园后节,梦孤清,梅花影斜。熟梅时节,为仁儿,心酸那些。(生)怕小姐别有走跳处?(旦叹介)便到九泉无屈折,衠幽香一阵昏黄月。(生)好不冷。(旦)冻的俺七魄三魂,僵做了三贞七烈。(生)则怕惊了小姐的魂怎好?

【斗双鸡】(旦)花根木节,有一个透人间路穴。俺冷香肌早偎的半热。你怕惊了呵,悄魂飞越,则俺见了你回心心

---

[1] 虽则是……化生娘点活了残生劫:央及煞,央求。化生娘,传说中执掌轮回投生的神。虽然阴司和人间官府不同,但看我是官家小姐,判官就央请注生妃让我还魂,央请化生娘娘让我复活。

[2] 三光不灭:人死后看不见日月星三光,而杜丽娘死后还魂复活,所以说三光不灭。

[3] 鬼胡由,还动迭:鬼胡由,鬼花样,这里只指鬼;动迭,走动。虽然是鬼,还可以四处走动。

不灭。(生)话长哩。(旦)畅好是一夜夫妻,有的是三生话说。(生)不烦姐姐再三,只俺独力难成。(旦)可与姑姑计议而行。(生)未知深浅,怕一时间攒不彻[1]。

【登小楼】(旦)咨嗟、你为人为彻[2]。俺砌笼棺勾有三尺叠,你点刚锹和俺一谜[3]掘。就里阴风泻泻,则隔的阳世些些。(内鸡鸣介)

【鲍老催】咳,长眠人一向眠长夜,则道鸡鸣枕空设。今夜呵,梦回远塞荒鸡咽,觉人间风味别。晓风明灭,子规声容易吹残月。三分话才做一分说。

【耍鲍老】俺丁丁列列[4],吐出在丁香舌。你拆了俺丁香结,须粉碎俺丁香节。休残慢[5],须急节。俺的幽情难尽说。(内风起介)则这一蓊风动灵衣去了也。(旦急下)(生惊痴介)奇哉,奇哉!柳梦梅做了杜太守的女婿,敢是梦也?待俺来回想一番。他名字杜丽娘,年华二八,死葬后园梅树之下。啐,分明是人道交感,有精有血。怎生杜小姐颠倒自己说是鬼?(旦又上介)衙内还在此?(生)小姐怎又回来?(旦)奴家还有丁宁[6]。你既以俺为妻,可急视之,不宜自误。如或不然,妾事已露,不敢再来相陪。愿郎留心。勿使可惜。妾若不得复生,必痛恨

---

[1]攒不彻:凑不齐,谈不拢。
[2]为人为彻:做好人要好到底。
[3]一谜:一味。
[4]丁丁列列:形容说话吞吞吐吐。
[5]残慢:懒散。
[6]丁宁:叮嘱,告诫。

君于九泉之下矣。

【尾声】(旦跪介)柳衙内你便是俺再生爷。(生跪扶起介)(旦)一点心怜念妾,不着俺黄泉恨你,你只骂的俺一句鬼随邪[1]。(旦作鬼声下,回顾介)(生吊场,低语介)柳梦梅着鬼了。他说的恁般分明,恁般恓切,是无是有,只得依言而行。和姑姑商量去。

梦来何处更为云? 李商隐

惆怅金泥簇蝶裙。韦氏子

欲访孤坟谁引至? 刘言史

有人传示紫阳君。熊孺登

---

[1] 鬼随邪:鬼怪作祟害人。

第三十三出　秘议

【绕池游】(净上)芙蓉冠帔，短发难簪系。一炉香鸣钟叩齿[1]。【诉衷情】风微台殿响笙簧。空翠冷霓裳。池畔藕花深处，清切夜闻香。人易老，事多妨，梦难长。一点深情，三分浅土，半壁斜阳。俺这梅花观，为着杜小姐而建。当初杜老爷分付陈教授看管。三年之内，则见他收取祭租，并不常川[2]行走。便是杜老爷去后，诓了一府州县士民人等许多分子[3]，起了个生祠。昨日老身打从祠前过，猪屎也有，人屎也有。陈最良，陈最良，你可也叫人扫刮一遭儿。倒是杜小姐神位前，日逐添香换水，何等庄严清净。正是："天下少信掉书子[4]，世外有情持素人。"

【前腔】(生上)幽期密意，不是人间世。待声扬徘徊了半日。(见介)(生)落花香覆紫金堂。(净)你年少看花敢自伤？(生)弄玉不来人换世。(净)麻姑[5]一去海生桑。(生)老姑姑，小生自到仙居，不曾瞻礼宝殿。今日愿求一观。(净)是礼。相

---

[1] 叩齿：在祈祷前上下叩击牙齿，以示虔诚。
[2] 常川：经常。
[3] 分子：份子钱。
[4] 掉书子：掉书袋，引经据典炫耀博学的人。这里指读书人。
[5] 麻姑：传说中的女仙，曾三次看见东海变为桑田。

引前行。(行到介)(净)高处玉天金阙,下面东岳夫人,南斗真妃。(内钟鸣,生拜介)中天积翠玉台遥,上帝高居绛节朝。遂有冯夷[1]来击鼓,始知秦女善吹箫。好一座宝殿哩。怎生左边这牌位上写着"杜小姐神王",是那位女王?(净)是没人题主[2]哩。杜小姐。(生)杜小姐为谁?

【五更转】(净)你说这红梅院,因何置?是杜参知[3]前所为。丽娘原是他香闺女,十八而亡,就此攒瘗[4]。他爷呵,升任急,失题主,空牌位。(生)谁祭扫他?(净)好墓田,留下有碑记。偏他没头主儿,年年寒食[5]。(生哭介)这等说起来,杜小姐是俺娇妻呵。(净惊介)秀才当真么?(生)千真万真。(净)这等,知他那日生,那日死了?

【前腔】(生)俺未知他生,焉知死?死多年、生此时。(净)几时得他死信?(生)这是俺朝闻夕死了可人矣。(净)是夫妻,应你奉事香火。(生)则怕俺未能事人,焉能事鬼?(净)既是秀才娘子,可曾会他来?(生)便是这红梅院,做楚阳台,偏倍了[6]你。(净)是那一夜?(生)是前宵你们不做美。(净惊介)秀

---

[1] 冯夷:神话传说中的水神,即河伯。
[2] 题主:一种仪式,亦称点主。旧时礼制,人死后立一写死者名字的木牌,先用墨笔写某某人之神王,然后择期请有名望的人用朱笔在"王"字上加一点,成为"主"字。
[3] 参知:官名。
[4] 攒瘗:暂时浅埋,以待迁葬。
[5] 偏他没头主儿,年年寒食:寒食,清明前两日,古代有禁火的风俗。清明、寒食,都是祭扫坟墓的日子。这两句指年年没有亲人祭奠。
[6] 偏倍了:偏不让人知道。

才着鬼了。难道，难道。(生)你不信时，显个神通你看。取笔来点的他主儿会动。(净)有这事？笔在此。(生点介)看俺点石为人，靠夫作主。你瞧，你瞧。(净惊介)奇哉，奇哉。主儿真个会动也。小姐呵！

【前腔】则道墓门梅，立着个没字碑，原来柳客神[1]缠住在香炉里。秀才，既是你妻，鼓盆歌、庐墓三年礼[2]。(生)还要请他起来。(净)你直恁神通，敢阎罗是你？(生)少些人夫用。(净)你当夫，他为人，堪使鬼。(生)你也帮一锹儿。(净)《大明律》，开棺见尸，不分首从皆斩哩[3]。你宋书生是看不着皇明例，不比寻常，穿篱挖壁。(生)这个不妨，是小姐自家主见。

【前腔】是泉下人，央及你。个中人、谁似伊。(净)既是小姐分付，也待我择个日子。(看介)恰好明日乙酉，可以开坟。(生)喜金鸡玉犬非牛日[4]，则待寻个人儿，开山力士[5]。(净)俺有个侄儿癞头鼋[6]可用。只怕事发之时怎处？(生)但回生，免声息，停商议。可有偷香窃玉劫坟贼？还一事，小姐倘然

---

[1] 柳客神：巫蛊术的一种用具，刻柳木作人形。这里借指柳梦梅。
[2] 鼓盆歌、庐墓三年礼：庄子妻死，他没哭泣，反而敲着盆子唱歌。后人遂以鼓盆指亡妻。庐墓三年，旧时礼制父母亡，子须住在坟旁守孝三年。此谓为亡妻守孝，是调笑之语。
[3] 《大明律》，开棺见尸，不分首从皆斩哩：《大明律》，明代的主要法典。本剧写的是宋代故事，却说到明代法律，是有意调笑。首，首犯；从，从犯。
[4] 喜金鸡玉犬非牛日：金鸡，酉日。玉犬，戌日。牛日，丑日。阴阳家称，酉日、戌日宜开坟，丑日忌开坟。
[5] 开山力士：此指挖坟人。
[6] 癞头鼋：头有疙瘩似癞的人。

回生,要些定魂汤药。(净)陈教授开张药铺。只说前日小姑姑,党了凶煞[1],求药安魂。(生)烦你快去也。这七级浮屠,岂同儿戏。

(净)湿云如梦雨如尘,_{崔鲁}

(生)初访城西李少君。_{陈羽}

(净)行到窈娘身没处,_{雍陶}

(生)手披荒草看孤坟。_{刘长卿}

---

[1]党了凶煞:党,冲撞;煞,凶神恶鬼。冲撞了凶神,就会害病。

第三十四出　诇药[1]

（末上）积年儒学理粗通，书箧成精变药笼。家童唤俺老员外，街坊唤俺老郎中。俺陈最良失馆，依然开药铺。看今日有甚人来？

【女冠子】（净上）人间天上，道理都难讲。梦中虚诳，更有人儿思量泉壤。陈先生利市[2]哩。（末）老姑姑到来。（净）好铺面！这"儒医"二字杜太爷赠的。好"道地药材"！这两块土中甚用？（末）是寡妇床头土。男子汉有鬼怪之疾，清水调服良。（净）这布片儿何用？（末）是壮男子的裤裆。妇人有鬼怪之病，烧灰吃了效。（净）这等，俺贫道床头三尺土，敢换先生五寸裆？（末）怕你不十分寡。（净）啐，你敢也不十分壮。（末）罢了，来意何事？（净）不瞒你说，前日小道姑呵！

【黄莺儿】年少不提防，赛江神[3]，归夜忙。（末）着手了？（净）知他着甚闲空旷？被凶神煞党。年灾月殃，瞑然一去无回向。（末）欠老成哩！（净）细端详，你医王[4]手段敢对的住活

---

[1] 诇药：求药。
[2] 利市：祝人发财、交好运的吉利话。
[3] 赛江神：赛，酬报。祭祀酬谢江神。
[4] 医王：为众生治病的佛。

阎王。(末)是活的,死的?(净)死几日了。(末)死人有口吃药?也罢,便是这烧裆散,用热酒调服下。

【前腔】海上有仙方,这伟男儿深裤裆。(净)则这种药,俺那里自有。(末)则怕姑姑记不起谁阳壮。翦裁寸方,烧灰酒娘[1],敲开齿缝把些儿放。不寻常,安魂定魄赛过反精香[2]。(净)谢了。

(末)还随女伴赛江神,于鹄

(净)争奈多情足病身。韩偓

(末)岩洞幽深门尽锁,韩愈

(净)隔花催唤女医人。王建

---

[1] 酒娘:酒酿,甜米酒。
[2] 反精香:返魂香。

第三十五出　回生

【字字双】(丑扮疙童,持锹上)猪尿泡疙疸偌卢胡,没裤[1]。铧锹儿入的土花疏,没骨。活小娘不要去做鬼婆夫,没路。偷坟贼拿到做个地官符[2],没趣。(笑介)自家梅花观主家癞头鼋便是。观主受了柳秀才之托,和杜小姐启坟。好笑,好笑,说杜小姐要和他这里重做夫妻。管他人话鬼话,带了些黄钱,挂在这太湖石上,点起香来。

【出队子】(净携酒同生上)玉人何处,玉人何处?近墓西风老绿芜。《竹枝歌》[3]唱的女郎苏,杜鹃声啼过锦江[4]无?一窖愁残,三生梦余。(生)老姑姑,已到后园。只见半亭瓦砾,满地荆榛[5]。绣带重寻,袅袅藤花夜合;罗裙欲认,青青蔓草春长。则记的太湖石边,是俺拾画之处。依稀似梦,恍惚如亡。怎生是好?(净)秀才不要忙,梅树下堆儿是了。(生)小姐,好伤感人也。(哭介)(丑)哭甚的。趁时节了。(烧纸介)(生拜介)巡山

---

[1] 猪尿泡疙疸偌卢胡,没裤:这是拿癞痢头恶意调笑。
[2] 地官符:指活埋。道家为人祛病,书写天、地、水三官文符,其中地官符埋入土内。全句说的是偷坟者被抓住将被活埋。
[3]《竹枝歌》:古代民歌《竹枝词》。
[4] 锦江:岷江的支流,在杜丽娘的故乡四川。
[5] 荆榛:丛生灌木,形容荒芜景象。

使者[1],当山土地,显圣显灵。

【啄木鹂】开山纸草面上铺,烟罩山前红地炉[2]。(丑)敢太岁头上动土?向小姐脚跟挖窟。(生)土地公公,今日开山,专为请起杜丽娘。不要你死的,要个活的。你为神正直应无妒,俺阳神触煞俱无虑。要他风神笑语都无二,便做着[3]你土地公公女嫁吾。呀,春在小梅株。好破土哩。

【前腔】(丑、净锹土介)这三和土[4]一谜锄。小姐呵,半尺孤坟你在这的无?(生)你们十分小心。(看介)到棺了。(丑作惊丢锹介)到官没活的了。(生摇手介)禁声。(内旦作哎哟介)(众惊介)活鬼做声了。(生)休惊了小姐。(众蹲向鬼门,开棺介)(净)原来钉头锈断,子口[5]登开,小姐敢别处送云雨去了。(内哎哟介)(生见旦扶介)(生)咳,小姐端然在此。异香袭人,幽姿如故。天也,你看正面上那些儿尘渍,斜空处没半米虮蜉[6]。则他暖幽香四片斑斓木,润芳姿半榻黄泉路,养花身五色燕支土。(扶旦软媻介)(生)俺为你款款偎将睡脸扶,休损了口中珠[7]。(旦作呕出水银介)(丑)一块花银,二十分多重,赏了癞头罢。(生)此乃小姐龙含凤吐之精,小生当奉为世宝。你们别有酬犒。(旦开眼叹介)

---

[1] 巡山使者:神话中的山神。
[2] 开山纸草面上铺,烟罩山前红地炉:开山,即开坟。开坟前焚烧纸钱,烟火腾空,好像通红的火炉。
[3] 便做着:就当作……一样。
[4] 三和土:三合土,用糯米汁和砂石、石灰搅拌而成。
[5] 子口:瓶、箱、匣等物与盖相密合之处。
[6] 斜空处没半米虮蜉:半米,半粒,半只;虮蜉,大蚂蚁。
[7] 口中珠:死者入殓时放在口内的珍珠、谷米等物。

(净)小姐开眼哩。(生)天开眼了。小姐呵!

【金蕉叶】(旦)是真是虚?劣梦魂猛然惊遽[1]。(作掩眼介)避三光业眼[2]难舒,怕一弄儿巧风吹去。(生)怕风怎么好?(净扶旦介)且在这牡丹亭内进还魂丹,秀才蓠袴。(生蓠介)(丑)待俺凑些加味还魂散。(生)不消了。快快热酒来。

【莺啼序】(调酒灌介)玉喉咙半点灵酥。(旦吐介)(生)哎也,怎生呵落在胸脯。姐姐再进些,才吃下三个多半口还无。(觑介)好了,好了!喜春生颜面肌肤。(旦觑介)这些都是谁?敢是些无端道途[3],弄的俺不着坟墓?(生)我便是柳梦梅。(旦)眯蒙[4]觑,怕不是梅边柳边人数。(生)有这道姑为证。(净)小姐可认得道姑么?(旦看不语介)

【前腔】(净)你乍回头记不起俺这姑姑。(生)可记得这后花园?(旦不语介)(净)是了,你梦境模糊。(旦)只那个是柳郎?(生应,旦作认介)咳,柳郎真信人也。亏杀你拨草寻蛇,亏杀你守株待兔。棺中宝玩收存,诸余[5]抛散池塘里去。(众)咥!(丢去棺物介)向人间别画个葫芦[6]。水边头洗除凶物[7]。(众)亏了小姐整整睡这三年。(旦)流年度,怕春色三分,一分尘

---

[1] 遽:惶恐。
[2] 业眼:佛家语,作孽的眼睛。
[3] 无端道途:这里指无赖之辈。
[4] 眯蒙:朦胧,看不分明。
[5] 诸余:余外一切东西。
[6] 向人间别画个葫芦:指重新做人。
[7] 凶物:丧葬时死者身上用品。

土[1]。(生)小姐,此处风露,不可久停。好处将息去。

【尾声】死工夫救了你活地狱,七香汤莹了美食相扶[2]。(旦)扶往那里去?(净)梅花观内。(旦)可知道洗棺尘,都是这高唐观中雨。

(生)天赐燕支一抹腮,罗隐

(旦)随君此去出泉台。景舜英

(净)俺来穿穴非无意,张祜

(生)愿结灵姻愧短才。潘雍

---

[1] 怕春色三分,一分尘土:怕青春过去。语化自苏轼词《水龙吟》:"春色三分:二分尘土,一分流水。"
[2] 七香汤莹了美食相扶:七香汤,沐浴用的香汤。莹,磨玉使之发光,此指沐浴。美食相扶,用美食补养。

第三十六出　婚走

【意难忘】(净扶旦上)(旦)如笑如呆,叹情丝不断,梦境重开。(净)你惊香辞地府,舆榇出天台[1]。(旦)姑姑,俺强挣作[2],软哈哈[3],重娇养起这嫩孩孩。(合)尚疑猜,怕如烟入抱,似影投怀[4]。【画堂春】(旦)蛾眉秋恨满三霜[5],梦余荒冢斜阳。土花零落旧罗裳,睡损红妆。(净)风定彩云犹怯,火传金地[6]重香。如神如鬼费端详,除是高唐。(旦)姑姑,奴家死去三年。为钟情一点,幽契重生。皆亏柳郎和姑姑信心提救。又以美酒香酥,时时将养。数日之间,稍觉精神旺相。(净)好了,秀才三回五次,央俺成亲哩。(旦)姑姑,这事还早。扬州问过了老相公、老夫人,请个媒人方好。(净)好消停[7]的话儿。这

---

[1] 舆榇出天台:舆榇,以车载棺材。天台,原指仙界,这里代指阴间。这句说杜丽娘死而复生。
[2] 挣作:挣扎。
[3] 软哈哈:软绵绵。
[4] 如烟入抱,似影投怀:《搜神记》载,吴王夫差小女紫玉因婚姻被阻,郁结而死。魂魄回到宫中,母亲要拥抱她时她却如烟一般消失了。本形容鬼魂虚无缥缈如烟似影,这里形容杜丽娘刚刚复生,虚空怯弱的样子。
[5] 三霜:三年。
[6] 地:香火的灰烬。这里指香炉。
[7] 消停:从容。

也由你。则问小姐前生事可记得些么?

【胜如花】(旦)前生事,曾记怀。为伤春病害,困春游梦境难挨。写春容那人儿拾在。那劳承、那般顶戴,似盼天仙盼的眼呆[1],似叫观音叫的口歪。(净)俺也听见些。则小姐泉下怎生得知?(旦)虽则尘埋,把耳轮儿热坏。感一片志诚无奈,死淋侵走上阳台,活森沙[2]走出这泉台。(净)秀才来哩。

【生查子】(生上)艳质久尘埋,又挣出这烟花界[3]。你看他含笑插金钗,摆动那长裙带。(见介)丽娘妻。(旦羞介)(生)姐姐,俺地窟里扶卿做玉真。(旦)重生胜过父娘亲。(生)便好今宵成配偶。(旦)懵腾[4]还自少精神。(净)起前说精神旺相,则瞒着秀才。(旦)秀才可记的古书云:"必待父母之命,媒妁之言。"(生)日前虽不是钻穴相窥,早则钻坟而入了。小姐今日又会起书来。(旦)秀才,比前不同。前夕鬼也,今日人也。鬼可虚情,人须实礼。听奴道来:

【胜如花】青台[5]闭,白日开。(拜介)秀才呵,受的俺三生礼拜,待成亲少个官媒。(泣介)结盏[6]的要高堂人在。(生)成了亲,访令尊令堂,有惊天之喜。要媒人,道姑便是。(旦)秀才忙待怎的?也曾落几个黄昏陪待。(生)今夕何夕?(旦)

---

[1] 眼呆:眼呆,眼直。
[2] 活森沙:活生生。森沙,词尾加强语气的助词,无义。
[3] 挣出这烟花界:出现在这繁华的世界。
[4] 懵腾:糊里糊涂,神志不清。
[5] 青台:指泉台,黄泉。
[6] 结盏:指婚礼。

直恁的急色秀才。(生)小姐捣鬼。(旦笑介)秀才捣鬼。不是俺鬼奴台[1]妆妖作乖。(生)为甚?(旦羞介)半死来回,怕的雨云惊骇。有的是这人儿活在,但将息俺半载身材。(背介)但消停俺半刻情怀。

【不是路】(末上)深院闲阶,花影萧萧转翠苔。(扣门介)人谁在?是陈生探望柳君来。(众惊介)(生)陈先生来了,怎好?(旦)姑姑,俺回避去。(下)(末)忒奇哉,怎女儿声息纱窗外,硬抵门儿应不开?(又扣门介)(生)是谁?(末)陈最良。(开门见介)(生)承车盖[2],俺衣冠未整因迟待。(末)有些惊怪。(生)有何惊怪?

【前腔】(末)不是天台,怎风度娇音隔院猜?(净上)原来陈斋长到来。(生)陈先生说里面妇娘声息,则是老姑姑。(净)是了,长生会[3],莲花观里一个小姑来。(末)便是前日的小姑么?(净)另是一众。(末)好哩,这梅花观一发兴哩。也是杜小姐冥福所致。因此径来相约,明午整个小盒儿[4]同柳兄往坟上随喜去。暂告辞了。无闲会,今朝有约明朝在,酒滴青娥[5]墓上回。(生)承拖带[6],这姑姑点不出个茶儿待。即来回拜。

---

[1] 鬼奴台:小鬼头。
[2] 承车盖:车盖,车上的伞盖,这里指车。承蒙您车驾光临,这里指陈最良到访。
[3] 长生会:泛指道观法事。
[4] 整个小盒儿:准备一份祭奠用的酒食。
[5] 青娥:少女。这里指杜丽娘。
[6] 拖带:提挈。

(末)慢来回拜。(下)(生)喜的陈先生去了,请小姐有话。(旦上介)(净)怎了,怎了?陈先生明日要上小姐坟去。事露之时,一来小姐有妖冶之名,二来公相无闺阃之教[1],三来秀才坐迷惑之讥,四来老身招发掘之罪。如何是了?(旦)老姑姑,待怎生好?(净)小姐,这柳秀才待往临安取应[2]。不如曲成亲事,叫童儿寻只赣船,寅夜开去,以灭其踪。意下何如?(旦)这也罢了。(净)有酒在此。你二人拜告天地。(拜,把酒介)

【榴花泣】(生)三生一会,人世两和谐。承合卺,送金杯。比墓田春酒这新醅,才酸转人面桃腮。(旦悲介)伤春便埋,似中山醉梦[3]三年在。只一件来,看伊家龙凤姿容,怎配俺这土木形骸!(生)那有此话!

【前腔】相逢无路,良夜肯疑猜?眠一柳,当了三槐[4]。杜兰香真个在读书斋,则柳耆卿[5]不是仙才。(旦叹介)幽姿暗怀,被元阳鼓的这阴无赖。柳郎,奴家依然还是女身。(生)已经数度幽期,玉体岂能无损?(旦)那是魂,这才是正身陪奉。伴情哥则是游魂,女儿身依旧含胎。(外扮舟子歌上)春娘爱上酒家子楼,不怕归迟总弗子愁。推道那家娘子睡,且留教住要

---

[1] 闺阃之教:闺阃,内室,借指女子。闺阃之教即女子的教育规范。
[2] 取应:应考。
[3] 中山醉梦:晋张华《博物志》载,中山一酒家能造饮后醉千日之酒。刘玄石饮了一杯后醉眠不醒。家人以为醉死,哭而葬之。千日之后,酒家来人凿冢破棺,发现刘玄石刚刚酒醒。
[4] 眠一柳,当了三槐:三槐,指春试及第。这句说的是,一夜欢爱,就如取了功名一样。
[5] 柳耆卿:柳永。上句杜兰香、此句柳耆卿,和杜丽娘、柳梦梅的姓氏相合。

梳子头。(又歌)不论秋菊和那春子个花,个个能噇[1]空肚子茶。无事莫教频入子库,一名闲物他也要些子些。(丑扮疙童上介)船,船,船,临安去。(外)来,来,来。(拢船介)(丑)门外船便,相公篡下小姐班[2]。(净辞介)相公、小姐,小心去了。(生)小姐无人伏侍,烦老姑姑一行,得了官时相报。(净)俺不曾收拾。(背介)事发相连,走为上计。(回介)也罢,相公赏俚儿什么,着他和俺收拾房头,俺伴小姐同去。(丑)使得。(生)便赏他这件衣服。(解衣介)(丑)谢了,事发谁当?(生)则推不知便了。(丑)这等请了。"秃厮儿堪充道伴,女冠子权当梅香[3]。"(下)

【急板令】(众上船介)别南安孤帆夜开,走临安把双飞路排。(旦悲介)(生)因何吊下泪来?(旦)叹从此天涯,从此天涯。叹三年此居,三年此埋。死不能归,活了才回。(合)问今夕何夕?此来、魂脉脉,意哈哈。

【前腔】(生)似倩女返魂[4]到来,采芙蓉回生并载。(旦叹介)(生)为何又吊下泪来?(旦)想独自谁挨,独自谁挨?翠黯香囊,泥渍金钗。怕天上人间,心事难谐。(合前)(净)夜深了,叫停船。你两人睡罢。(生)风月舟中,新婚佳趣,其乐何如!

---

[1] 噇:吃,喝。多带贬义。
[2] 相公篡下小姐班:意为相公扶小姐上船。
[3] 秃厮儿堪充道伴,女冠子权当梅香:厮儿,男孩子。这里指秃童。女冠子,女道姑。【秃厮儿】【女冠子】都是曲牌名,嵌在曲文里是一种文字游戏。
[4] 倩女返魂:唐传奇故事。张倩娘与王宙相恋,相思成病。她的灵魂脱离身体,离家追上王宙,与他同居生子。后来两人回到倩娘家里,她的灵魂和身体又合而为一。

【一撮棹】蓝桥驿[1],把奈河桥风月筛。(旦)柳郎,今日方知有人间之乐也。七星版、三星照,两星排[2]。今夜呵,把身子儿带,情儿迈,意儿挨。(净)你过河,衣带紧、请宽怀。(生)眉横黛,小船儿禁重载?这欢眠自在,抵多少吓魂台[3]。

【尾声】情根一点是无生债[4]。(旦)叹孤坟何处是俺望夫台?柳郎呵,俺和你死里淘生情似海。

(生)偷去须从月下移, 吴融

(净)好风偏似送佳期。 陆龟蒙

(旦)旁人不识扁舟意, 张蠙

(净)惟有新人子细知。 戴叔伦

---

[1] 蓝桥驿:唐人传奇故事。裴航路过蓝桥驿,遇见仙女云英,后来双双成仙。
[2] 七星版、三星照,两星排:七星版,即七星板,棺材里的夹底板,有七个星一样的小孔。三星,星宿。两星,指牵牛、织女两星。神话传说七夕时双星过银河相会。这里指的是杜丽娘回生、婚走,与柳梦梅情投意合。
[3] 抵多少吓魂台:抵多少,胜过;吓魂台,阴间折磨鬼魂的地方。
[4] 情根一点是无生债:无生,佛家修行所达到的一种境界。这句意思是有了情根就不能达到无生无灭的境界。

第三十七出　骇变

【集唐】(末上)风吹不动顶垂丝雍陶，吟背春城出草迟朱庆馀。毕竟百年浑是梦元稹，夜来风雨葬西施韩偓。俺陈最良。只因感激杜太守，为他看顾小姐坟茔。昨日约了柳秀才到坟上望去，不免走一遭。(行介)岩扉不掩云长在，院径无媒草自深。待俺叫门。(叫介)呀，往常门儿重重掩上，今日都开在此。待俺参了圣[1]。(看菩萨介)咳，冷清清没香没灯的。呀，怎不见了杜小姐牌位？待俺问一声老姑姑。(叫三声介)俗家去了。待俺叫柳兄问他。(叫介)柳朋友！(又叫介)柳先生！一发不应了。(看介)嗄，柳秀才去了。医好了病，来不参，去不辞。没行止[2]，没行止！待俺西房瞧瞧。咳哟，道姑也搬去了。磬儿，锅儿，床席，一些都不见了。怪哉！(想介)是了。日前小道姑有话，昨日又听的小道姑声息，其中必有柳梦梅勾搭事情。一夜去了。没行止，没行止！由他，由他。到后园看小姐坟去。(行介)

【懒画眉】园深径侧老苍苔，那几所月榭风亭久不开。当时曾此葬金钗。(望介)呀，旧坟高高儿的，如何平下来了也。缘何不见坟儿在？敢是狐兔穿空倒塌来？这太湖石，只左边

---

[1] 参了圣：拜了菩萨。
[2] 行止：品行。

靠动了些,梅树依然。(惊介)咳呀,小姐坟被劫了也。

【朝天子】(放声哭介)小姐,天呵!是什么发冢无情短倖材[1]?他有多少金珠葬在打眼来!小姐,你若早有人家,也搬回去了。则为玉镜台无分照泉台[2]。好孤哉!怕蛇钻骨,树穿骸,不提防这灾。知道了,柳梦梅岭南人,惯了劫坟。将棺材放在近所,截了一角为记,要人取赎。这贼意思,止不过说杜老先生闻知,定来取赎。想那棺材,只在左近埋下了。待俺寻看。(见介)咳呀,这草窝里不是朱漆板头?这不是大锈钉?开了去。天,小姐骨殖丢在那里?(望介)那池塘里浮着一片棺材。是了,小姐尸骨抛在池里去了。狠心的贼也!

【普天乐】问天天,你怎把他昆池碎劫无余在[3]?又不欠观音锁骨[4]连环债,怎丢他水月魂骸?乱红衣[5]暗泣莲腮,似黑月重抛业海。待车干池水,捞起他骨殖来。怕浪淘沙碎玉难分派。倒不如当初水葬无猜。贼眼脑生来毒害,那些个怜香惜玉,致命图财!先师云:"虎兕出于柙,龟玉毁于椟中,

---

[1] 短倖材:短命的,没良心的家伙。
[2] 玉镜台无分照泉台:指生前没有结婚,死后坟墓无人照看。玉镜台,《世说新语·假谲》载,晋温峤以玉镜台作聘礼娶表妹。泉台,阴间。
[3] 昆池碎劫无余在:没有一点骨殖留下来。相传汉武帝在长安开挖昆明池时掘到黑土,方士称此为劫灰。
[4] 观音锁骨:这里是骨头。佛教有"锁骨观音"之说,为观音变相行道事迹之一。说是一妇女死后,有个西域胡僧见墓敬礼,说这是"锁骨菩萨"。众人即开墓,视遍身之骨,钩结皆如锁状,果如僧言。
[5] 红衣:红色的莲花瓣。

典守者不得辞其责[1]。"俺如今先去禀了南安府缉拿。星夜往淮扬,报知杜老先生去。

【尾声】石虔婆,他古弄里金珠曾见来[2]。柳梦梅,他做得个破周书汲冢才[3]。小姐呵,你道他为甚么向金盖银墙做打家贼?

丘坟发掘当官路,_{韩愈}

春草茫茫墓亦无。_{白居易}

致汝无辜由俺罪,_{韩愈}

狂眠恣饮是凶徒。_{僧子兰}

---

[1] 虎兕出于柙,龟玉毁于椟中,典守者不得辞其责:语出《论语•季氏》。兕,犀牛。柙,兽笼。椟,柜子。这里是陈最良引咎自责,自己没尽到看管的责任。

[2] 石虔婆,他古弄里金珠曾见来:虔婆,指不正派的老婆子。古弄里,窟窿里,坟墓里。这里说的是石道姑曾为杜丽娘装殓,知道棺内有金珠。

[3] 破周书汲冢才:这里指柳梦梅掘墓盗财物。典出自《晋书•武帝本纪》。

第三十八出　淮警

【霜天晓角】(净引众上) 英雄出众，鼓噪红旗动。三年绣甲锦蒙茸[1]，弹剑把雕鞍斜鞚[2]。贼子豪雄是李全，忠心赤胆向胡天。靴尖踢倒长天堑[3]，却笑江南土不坚。俺溜金王奉大金之命，骚扰江淮三年。打听大金家兵粮凑集，将次南征，教俺淮扬开路，不免请出贼房计议。中军[4]快请。(众叫介) 大王叫箭坊。(老旦扮军人持箭上) 箭坊俱已造完。(净笑恼介) 狗才怎么说？(老旦) 大王说，请出箭坊计议。(净) 胡说！俺自请杨娘娘，是你箭坊？(老旦) 杨娘娘是大王箭坊，小的也是箭坊。(净喝介)

【前腔】(丑上) 帐莲[5]深拥，压寨的阴谋重。(见介) 大王兴也！你夜来鏖战好粗雄。困的俺垓心没缝。大王夫，俺睡倦了。请俺甚事商量？(净) 闻得金主南侵，教俺攻打淮扬，以便征进。思想扬州有杜安抚镇守，急切难攻。如何是好？(丑) 依

---

[1] 蒙茸：蒙戎，蓬松杂乱状。这里形容军中生活紧张忙乱。
[2] 鞚：马笼头。这里指勒住马。
[3] 靴尖踢倒长天堑：天堑，长江。据《钱塘遗事》载，南宋末叛将吕文焕答宋太皇太后书中说："孤城其如弹丸，谓靴尖之踢倒；长江虽曰堑固，欲提鞭而断流。"
[4] 中军：传令官。
[5] 帐莲：莲帐，营帐。

奴家所见，先围了淮安，杜安抚定然赴救。俺分兵扬州，断其声援，于中取事。(净)高，高！娘娘这计，李全要怕了你。(丑)你那一宗儿不怕了奴家！(净)罢了。未封王号时，俺是个怕老婆的强盗，封王之后，也要做怕老婆的王。(丑)着了。快起兵去攻打淮城。

【锦上花】(净)拨转磨旗峰[1]，促紧先锋。千兵摆列，万马奔冲。鼓通通，鼓通通，噪的那淮扬动。

【前腔】(众)军中母大虫，绰有威风。连环阵势，烟粉[2]牢笼[3]。哈哄哄，哈哄哄，哄的淮扬动。(丑)溜金王听俺分付：军到处，不许你抢占半名妇女。如违，定以军法从事。(净)不敢。

(丑)日暮风沙古战场，王昌龄

(净)军营人学内家妆。司空图

(众)如今领帅红旗下，张建封

(众)擘破云鬟金凤凰。曹唐

---

[1] 拨转磨旗峰：磨旗，开道旗。峰，指旗帜的尖顶。这是说改变行军方向。
[2] 烟粉：指女人，这里指李全妻。
[3] 牢笼：这里指控制。

第三十九出　如杭

【唐多令】(生上)海月[1]未尘埋,(旦上)新妆倚镜台。(生)卷钱塘风色破书斋。(旦)夫,昨夜天香云外吹,桂子月中开。(生)夫妻客旅闷难开,(旦)待唤提壶酒一杯。(生)江上怒潮千丈雪,(旦)好似禹门平地一声雷[2]。(生)俺和你夫妻相随,到了临安京都地面。赁下一所空房,可以理会书史。争奈试期尚远,客思转深。如何是好?(旦)早上分付姑姑,买酒一壶,少解夫君之闷,尚未见回。(生)生受了,娘子。一向不曾话及:当初只说你是西邻女子,谁知感动幽冥,匆匆成其夫妇。一路而来,到今不曾请教。小姐可是见小生于道院西头?因何诗句上"不是梅边是柳边",就指定了小生姓名?这灵通委是怎的?(旦笑介)柳郎,俺说见你于道院西头是假。我前生呵!

【江儿水】偶和你后花园曾梦来,擎一朵柳丝儿要俺把诗篇赛。奴正题咏间,便和你牡丹亭上去了。(生笑介)可好哩?(旦笑介)咳,正好中间,落花惊醒。此后神情不定,一病奄奄。

---

[1]海月:一种圆形薄透的海贝。这里借指镜子。
[2]禹门平地一声雷:禹门,即黄河龙门,相传鱼跃龙门可化为龙。这里比喻高中状元。

这是聪明反被聪明带[1]，真诚不得真诚在，冤亲做下这冤亲债。一点色情难坏，再世为人，话做了两头分拍[2]。

【前腔】(生)是话儿听的都呆答孩[3]。则俺为情痴信及你人儿在。还则怕邪淫惹动阴曹怪，忌亡坟触犯阴阳戒。分书生领受阴人爱，勾的你色身无坏。出土成人，又看见这帝城风采。(净提酒上)路从丹凤城边过，酒向金鱼馆内沽[4]。呀，相公、小姐不知：俺在江头沽酒，看见各处秀才，都赴选场去了。相公错过天大好事。(生、旦作忙介)(旦)相公只索快行。(净)这酒便是状元红了。

【小措大】(旦把酒介)喜的一宵恩爱，被功名二字惊开。好开怀这御酒三杯，放着四婵娟人月在[5]。立朝马五更门外，听六街[6]里喧传人气概。七步才[7]，登上了寒宫八宝台[8]。沉醉了九重春色，便看花十里归来。

【前腔】(生)十年窗下，遇梅花冻九[9]才开。夫贵妻荣八

---

[1] 带：耽误。
[2] 分拍：分说。
[3] 呆答孩：呆呆地。答孩，词尾助词，无义。
[4] 路从丹凤城边过，酒向金鱼馆内沽：引用唐殷尧藩《春游》诗："路从丹凤楼前过，酒向金鱼馆里赊。"这里指住在京城，去酒馆沽酒。
[5] 四婵娟人月在：意思是人、月都团圆。四婵娟，分别指花、竹、人、月。
[6] 六街：唐长安、宋汴京都有六街，后以六街为都城闹市的代称。
[7] 七步才：有七步成诗之敏捷才思。用曹植七步成诗事。
[8] 登上了寒宫八宝台：寒宫，广寒宫。意思是高中状元有如月中折桂。
[9] 冻九：数九寒天，最冷的时候。

字安排。敢你七香车稳情载[1],六宫宣有你朝拜[2]。五花诰[3]封你非分外。论四德[4]、似你那三从[5]结愿谐。二指大泥金报喜[6]。打一轮皂盖[7]飞来。(旦)夫,我记的春容诗句来。

【尾声】盼今朝得傍你蟾宫客,你和俺倍精神金阶对策[8]。高中了,同去访你丈人、丈母呵,则道俺从地窟里登仙那大喝采。

(旦) 良人的的有奇才,刘氏

(净) 恐失佳期后命催。杜甫

(生) 红粉楼中应计日,杜审言

(合) 遥闻笑语自天来。李端

---

[1] 七香车稳情载:七香车,贵妇人的座车。稳情,一定。定能坐上七香车。意思是柳梦梅相信自己能高中。
[2] 六宫宣有你朝拜:六宫,皇后和妃嫔的住处。宣,宣召。意思是皇后宣召贵妇入宫朝拜。
[3] 五花诰:五色绫做成的册封为夫人的诰命(命令状)。
[4] 四德:妇德、妇言、妇容、妇工。
[5] 三从:古代妇女被要求未嫁从父,既嫁从夫,夫死从子。
[6] 泥金报喜:唐代进士及第,会用泥金写帖寄回家报喜。
[7] 皂盖:古代官员所用的黑色篷伞,官员仪仗之一。
[8] 金阶对策:举人科考最高一段殿试,由皇帝主持,以经义政事出题,叫应试人回答,叫对策。

第四十出　仆侦

【孤飞雁】（净扮郭驼挑担上）世路平消长[1]，十年事老头儿心上。柳郎君翰墨人家长[2]。无营运，单承望，天生天养，果树成行。年深树老，把园围抛漾。你索在何方？好没主量[3]。凄惶，趁上他身衣口粮。家人做事兴，全靠主人命。主人不在家，园树不开花。俺老驼一生依着柳相公种果为生。你说好不古怪：柳相公在家，一株树上摘百十来个果儿；自柳相公去后，一株树上生百十来个虫。便胡乱结几个儿，小厮们偷个尽。老驼无主，被人欺负。因此发个老狠，体探[4]俺相公过岭北来了，在梅花观养病，直寻到此，早则南安府大封条封了观门。听的边厢人说，道婆为事走了，有个侄儿癞头鼋是小西门住。去寻问他。（行介）抹过大东路，投至小西门。（下）

【金钱花】（丑扮疙童披衣笑上）自小疙辣[5]郎当[6]，郎当。官司拿俺为姑娘，姑娘。尽了法，脑皮撞。得了命，卖了房。充小

---

[1] 世路平消长：世路，世事。平，平白无故。
[2] 柳郎君翰墨人家长：翰墨人，读书人。家长，主人。
[3] 主量：商量。
[4] 体探：打听。
[5] 疙辣：方言为疥癞，此指癞头。
[6] 郎当：潦倒、颓唐的样子。

厮,串街坊。若要人不知,除非己不为。自家癞头鼋便是。这无人所在,表白一会。你说姑娘和柳秀才那事干得好,又走得好!只被陈教授那狗才,禀过南安府,拿了俺去。拷问俺:"姑娘那里去了?劫了杜小姐坟哩!"你道俺更不聪明,却也颇颇[1]的。则掉着头不做声。那鸟官喝道:"马不吊不肥,人不拶[2]不直,把这厮上起脑箍来。"哎也,哎也,好不生疼!原来用刑人先捞了俺一架金钟玉磬,替俺方便,禀说这小厮夹出脑髓来了。那鸟官喝道:"捻上来瞧。"瞧了,大鼻子一飐[3],说道:"这小厮真个夹出脑浆来了。"他不知是俺癞头上脓。叫松了刑,着保在外。俺如今有了命,把柳相公送俺这件黑海青[4]穿摆将起来。(唱介)摆摇摇,摆摆摇。没人所在,被俺摆过子桥。(净向前叫揖介)小官唱喏。(丑作不回揖,大笑唱介)俺小官子腰闪价,唱不的子喏。比似你个驼子唱喏,则当伸子个腰。(净)这贼种,开口伤人。难道做小官的背偏不驼?(丑)刮这驼子嘴,偷了你什么?贼?(净作认丑衣介)别的罢了。则这件衣服,岭南柳相公的,怎在你身上?(丑)咳呀,难道俺做小官的,就没件干净衣服,便是岭南柳家的?隔这般一道梅花岭,谁见俺偷来?(净)这衣带上有字。你还不认,叫地方。(扯丑作怕倒介)罢了,衣服还你去啰。(净)耍哩!俺正要问一个人。

---

[1] 颇颇:伶俐,刁滑。
[2] 拶:一种用刑具夹手指的酷刑。
[3] 飐:耸动。
[4] 海青:宽袖长袍。

（丑）谁？（净）柳秀才那里去了？（丑）不知。（净三问）（丑三不知介）（净）你不说，叫地方去。（丑）罢了，大路头难好讲话。演武厅去。（行介）（净）好个僻静所在。（丑）咦，柳秀才到有一个。可是你问的不是？你说得像，俺说；你说不像，休想。叫地方，便到官司，俺也只是不说。（净）这小厮到贼。听俺道来：

【尾犯序】提起柳家郎，他俊白庞儿，典雅行藏[1]。（丑）是了。多少年纪？（净）论仪表看他，三十不上。（丑）是了。你是他什么人？（净）他祖上、传留下俺栽花种粮。自小儿、俺看成他快长。（丑）原来你是柳大官[2]。你几时别他，知他做出甚事来？（净）春头别，跟寻至此，闻说的不端详。（丑）这老儿说的一句句着。老儿，若论他做的事，咦！（丑作扯净耳语）（净听不见介）（丑）呸，左则[3]无人，耍他去。老儿你听者。

【前腔】他到此病郎当。逢着个杜太爷衙教小姐的陈秀才，勾引他养病庵堂，去后园游赏。（净）后来？（丑）一游游到小姐坟儿上。拾得一轴春容，朝思暮想，做出事来。（净）怎的来？（丑）秀才家为真当假，劫坟偷圹[4]。（净惊介）这却怎了？（丑）你还不知。被那陈教授禀了官，围住观门。拖番柳秀才，和俺姑娘行了杖。棚琶[5]拷压，不怕不招。点了供纸[6]，解上

---

[1] 行藏：这里指举止有风度。
[2] 柳大官：指柳管家。大官，对管家以及仆役的客气称呼。
[3] 左则：反正是。
[4] 圹：墓穴。
[5] 棚琶：剥去犯人衣服，用绳子捆绑犯人。
[6] 点了供纸：在供状上画押，表示认罪。

江西提刑廉访司。问那六案都孔目[1]，这男女应得何罪？六案请了律令，禀复道，但偷坟见尸者，依律一秋[2]。(净)怎么秋？(丑作按净头介)这等秋。(净惊哭介)俺的柳秀才呵，老驼没处投奔了。(丑笑介)休慌。后来遇赦了。便是那杜小姐活转来哩。(净)有这等事！(丑)活鬼头还做了秀才正房，俺那死姑娘到做了梅香伴当。(净)何往？(丑)临安去，送他上路，赏这领旧衣裳。(净)吓俺一跳。却早喜也！

【尾声】去临安定是图金榜。(丑)着了。(净)俺勒挣[3]着躯腰走帝乡。(丑)老哥，你路上精细些。现如今一路里画影图形捕凶党。

(净)寻得仙源访隐沦，_{朱湾}

(丑)郡城南下是通津。_{柳宗元}

(净)众中不敢分明说，_{于鹄}

(丑)遥想风流第一人。_{王维}

---

[1] 六案都孔目：主管公文案卷的官吏。
[2] 秋：指斩首。古代行刑有固定时间，一般在秋分之后，所谓"秋后问斩"。
[3] 勒挣：振作。

第四十一出　耽试

【凤凰阁】(净扮苗舜宾引众上)九边[1]烽火咤。秋水鱼龙怎化[2]？广寒丹桂吐层花，谁向云端折下？(合)殿闱深锁[3]，取试卷看详回话。【集唐】铸时天匠[4]待英豪谭用之，引手何妨一钓鳌李咸用？报答春光知有处杜甫，文章分得凤凰毛[5]元稹。下官苗舜宾便是。圣上因俺香山能辨番回宝色，钦取来京典试。因金兵摇动，临轩策士[6]，问和战守三者孰便？各房[7]俱已取中头卷，圣旨着下官详定。想起来看宝易，看文字难。为什么来？俺的眼睛，原是猫儿睛，和碧绿琉璃水晶无二。因此一见真宝，眼睛火出。说起文字，俺眼里从来没有。如今却也奉旨无奈，左右，开箱取各房卷子上来。(众取卷上，净作看介)这试卷好少也。且取天字号三卷，看是何如。第一卷，"诏问：'和

---

[1] 九边：明代北部有九个边境军事要镇，由大将率军镇守。
[2] 鱼龙怎化：鱼怎能化为龙。鱼化龙，喻金榜题名。
[3] 殿闱深锁：殿试前三天试官到学士院锁院，然后陪同考生赴殿对策。此指考场锁门。
[4] 铸时天匠：指造物主。此指主考官。
[5] 凤凰毛：喻珍贵之物。此指绝妙文章。
[6] 临轩策士：指殿试时天子不坐正殿而坐在殿前平台上，考试士子。
[7] 各房：指所有的分考官。科举考场中有主考官、分考官。每一分考官称为一房，分看一部分考卷。

战守三者孰便？'""臣谨对：'臣闻国家之和贼，如里老之和事。'"呀，里老和事，和不得，罢；国家事，和不来，怎了？本房拟他状元，好没分晓。且看第二卷，这意思主守。(看介)"臣闻天子之守国，如女子之守身。"也比的小了。再看第三卷，倒是主战。(看介)"臣闻南朝之战北，如老阳之战阴[1]。"此语忒奇。但是《周易》有"阴阳交战"之说。以前主和，被秦太师[2]误了。今日权取主战者第一，主守者第二，主和者第三。其余诸卷，以次而定。

【一封书】(净)文章五色讹[3]。怕冬烘[4]头脑多。总费他墨磨，笔尖花[5]无一个。恁这里龙门日月开无那，都待要尺水翻成一丈波[6]。却也无奈了，也是浪桃花当一科[7]，池里无鱼可奈何！(封卷介)

【神仗儿】(生上)风尘战斗，风尘战斗，奇材辐辏[8]。(丑)秀才来的停当，试期过了。(生)呀，试期过了。文字可进呈么？(丑)不进呈，难道等你？道英雄入彀[9]，恰锁院进呈时候。(生)

---

[1] 老阳之战阴：指男女性事。
[2] 秦太师：指南宋宰相秦桧。
[3] 文章五色讹：文章各色各样互不相同。
[4] 冬烘：迂腐。
[5] 笔尖花：妙笔生花的人。
[6] 尺水翻成一丈波：比喻说话极夸张。
[7] 浪桃花当一科：虽然没有好文章，也只好算考了一科。浪桃花，据说黄河桃花汛时，鱼可乘浪登龙，此喻春天举行的进士试登第。
[8] 奇材辐辏：辐辏，聚集。此指人才汇聚。
[9] 英雄入彀：入彀，就范、入罗网。彀，牢笼，圈套。典出自《唐摭言》，唐太宗见新进士缀行而出，喜曰："天下英雄入我彀中矣。"

怕没有状元在里也哥。(丑)不多,有三个了。(生)万马争先,偏骅骝落后。你快禀,有个遗才[1]状元求见。(丑)这是朝房里面。府州县道,告遗才哩。(生)大哥,你真个不禀?(哭介)天呵,苗老先赀发[2]俺来献宝。止不住卞和[3]羞,对重瞳双泪流。(净听介)掌门的,这什么所在!拿过来。(丑扯生进介)(生)告遗才的,望老大人收考。(净)哎也,圣旨临轩,翰林院封进。谁敢再收?(生哭介)生员从岭南万里带家口而来。无路可投,愿触金阶而死。(生起触阶,丑止介)(净背介)这秀才像是柳生,真乃南海遗珠也。(回介)秀才上来。可有卷子?(生)卷子备有。(净)这等,姑准收考,一视同仁。(生跪介)千载奇遇。(净念题介)"圣旨:'问汝多士,近闻金兵犯境,惟有和战守三策。其便何如?'"(生叩头介)领圣旨。(起介)(丑)东席舍去。(生写策介)(净再将前卷细观看介)头卷主战,二卷主守,三卷主和。主和的怕不中圣意。(生交卷,净看介)呀,风檐寸晷[4],立扫千言。可敬,可敬。俺急忙难看。只说和战守三件,你主那一件儿?(生)生员也无偏主。可战可守而后能和。如医用药,战为表,守为里,和在表里之间。(净)高见,高见。则当今事势何如?

---

[1] 遗才:有应考资格因故没能参加考试的叫遗才。遗才可以补考,叫录遗。告遗才即要求补考。而进士考试是不能录遗的,所以下文丑说:"府州县道,告遗才哩。"
[2] 赀发:送路费让人启程。
[3] 卞和:指献宝者。典出自和氏璧传说。
[4] 寸晷:晷,日影。形容片刻之间。

【马蹄花】(生)当今呵,宝驾迟留,则道西湖昼锦游[1]。为三秋桂子,十里荷香,一段边愁。则愿的"吴山立马"那人休[2]。俺燕云唾手[3]何时就?若止是和呵,小朝廷羞杀江南。便战守呵,请銮舆略近神州[4]。(净)秀才言之有理。

【前腔】圣主垂旒[5],想泣玉遗珠一网收。对策者千余人,那些不知时务,未晓天心,怎做儒流。似你呵,三分话点破帝王忧,万言策检尽乾坤漏。(生)小生岭南之士。(净低介)知道了。你钓竿儿拂绰了珊瑚[6],敢今番着了鳌头。秀才,午门外候旨。(生应出,背介)这试官却是苗老大人。嫌疑之际,不敢相认。且当青镜明开眼,惟原朱衣暗点头[7]。(生下)(净)试卷俱已详定。左右跟随进呈去。(行介)丝纶阁[8]下文章静,钟鼓楼中刻漏长。呀,那里鼓响?(内急播鼓介)(丑)是枢密府[9]

---

[1] 当今呵,宝驾迟留,则道西湖昼锦游:皇帝在杭州逗留,错把这个地方当作自己的故乡了。昼锦,衣锦还乡。典出自项羽语:"富贵不归故乡,如衣锦夜行。"
[2] 则愿的"吴山立马"那人休:要阻止金主侵占江南。
[3] 燕云唾手:像唾手可得那样轻易收复失地。燕云,五代时晋高祖石敬瑭将燕、云十六州割给契丹。
[4] 请銮舆略近神州:请皇帝由临安迁都到接近中原的地区。銮舆,代指皇帝;神州,此指中原。
[5] 垂旒:旒,帝王冠冕前后垂下来的玉串。这里指统治。
[6] 钓竿儿拂绰了珊瑚:拂绰,触及,碰到,引申为钓着。钓着珊瑚,比喻考中。
[7] 朱衣暗点头:指科举中选。据说欧阳修主考,每看到可以录取的试卷,好像就有一个红衣人在旁点头。
[8] 丝纶阁:翰林院,明清时主管编修国史及草拟制诰等。
[9] 枢密府:枢密院,宋代最高的军事机关。

楼前边报鼓。(内马嘶介)(净)边报警急。怎了,怎了?(外扮老枢密上)花萼夹城通御气,芙蓉小苑入边愁[1]。(见介)(净)老先生奏边事而来?(外)便是。先生为进卷而来?(净)正是。(外)今日之事,以缓急为先后,僭了。(外叩头奏事介)掌管天下兵马知枢密院事臣谨奏俺主。(内宣介)所奏何事?

【滴溜子】(外)金人的、金人的、风闻入寇。(内)谁是先锋?(外)李全的、李全的、前来战斗。(内)到什么地方了?(外)报到了淮扬左右。(内)何人可以调度?(外)有杜宝现为淮扬安抚。怕边关早晚休,要星忙厮救。(净叩头奏事介)臣看卷官苗舜宾谨奏俺主。

【前腔】临轩的、临轩的、文章看就,呈御览、呈御览、定其卷首。黄道日、传胪[2]祗候[3]。众多官在殿头,把琼林宴[4]备久。(内)奏事官午门外伺候。(外、净同起介)(净)老先生,听的金兵为何而动?(外)适才不敢奏知。金主此行,单为来抢占西湖美景。(净)痴靼子,西湖是俺大家受用的。若抢了西湖去,这杭州通没用了。(内宣介)听旨:"朕惟治天下,有缓有急,乃武乃文。今淮扬危急,便着安抚杜宝前去迎敌。不可有迟。其

---

[1] 花萼夹城通御气,芙蓉小苑入边愁:语出杜甫诗《秋兴八首》其六。花萼,即花萼楼,唐玄宗时代的长安宫殿名。芙蓉小苑,即芙蓉园,也称南苑,在曲江西南。
[2] 传胪:殿试揭晓唱名仪式。殿试公布名次之日,皇帝至殿宣布,逐级传至阶下,卫士齐声传名高呼,谓之传胪。
[3] 祗候:恭候。
[4] 琼林宴:殿试揭晓后,为新进士设的御宴。

传胪一事,待干戈宁辑,偃武修文。可谕知多士[1]。叩头。"

(外、净叩头呼"万岁"起介)

　　(外)泽国江山入战图,曹松

　　(净)曳裾终日盛文儒。杜甫

　　(外)多才自有云霄望,钱起

　　(净)其奈边防重武夫。杜牧

---

[1] 多士:指众多的贤士,也指百官。

第四十二出　移镇

【夜游朝】(外扮杜安抚引众上)西风扬子津[1]头树,望长淮渺渺愁予[2]。枕障江南,钩连塞北。如此江山几处?【诉衷情】砧声又报一年秋。江水去悠悠。塞草中原何处?一雁过淮楼。天下事,鬓边愁,付东流。不分吾家小杜,清时醉梦扬州[3]。自家淮扬安抚使杜宝。自到扬州三载,虽则李全骚扰,喜得大势平安。昨日打听边兵要来,下官十分忧虑。可奈夫人不解事,偏将亡女絮伤心。

【似娘儿】(老旦引贴上)夫主掣兵符,也相从燕幙栖迟[4],(叹介)画屏风外秦淮树。看两点金焦[5],十分眉恨,片影江湖。(老旦)相公万福。(外)夫人免礼。【玉楼春】(老旦)相公,几年

---

[1] 扬子津:扬州一渡口。
[2] 望长淮渺渺愁予:我望着渺茫淮水而发愁。
[3] 不分吾家小杜,清时醉梦扬州:羡慕杜牧太平年代在扬州纵情享乐。不分,不忿,此为嫉妒羡慕之意。小杜,指晚唐诗人杜牧。清时,政治清明的年代、太平时候。醉梦扬州,杜牧诗《遣怀》有名句:"十年一觉扬州梦,赢得青楼薄倖名。"
[4] 燕幙栖迟:在危险之地居留。燕幙,即燕幕,比喻处在危险的境地。栖迟,滞留。
[5] 金焦:金山和焦山,长江中的相对峙的两个小岛,在今江苏镇江,距扬州不远。

别下南安路,春去秋来朝复暮。(外)空怀锦水故乡情,不见扬州行乐处。(老旦)你摩挲老剑评今古,那个英雄闲处住?(泪介)(合)忘忧恨自少宜男[1],泪洒岭云江外树。(老旦)相公,我提起亡女,你便无言。岂知俺心中愁恨!一来为苦伤女儿,二来为全无子息。待趁在扬州寻下一房,与相公传后。尊意何如?(外)使不得,部民之女[2]哩。(老旦)这等,过江金陵女儿可好?(外)当今王事匆匆,何心及此。(老旦)苦杀俺丽娘儿也!(哭介)(净扮报子[3]上)诏从日月威光远,兵洗[4]江淮杀气高。禀老爷,有朝报。(外起看报介)枢密院一本,为边兵寇准事。奉圣旨:"便着淮扬安抚使杜宝,刻日渡淮。不许迟误。钦此。"呀,兵机紧急,圣旨森严。夫人,俺同你移镇淮安,就此起程也。(丑扮驿丞上)羽檄[5]从参赞[6],牙签报驿程。禀老爷,船只齐备。(内鼓吹介)(上船介)(内禀"合属官吏候送",外分付"起去"介)(外)夫人,又是一江秋色也。

【长拍】天意秋初,天意秋初,金风微度,城阙外画桥

---

[1] 忘忧恨自少宜男:本句双关。一是说没有儿子,二是说没有人能生儿子。忘忧、宜男,都指萱草。相传妇人怀孕,佩戴萱草,就会生男孩子。又,能生儿子的妇人也称"宜男"。
[2] 使不得,部民之女:《大明律》:"凡府州县亲民官,任内娶部民妇女为妻、妾者,杖八十。"部民,治下百姓。
[3] 报子:探报消息的人。
[4] 兵洗:洗兵,激励士气。相传周武王出兵伐纣遇大雨,说是天洗兵。
[5] 羽檄:紧急军事公文,插羽毛为记。
[6] 参赞:协助谋划。

烟树。看初收泼火[1],嫩凉生,微雨沾裾。移画舸浸蓬壶[2]。报潮生,风气肃,浪花飞吐,点点白鸥飞近渡。风定也,落日摇帆映绿蒲,白云秋窣的鸣箫鼓。何处菱歌,唤起江湖?(外)呀,岸上跑马的什么人?

【不是路】(末扮报子,跑马上)马上传呼,慢橹停船看羽书。(外)怎的来?(末)那淮安府,李全将次逞狂图。(外)可发兵守御么?(末)怎支吾[3]?星飞调度凭安抚。则怕这水路里耽延,你还走旱途。(外)休惊惧。夫人,吾当走马红亭路[4];你转船归去、转船归去。(老旦)咳,后面报马又到哩。

【前腔】(丑扮报子上)万骑胡奴,他要堙断[5]长淮塞五湖[6]。老爷快行,休迟误。小的先去也。怕围城缓急要降胡。(下)(老旦哭介)待何如?你星霜满鬓当戎虏,似这烽火连天各路衢。(外)真愁促,怕扬州隔断无归路。再和你相逢何处、相逢何处?夫人,就此告辞了。扬州定然有警,可径走临安。

【短拍】老影分飞,老影分飞,似参军杜甫,把山妻泣向天隅[7]。(老旦哭介)无女一身孤,乱军中别了夫主。(合)有什

---

[1] 泼火:暑气。
[2] 蓬壶:传说中的蓬莱仙山。这里是说江上景色和仙境一样。
[3] 支吾:抵挡。
[4] 红亭路:这里指陆路。红亭,旅途中行人送别、暂歇之处。
[5] 堙断:挖断。
[6] 五湖:太湖。
[7] 老影分飞,老影分飞,似参军杜甫,把山妻泣向天隅:像杜甫那样,老年夫妻离散,天各一方。山妻,本指隐士妻,后用于对自己妻子的谦称。天隅,天边,或极遥远的地方。

么命夫命妇,都是些鳏寡孤独! 生和死,图的个梦和书。

【尾声】(老旦) 老残生两下里自支吾。(外) 俺做的是这地头军府[1]。(老旦) 老爷也,珍重你这满眼兵戈一腐儒。(外下)(老旦叹介) 天呵,看扬州兵火满道。春香,和你径走临安去也。

隋堤风物已凄凉,_{吴融}

楚汉宁教作战场。_{韩偓}

闺阁不知戎马事,_{薛涛}

双双相趁下残阳。_{罗邺}

---

[1] 地头军府:当地的军事机关,引申为当地军事长官。

第四十三出　御淮

【六幺令】（外引生、末、众扮军人上）西风扬噪，漫腾腾杀气兵妖。望黄淮秋卷浪云高。排雁阵，展《龙韬》[1]，断重围杀过河阳[2]道。（外）走乏了！众军士，前面何处？（众）淮城近了。（外望介）天呵！（昭君怨）剩得江山一半，又被胡笳吹断。（众）秋草旧长营，血风腥。（外）听得猿啼鹤怨[3]，泪湿征袍如汗。（众）老爷呵！无泪向天倾，且前征。（外）众三军，俺的儿，你看咫尺淮城，兵势危急。俺们一边拼死先冲入城，一面奏请朝廷添兵救助。三军听吾号令，鼓勇而行。（众哭应介）谨如军令。

【四边静】（行介）坐鞍心把定中军号，四面旌旗绕。旗开日影摇，尘迷日光小。（合）胡兵气骄，南兵路遥。血晕几重围，孤城怎生料！（外）前面寇兵截路，冲杀前去。（合下）

【前腔】（净引丑、贴扮众军喊上）李将军[4]射雁穿心落，豹子翻身嚼。单尖宝镫挑，把追风腻旗儿袅[5]。（合前）（净笑介）你看

---

[1]《龙韬》：兵书《六韬》之一。
[2] 河阳：南宋沦陷区。在今河南孟县西。
[3] 猿啼鹤怨：指将士的哀怨声。传说周穆王南征，军官化为猿、鹤，士兵化为虫、沙。
[4] 李将军：汉代名将李广，号称飞将军，善射。此处是李全自比。
[5] 把追风腻旗儿袅：追风，形容旗子迎风飘扬。腻旗，指小旗。袅，摇曳。

俺溜金王手下，雄兵万余，把淮阴城围了七周遭。好不紧也！（内擂鼓喊介）（净）呀，前路兵风，想是杜安抚来到。分兵一千，迎杀前去。（虚下）（外、众唱合前上，净众上打话，单战介）（净叫众摆长阵拦路介）（外叫"众军，冲围杀进城去"介）（净）呀，杜家兵冲入围城去了。且由他。吃尽粮草，自然投降也。（合前）（下）

【番卜算】（老旦、末扮文官上）镇日阵云飘，闪却乌纱帽。（净、丑扮武官上）（净）长枪大剑把河桥。（丑）鼓角如龙叫。（见介）请了。（更漏子）（老旦）枕淮楼，临海际。（末）杀气腾天震地。（丑）闻炮鼓，使人惊。插天飞不成。（净）匣中剑，腰间箭，领取背城一战。（合）愁地道，怕天冲。几时来杜公？（老旦）俺们是淮安府行军司马，和这参谋，都是文官。遭此贼兵围紧，久已迎接安抚杜老大人，还不见到。敢问二位留守将军，有何计策？（丑）依在下所见，降了他罢。（末）怎说这话？（丑）不降，走为上计。（老旦）走的一个，走不的十个。（丑）这般说，俺小奶奶那一口放那里？（净）锁放大柜子里。（丑）钥匙哩？（净）放俺处。李全不来，替你托妻寄子。（丑）李全来哩？（净）替你出妻献子。（丑）好朋友，好朋友！（内擂鼓喊介）（生扮报子上）报，报，报。正南一枝兵马，破围而来。杜老爷到也。（众）快开城门迎接去。天地日流血，朝廷谁请缨。（众并下）

【金钱花】（外引众上）连天杀气萧条，萧条。连城围了周遭，周遭。风喇喇，阵旗飘。叫开城，下吊桥。（老旦等上）（合）文和武，索迎着。（老旦等跪介）文武官属，迎接老大人。（外）起来，敌楼相见。（老旦等应，起下）

【前腔】(外)胡尘染惹征袍,征袍。血花风腥宝刀,宝刀。(内擂鼓介)淮安鼓,扬州箫。摆鸾旗[1],登丽谯[2]。(合)排衙了,列功曹。(到介)(贴扮办事官上)禀老爷升堂。

【粉蝶儿引】(外)万里寄龙韬,那得戍楼清啸[3]?(贴报门介)文武官属进。(老旦等参见介)孤城累卵,方当万死之危;开府弄丸,来赴两家之难[4]。凡俺官僚,礼当拜谢。(外)兵锋四起,劳苦诸公,皆老夫迟慢之罪,只长揖便了。(众应起揖介)(外)看来此贼颇有兵机。放俺入城,其中有计。(众)不过穿地道,起云梯,下官粗知备御。(外)怕的是锁城之法耳。(丑)敢问何谓锁城?是里面锁,外面锁?外面锁,锁住了溜金王;若里面锁,连下官都锁住了。(外)不提起罢了。城中兵几何?(净)一万三千。(外)粮草几何?(末)可支半年。(外)文武同心,救援可待。(内擂鼓喊介)(生扮报子上)报,报,李全兵紧围了。(外长叹介)这贼好无理也。

【划锹儿】兵多食广禁围绕,则要你文班武职两和调。(众)巡城彻昏晓,这军民苦劳。(内喊介)(泣介)(合)那兵风正号,俺军声静悄。(外拜天,众扶同拜介)泪洒孤城,把苍天暗祷。

---

[1] 鸾旗:一种仪仗。
[2] 丽谯:华丽的高楼。此指城楼。
[3] 戍楼清啸:典出自《晋书·刘琨传》,晋刘琨被包围,月夜登楼清啸,又叫人吹胡笳,使敌人军心涣散,得以解围。
[4] 开府弄丸,来赴两家之难:指杜宝取胜很容易。开府,主管地方军政大权的官员,指杜宝。弄丸,一种抛弄弹子的杂技。《庄子·徐无鬼》:"市南宜僚,弄丸而两家之难解。"

【前腔】(众)危楼百尺堪长啸,筹边[1]两字寄英豪。(外)江淮未应小,君侯佩刀[2]。(合前)(外)从今日起,文官守城,武官出城,随机策应。(丑)则怕大金家兵来了。(外)金兵呵!

【尾声】他看头势而来不定交[3],休先倒折了赵家旗号。便来呵,也少不得死里求生那一着敲。

(净)日日风吹虏骑尘,陈标

(丑)三千犀甲拥朱轮。陈陶

(外)胸中别有安边计,曹唐

(众)莫遣功名属别人。张籍

---

[1] 筹边:筹划边界防务。
[2] 江淮未应小,君侯佩刀:江淮之地重要,自己亲临兵戎。
[3] 看头势而来不定交:头势,势头,指军事形势。不定交,不确定。

第四十四出　急难

【菊花新】(旦上)晓妆台圆梦鹊声高[1],闲把金钗带笑敲。博山[2]秋影摇,盼泥金[3]俺明香暗焦[4]。鬼魂求出世,贫落望登科。夫荣妻贵显,凝盼事如何?俺杜丽娘跟随柳郎科试,偶逢天子招贤,只这些时还迟喜报。正是长安咫尺如千里,夫婿迢遥第一人。

【出队子】(生上)词场凑巧,无奈兵戈起祸苗。盼泥金赚杀玉多娇,他待地窟里随人上九霄。一脉离魂,江云暮潮。(见介)(旦)柳郎,你回来了。望你高车昼锦,为何徒步而回?(生)听俺道来:

【瓦盆儿】去迟科试,收场锁院散群豪。(旦)咳,原来去迟了。(生)喜逢着旧知交。(旦)可曾补上?(生)亏他满船明月又把去珠淘。(旦喜介)好了。放榜未?(生)恰正在奏龙楼,开凤榜,蹊跷……(旦)怎生蹊跷?(生)你不知大金家兵起,杀过

---

[1]晓妆台圆梦鹊声高:晨起梳妆,高唱的喜鹊似乎在替我圆梦。
[2]博山:博山香炉。此泛指香炉。
[3]泥金:泥金帖子,用于新进士登科报喜。
[4]明香暗焦:明里熏香,背地里心中焦急。

淮扬来了。忙喇煞细柳营[1]，权将杏苑抛[2]，刚则[3]迟误了你夫人花诰[4]。(旦)迟也不争几时。则问你，淮扬地方，便是俺爹爹管辖之处了？(生)便是。(旦哭介)天也，俺的爹娘怎了！(泣介)(生)直恁的活擦擦[5]、痛生生，肠断了。比如你在泉路里可心焦？(旦)罢了。奴有一言，未忍启齿。(生)但说不妨。(旦)柳郎，放榜之期尚远，欲烦你淮扬打听爹娘消耗[6]，未审许否？(生)谨依尊命。奈放小姐不下。(旦)不妨，奴家自会支吾[7]。(生)这等就此起程了。

【榴花泣】(旦)白云亲舍[8]，俺孤影旧梅梢。道香魂恁寂寥，怎知魂向你柳枝销[9]。维扬千里，长是一灵飘。回生事少，爹娘呵，听的俺活在人间惊一跳。平白地凤婿过门，好似半青天鹊影成桥。

【前腔】(生)俺且行且止，两处系心苗。要留旅店伴多

---

[1] 忙喇煞细柳营：忙喇煞，忙煞。细柳营，军营的代称。此指军事形势很紧张。
[2] 权将杏苑抛：暂缓公布考取进士的名单。杏苑，即杏园，唐代新进士都在这里游宴。
[3] 刚则：只好。
[4] 花诰：封赠大臣之母或妻时用的金花罗纸所书的诰命。
[5] 活擦擦：活生生。
[6] 消耗：消息。
[7] 支吾：对付。
[8] 白云亲舍：表示对父母的思念。典出自《旧唐书·狄仁杰传》。狄仁杰离家到山西做官，一次他登上太行山回顾河南时看见一朵白云，便对左右说："我父母就住在那片白云下面。"
[9] 魂向你柳枝销：被你柳枝（柳梦梅）弄得神魂颠倒。

娇……（旦）有姑姑为伴。（生）阴人[1]难伴你这冷长宵。把心儿不定，还怕你旧魂飘。（旦）再不飘了。（生）俺文高中高，怕一时榜下归难到。（旦泣介）俺爹娘呵！（生）你念双亲舍的离情，俺为半子怎惜攀高[2]。小姐，卑人拜见岳翁岳母，起头便问及回生之事了。

【渔家灯】（旦叹介）说的来似怪如妖，怕爹爹执古妆乔[3]。（想介）有了，将奴春容带在身旁。但见了一幅春容，少不的问俺两下根苗。（生）问时怎生打话？（旦）则说是天曹，偶然注定的姻缘到，蓦踏着墓坟开了。（生）说你先到俺书斋才好。（旦羞介）休乔，这话教人笑。略说与梅香贼牢[4]。

【前腔】（生）俺满意儿[5]待驷马过门[6]，和你离魂女同归气高。谁承望探高亲去傍干戈，怕寒儒欠整衣毛[7]。（旦）女婿老成些不妨。则途路孤恓，使奴挂念。（生）秋霄，云横雁字斜阳道，向秦淮夜泊魂销。（旦）夫，你去时冷落些，回来报中状元呵……（生）名标，大拜门喧笑，抵多少驸马还朝。（净上）雨伞晴兼雨，春容秋复春。包袱雨伞在此。

---

[1] 阴人：这里指女人。
[2] 攀高：这里指去寻访做高官的岳父。
[3] 妆乔：装模作样。
[4] 贼牢：刁钻，狡黠。此指机灵。
[5] 满意儿：一心一意。
[6] 驷马过门：博得功名富贵气派堂皇地过门。驷马，指达官贵人所乘的四马高车，表示地位显赫。
[7] 欠整衣毛：指衣着寒酸。

【尾声】(拜别介)(旦)秀才郎探的个门楣着。(生)报重生这欢声不小。(旦)柳郎,那里平安了便回,休只顾的月明桥上听吹箫[1]。

(生)不为经时谒丈人,刘商

(旦)囊无一物献尊亲。杜甫

(生)马蹄渐入扬州路,章孝标

(旦)两地各伤无限神。元稹

---

[1] 月明桥上听吹箫:这里指在扬州享乐。杜牧诗《寄扬州韩绰判官》:"二十四桥明月夜,玉人何处教吹箫?"

第四十五出　寇间

【包子令】(老旦、外扮贼兵巡哨上)大王原是小喽罗,喽罗。娘娘原是小旗婆[1],旗婆。立下个草朝[2]忒快活,亏心又去抢山河。(合)转巡罗,山前山后一声锣。兄弟,大王爷攻打淮城,要个人见杜安抚打话[3]。大路头影儿没一个,小路头寻去。(唱前合下)

【驻马听】(末雨伞、包袱上)家舍南安,有道为生新失馆。要腰缠十万,教学千年,方才满贯[4]。俺陈最良为报杜小姐之事,扬州见杜安抚大人。谁知他淮安被围,教俺没前没后。大路上不敢行走,抄从小路而去。学先师传食走胡旋[5],怯书生避寇遭涂炭。你看树影凋残,猿啼虎啸教人叹。(老、外上)明知山有虎,故向虎边行。乌汉那里去?(拿介)(末)饶命,大王。(外)还有个大王哩。(末)天,天怎了!正是乌鸦喜鹊同行,吉

---

[1] 旗婆:女兵。
[2] 草朝:指野朝廷。
[3] 打话:搭话,对话。
[4] 要腰缠十万,教学千年,方才满贯:指塾师收入微薄,要想有十万贯钱,得教一千年的书。俗语有"腰缠十万贯,骑鹤下扬州"。
[5] 学先师传食走胡旋:像孔子一样四处奔波。孔子周游列国,受到各诸侯的接待。先师,孔子。传食,辗转受供养。走胡旋,奔走不停。胡旋,唐代舞名。

凶全然未保。(并下)

【普贤歌】(净、丑众上)莽乾坤生俺贼儿顽,谁道贼人胆里单!南朝俺不蛮,北朝俺不番[1]。甚天公有处安排俺?(净)娘娘,俺和你围了淮安许时,只是不下。要得个人去淮安打话,兼看杜安抚动定如何。则眼下无人可使哩。(丑)必得杜老儿亲信之人,将计就计,方才可行。

【粉蝶儿】(外绑末上)没路走羊肠,天、天呵,撞入这屠门怎放!(见介)(外)禀大王,拿的个南朝汉子在此。(净)是个老儿。何方人氏?作何生理[2]?(末)听禀:

【大迓鼓】生员陈最良,南安人氏,访旧[3]淮扬。(净)访谁?(末)便是杜安抚。他后堂曾设扶风帐。(丑)你原来他衙中教学。几个学生?(末)则他甄氏夫人,单生下一女。女书生年少亡。(丑)还有何人?(末)义女春香,夫人伴房。(丑笑背介)一向不知杜老家中事体。今日得知,吾有计矣。(回介)这腐儒,且带在辕门外去。(众应,押末下介)(丑)大王,奴家有了一计。昨日杀了几个妇人,可于中取出首级二颗。则说杜家老小,回至扬州,被俺手下杀了。献首在此。故意苏放[4]那腐儒,传示杜老。杜老心寒,必无守城之意矣。(净)高见,高见。(净起低声分付介)叫中军。(生扮上)(净)俺请那腐儒讲话中间,你可将昨

---

[1]南朝俺不蛮,北朝俺不番:自己身为汉人而降金,既非南人又非北人。这里有两面都无依靠的意思。
[2]生理:生计。
[3]旧:老友。
[4]苏放:释放。

日杀的妇人首级二颗来献,则说是杜安抚夫人甄氏和他使女春香。牢记着。(生应下)(净)左右,再拿秀才来见。(众押末上介)(末)饶命,大王。(净)你是个细作,不可轻饶。(丑)劝大王松了他,听他讲些兵法到好。(净)也罢。依娘娘说,松了他。(众放末缚介)(末叩头介)叩谢大王、娘娘不杀之恩。(净)起来,讲些兵法俺听。(末)卫灵公问陈于孔子,孔子不对。说道:"吾未见好德如好色者也。"(净)这是怎么说?(末)则因彼时卫灵公有个夫人南子同座,先师所以怕得讲话。(净)他夫人是南子,俺这娘娘是妇人。(内擂鼓,生扮报子上介)报,报,报!扬州路上兵马,杀了杜安抚家小,径来献首级讨赏。(净看介)则怕是假的。(生)千真万真。夫人甄氏,这使女叫做春香。(末做看认、惊哭介)天呵,真个是老夫人和春香也。(净)哎,腐儒啼哭什么!还要打破淮城,杀杜老儿去。(末)饶了罢,大王。(净)要饶他,除非献了这座淮安城罢。(末)这等容生员去传示大王虎威,立取回报。(丑)大王恕你一刀,腐儒快走。(内擂鼓发喊,开门介)(末作怕介)

【尾声】显威风、记的这溜金王。(净、丑)你去说与杜安抚呵,着什么耀武扬威早纳降。俺实实的要展江山、非是谎。(下)(末打躬送介)(吊场)活强盗,活强盗。杀了杜老夫人、春香。不免城中报去。

海神东过恶风回,李白

日暮沙场飞作灰。常建

今日山翁旧宾主,刘禹锡

与人头上拂尘埃。李山甫

第四十五出 寇间 199

第四十六出　折寇

【破阵子】(外戎装佩剑,引众上)接济风云阵势[1],侵寻[2]岁月边陲。(内擂鼓喊介)(外叹介)你看虎咆般炮石连雷碎,雁翅似刀轮密雪施[3]。李全,李全,你待要霸江山、吾在此。【集唐】谁能谈笑解重围皇甫冉?万里胡天鸟不飞高骈。今日海门南畔事高骈,满头霜雪为兵机韦庄。我杜宝自到淮扬,即遭兵乱。孤城一片,困此重围。只索调度兵粮,飞扬金鼓。生还无日,死守由天。潜坐敌楼之中,追想靖康而后[4]。中原一望,万事伤心。

【玉桂枝】问天何意:有三光[5]不辨华夷,把腥膻吹换人间,这望中原做了黄沙片地?(恼介)猛冲冠怒起,猛冲冠怒起,是谁弄的,江山如是?(叹介)中原已矣,关河困,心事违。也则愿保扬州,济淮水。俺看李全贼数万之众,破此何难?

---

[1] 风云阵势:风和云是兵书《风后握奇经》中八种阵势中的两种,另六种为天、地、龙、鸟、虎、蛇。
[2] 侵寻:渐进。
[3] 雁翅似刀轮密雪施:雁翅,军阵整齐;轮,半月形的刀身。
[4] 靖康而后:指宋钦宗靖康二年(1127),金兵攻破宋朝京都汴梁,掳去徽宗、钦宗二帝以后。
[5] 三光:日、月、星。

进退迟疑，其间有故。俺有一计可救围，恨无人与游说。(内擂鼓介)(净扮报子上)羽檄场中无雁到，鬼门关上有人来。好笑，城围的铁桶似紧，有秀才来打秋风，则索报去。禀老爷：有个故人相访。(外)敢是奸细？(净)说是江右南安府陈秀才。(外)这迂儒怎生飞的进来？快请见。

【浣溪沙】(末上)摆旌旗，添景致，又不是闹元宵鼓炮齐飞。杜老爷在那里？(外出笑迎介)忽闻的千里故人谁？(叹介)原来是先生到此。教俺惊垂泪。(末)老公相头通白了。(合)白首相看俺与伊，三年一见愁眉。(拜介)(末)【集唐】头白乘驴悬布囊卢纶,(外)故人相见忆山阳[1]谭用之。(末)横塘[2]一别千余里许浑,(外)却认并州作故乡[3]贾岛。(末)恭谂公相，又苦伤老夫人回扬州，被贼兵所算了。(外惊介)怎知道？(末)生员在贼营中，眼同验过老夫人首级，和春香都杀了。(外哭介)天呵，痛杀俺也！

【玉桂枝】相夫登第，表贤名甄氏吾妻。称皇宣一品夫人，又待伴俺立双忠烈女。想贤妻在日，想贤妻在日，凄然垂泪，俨然冠帔。(外哭倒，众扶介)(末)我的老夫人，老夫人怎了！你将官们也大家哭一声儿么！(众哭介)老夫人呵！(外作恼拭泪介)呀，好没来由！夫人是朝廷命妇，骂贼而死，理所当然。

---

[1] 山阳：地名，今河南修武。
[2] 横塘：在南京。
[3] 却认并州作故乡：并州，即今太原。诗人贾岛在并州时，常忆咸阳，后来他离开了并州，就觉得并州也像故乡一样令人怀念。这里指杜宝在淮安想起了南安，也觉得南安像故乡了。

我怎为他乱了方寸,灰了军心?身为将,怎顾的私?任恓惶,百无悔。陈先生,溜金王还有话么?(末)不好说得,他还要杀老先生。(外)咳,他杀俺甚意儿?俺杀他全为国。(末)依了生员,两下都不要杀。(做扯外耳语介)那溜金王要这座淮安城。(外)嗏声!那贼营中是一个座位,是两个座位?(末)他和妻子连席而坐。(外笑介)这等,吾解此围必矣。先生竟为何来?(末)老先生不问,几乎忘了。为小姐坟儿被盗,径来相报。(外惊介)天呵!冢中枯骨,与贼何仇?都则为那些宝玩害了也。贼是谁?(末)老公相去后,道姑招了个岭南游棍柳梦梅为伴。见物起心,一夜劫坟逃去。尸骨丢在池水中。因此不远千里而告。(外叹介)女坟被发,夫人遭难。正是未归三尺土,难保百年身。既归三尺土,难保百年坟。也索罢了,则可惜先生一片好心。(末)生员拜别老公相后,一发贫薄了。(外叹介)军中仓卒,无以为情。我把一大功劳,先生干去。(末)愿效劳。(外)我久写下咫尺之书[1],要李全解散三军之众。余无可使,烦公一行。左右,取过书仪来。倘说得李全降顺,便可归奏朝廷,自有个出身之处。(杂取书礼介)儒生三寸舌,将军一纸书。书仪在此。(末)途费谨领。送书一事,其实怕人。(外)不妨。

【榴花泣】兵如铁桶,一使在其中。将折简[2]、去和戎[3]。陈先生,你志诚打的贼儿通。虽然寇盗奸雄,他也相机而动。

---

[1]咫尺之书:很短的书信。
[2]折简:裁纸写信。
[3]戎:此指李全。

（末）恐游说非书生之事。（外）看他开围放你来，其意可知。你这书生正好做传书用。（末）仗恩台一字长城[1]，借寒儒八面威风。（内鼓吹介）

【尾声】戍楼羌笛话匆匆。事成呵，你归去朝廷沾寸宠，这纸书敢则是保障江淮第一封。

（外）隔河征战几归人？ 刘长卿

（末）五马临流待幕宾。卢纶

（外）劳动先生远相访，王建

（末）恩波自会惜枯鳞。刘长卿

---

[1] 仗恩台一字长城：恩台，恩官。一字长城，指书信可以退敌。

第四十七出　围释

【出队子】(贴扮通事上)一天之下,南北分开两事家。中间放着个蓼儿洼[1],明助着番家打汉家。通事中间,拨嘴撩牙[2]。事有足诧,理有必然。自家溜金王麾下一名通事便是。好笑,好笑,俺大王助金围宋,攻打淮城。谁知北朝暗地差人去到南朝讲话！正是暂通禽兽语,终是犬羊心。(下)

【双劝酒】(净引众上)横江虎牙[3],插天鹰架[4]。擂鼓扬旗,冲车甲马。把座锦城墙、围的阵云花。杜安抚、你有翅难加。自家溜金王。攻打淮城,日久未下。外势虽然虎踞,中心未免狐疑。一来怕南朝大兵兼程策应,二来怕北朝见责委任无功:真个进退两难。待娘娘到来计议。(丑上)驱兵捉将蚩尤[5]女,捏鬼妆神豹子妻[6]。大王,你可听见大金家有人南朝打话,回到俺营门之外了？(净)有这事？(老旦扮番将带刀骑马上)

---

[1] 蓼儿洼:梁山泊。后来用作山寨代称。这里指李全。
[2] 拨嘴撩牙:挑拨是非。
[3] 虎牙:此指军旗。
[4] 鹰架:供猎鹰栖止用的木架。
[5] 蚩尤:神话传说中上古时期东方九黎族的首领,性凶恶,善作战。后为黄帝所诛。
[6] 豹子妻:形容凶猛的女人,即李全妻。

北【夜行船】大北里宣差传站马[1],虎头牌[2]滴溜的分花[3]。(外扮马夫赶上介)滑了,滑了。(老旦)那古里[4]谁家?跑番了拽喇[5]。怎生呵,大营盘没个人儿答煞。(外大叫介)溜金爷,北朝天使到来。(下)(净、丑作慌介)快叫通事请进。(贴上,接跪介)溜金王患病了。请那颜[6]进。(老旦)可才、可才道句儿克卜喇。(下马,上坐介)都儿都儿。(净问贴介)怎么说?(贴)恼了。(净、丑举手,老旦做恼不回介)(指净介)铁力温都答喇[7]。(净问贴介)怎说?(贴)不敢说,要杀了。(净)却怎了?(老旦做看丑笑介)忽伶忽伶。(丑问贴介)(贴)叹娘娘生的妙。(老旦)克老克老。(贴)说走渴了。(老旦手足做忙介)兀该打刺。(贴)叫马乳酒。(老旦)约儿兀只。(贴)要烧羊肉。(净叫介)快取羊肉、乳酒来。(外持酒肉上)(老旦洒洒,取刀割羊肉吃,笑,将羊油手擦胸介)一六兀刺的。(贴)不恼了,说有礼体。(老旦作醉介)锁陀八,锁陀八。(贴)说醉了。(老旦作看丑介)倒喇倒喇。(丑笑介)怎说?(贴)要娘娘唱个曲儿。(丑)使得。

北【清江引】呀,哑观音觑着个番答辣,胡芦提笑哈。兀那是都嘛[8],请将来岸答。撞门儿一句咬儿只不毛古喇。通事,

---

[1] 大北里宣差传站马:大北里,指金朝。宣差,差官。此指番将自己。站马,驿马。
[2] 虎头牌:这里指金人军队中用来证明长官身份的证件。
[3] 滴溜的分花:明晃晃。
[4] 那古里:那答儿,那边。
[5] 拽喇:契丹语,兵卒。
[6] 那颜:蒙古语,长官。
[7] 铁力温都答喇:杀了。
[8] 都嘛:疑为官名。

我斟一杯酒,你送与他。(贴作送酒介)阿阿儿该力。(丑)通事,说甚么?(贴)小的禀娘娘送酒。(丑)着了。(老旦作醉,看丑介)孛知,孛知。(贴)又央娘娘舞一回。(丑)使得,取我梨花枪过来。

【前腔】(持枪舞介)冷梨花点点风儿刮,袅得腰身乍[1]。胡旋儿打一车,花门折一花。把一个睃啜老那颜风势煞[2]。(老旦反背,拍袖笑倒介)忽伶忽伶。(贴扶起老旦介)(老旦摆手到地介)阿来不来。(贴)这便是唱喏,叫唱一直。(老旦笑,点头招丑介)哈嗽哈嗽。(贴)要问娘娘。(丑笑介)问什么?(老旦扯丑轻说介)哈嗽哈嗽兀该毛克喇,毛克喇。(丑笑问贴介)怎说?(贴作摇头介)问娘娘讨件东西。(丑笑介)讨甚么?(贴)通事不敢说。(老旦笑倒介)古鲁古鲁。(净背叫贴问介)他要娘娘什么东西?古鲁古鲁不住的。(贴)这件东西,是要不得的。便要时,则怕娘娘不舍的。便是娘娘舍的,大王也不舍的。便大王舍的,小的也不舍的。(净)甚东西,直恁舍不得?(贴)他这话到明,哈嗽兀该毛克喇,要娘娘有毛的所在。(净作恼介)气也,气也。这臊子[3]好大胆,快取枪来。(净作持花枪赶杀介)(贴扶醉老旦走,老旦提酒壶叫"古鲁古鲁"架住枪介)

北【尾】(净)你那醋葫芦指望把梨花架,臊奴,铁围墙敢靠定你大金家。(搠倒[4]老旦介)则端着你那几茎儿苦嘴的赤支

---

[1] 袅得腰身乍:袅,扭。乍,同"诈",俏样子。
[2] 把一个睃啜老那颜风势煞:睃啜老,当时骂外国人的话。风势煞,疯样子。
[3] 臊子:对北方少数民族的蔑称。下文称"臊奴"。
[4] 搠倒:按倒。

砂[1],把那咽腥臊的嗓子儿生搚杀[2]。(丑扯住净,放老旦介)(老旦)曳喇曳喇哈哩。(指净介)力娄吉丁母剌失,力娄吉丁母剌失。(作闪袖走下介)(净)气杀我也。那曳喇哈的什么?(贴)叫引马的去。(净)怎指着我力娄吉丁母剌失?(贴)这要奏过他主儿,叫人来相杀。(净作恼介)(丑)老大王,你可也当着不着[3]的。(净)啐,着了你那毛克喇哩。(丑)便许他在那里,你却也忒捻酸。(净不语介)正是我一时风火性。大金家得知,这溜金王到有些欠稳。(丑)便是番使南朝而回,未必其中无话。(净)娘娘高见何如?(丑)容奴家措思。(内擂鼓介)(贴扮报子上)报,报,报!前日放去的秀才,从淮城中单马飞来。道有紧急,投见大王。(丑)恰好,着他进来。

【缕缕金】(末上)无之奈,可如何!书生承将令,强喽啰[4]。(内喊,末惊跌介)一声金炮响,将人跌蹉。可怜、可怜!密札札干戈,其间放着我。(贴唱门介)生员进。(末见介)万死一生生员陈最良百拜大王殿下,娘娘殿下。(净)杜安抚献了城池?(末)城池不为希罕,敬来献一座王位与大王。(净)寡人久已为王了。(末)正是官上加官,职上添职。杜安抚有书呈上。(净看书介)"通家[5]生杜宝顿首李王麾下……"(问末介)秀才,我

---

[1] 苫嘴的赤支砂:苫,遮掩。赤支砂,红色的胡须。
[2] 嗓子儿生搚杀:嗓子儿,嗓子。搚杀,掐死。
[3] 当着不着:该做的事不做,不该做的事却做了。这里指李全不该把那颜打跑。
[4] 强喽啰:强作聪明。这里陈最良怪自己多事。
[5] 通家:世交。

与杜安抚有何通家？(末)汉朝有个李、杜[1]至交,唐朝也有个李、杜契友,因此杜安抚斗胆称个通家。(净)这老儿好意思。书有何言？

【一封书】(读书介)"闻君事外朝,虎狼心,难定交。肯回心圣朝,保富贵,全忠孝。平梁[2]取采须收好,背暗投明带早超。凭陆贾,说庄跻[3]。颙望[4]麾慈即鉴昭。"(笑介)这书劝我降宋,其实难从。"外密启一通,奉呈尊阃[5]夫人。"(笑介)杜安抚也畏敬娘娘哩。(丑)你念我听。(净看书介)"通家生杜宝敛衽[6]杨老娘娘帐前……"咳也,杜安抚与娘娘,又通家起来。(末)大王通得去,娘娘也通得去。(净)也通得去。只汉子不该说敛衽。(末)娘娘肯敛衽而朝,安抚敢不敛衽而拜!(丑)说的好。细念我听。(净念书介)"通家生杜宝敛衽杨老娘娘帐前:远闻金朝封贵夫为溜金王,并无封号及于夫人。此何礼也？杜宝久已保奏大宋,敕封夫人为讨金娘娘之职。伏惟妆次[7]鉴纳。不宣[8]。"好也,到先替娘娘讨了恩典哩。(丑)陈秀才,封

---

[1] 李、杜：指东汉李固、杜乔，两人皆在朝做官，同心合作。或指东汉李膺、杜密，两人同因党锢之祸被害。下文唐朝李、杜，指诗人李白、杜甫。

[2] 平梁：可能指王冠。

[3] 凭陆贾，说庄跻：这里的意思是指派说客说服李全。西汉初，刘邦曾派辩士陆贾说服赵佗归汉。这里代指陈最良。庄跻，战国时楚国将领，曾自立为滇王，后代归顺汉朝。这里代指李全。

[4] 颙望：盼望，犹言恳切地希望。

[5] 尊阃：对他人妻室的敬称。

[6] 敛衽：提起衣襟表示恭敬，古代的一种礼节，后来专用于妇女。

[7] 妆次：在书信上用于对妇女客气的称呼。如同对男子称阁下。

[8] 不宣：犹言不尽，书信结尾的套话。

我讨金娘娘,难道要我征讨大金家不成?(末)受了封诰后,但是娘娘要金子,都来宋朝取用。因此叫做讨金娘娘。(丑)这等是你宋朝美意。(末)不说娘娘,便是卫灵公夫人,也说宋朝之美[1]。(丑)依你说。我冠儿上金子,成色要高。我是带盔儿的娘子。近时人家首饰浑脱,就一个盔儿[2],要你南朝照样打造一付送我。(末)都在陈最良身上。(净)你只顾讨金讨金,把我这溜金王,溜在那里?(丑)连你也做了讨金王罢。(净)谢承了。(末叩头介)则怕大王、娘娘退悔。(丑)俺主意定了。便写下降表,赍发秀才回奏南朝去。

【前腔】(净)归依大宋朝,怕金家成祸苗。(丑)秀才,你担承这遭,要黄金须任讨。(末)大王,你鄱阳湖磬响收心早[3],娘娘,你黑海岸回头星宿高[4]。(合)便休兵,随听招。免的名标在叛贼条。(净)秀才,公馆留饭。星夜草表送行。(举手送末,拜别介)

【尾声】(净)咱比李山儿[5]何足道,这杨令婆[6]委实高。

---

[1] 宋朝之美:春秋时期的宋公子朝是个美男子。事见《论语·雍也》。此是借以插科打诨。
[2] 近时人家首饰浑脱,就一个盔儿:我头上戴着一顶毡帽,就是一个头盔。人家,自家。浑脱,指牛羊毛做的毡帽。
[3] 你鄱阳湖磬响收心早:劝李全归顺投诚宋。鄱阳湖中有石钟山,风吹浪击石发声如洪钟。由钟联想到磬。磬响,法磬敲响,表示归心礼佛。
[4] 黑海岸回头星宿高:"苦海无边,回头是岸"之意。
[5] 李山儿:李逵在元杂剧里的称号。这里是李全自比为李逵,鲁莽无谋。
[6] 杨令婆:民间传说中称佘太君为杨令婆。

（末）带了你这一纸降书，管取[1]那赵官家[2]欢笑倒。（末下）（净、丑吊场）（净）娘娘，则为失了一边金，得了两条王。人要一个王不能勾，俺领下两个王号。岂不乐哉！（丑）不要慌，还有第三个王号。（净）什么王号？（丑）叫做齐肩一字王[3]。（净）怎么？（丑）杀哩。（净）随顺他，又杀什么？（丑）你俺两人作这大贼，全仗金鞑子威势。如今反了面，南朝拿你何难。（净作恼介）哎哟，俺有万夫不当之勇，何惧南朝！（丑）你真是个楚霸王，不到乌江不止。（净）胡说！便作俺做楚霸王，要你做虞美人，定不把赵康王占了你去。（丑）罢，你也做楚霸王不成，奴家的虞美人也做不成。换了题目做。（净）什么题目？（丑）范蠡载西施[4]。（净）五湖在那里？——去做海贼便了。（丑作分付介）众三军，俺已降顺了南朝。暂解淮围，海上伺候去。（众应介）解围了。（内鼓介）船只齐备了，禀大王起行。（众行介）

【江头送别】淮扬外，淮扬外，海波摇动。东风劲，东风劲，锦帆吹送。夺取蓬莱为巢洞，鳌背上立着旗峰。

【前腔】顺天道，顺天道，放些儿闲空。招安后，招安后，

---

[1] 管取：定教。

[2] 赵官家：赵家皇帝。

[3] 齐肩一字王：唐宋以后皇子封王，以一个字为国名，如齐王；皇子的儿子封王，以两个字为国名，如汝南王。这里指的是平肩一刀，斩首。

[4] 范蠡载西施：传说，春秋时吴越争霸，越王令范蠡献美女西施给吴王，吴王从此沉溺酒色，荒废朝政，最后被越所灭。吴亡后，范蠡携西施泛五湖而去。

再交兵言重。险做了为金家伤炎宋[1]。权袖手，做个混海痴龙。(众)禀大王娘娘，出海了。(净)且下了营，天明进发。

(净)干戈未定各为君，_{许浑}

(丑)龙斗雌雄势已分。_{常建}

(净)独把一麾江海去，_{杜牧}

(众)莫将弓箭射官军。_{窦巩}

---

[1] 炎宋：古代以阴阳五行解释国家兴衰，赵宋以火德王，称火宋，又称炎宋。

第四十八出　遇母

【十二时】(旦上)不住的相思鬼,把前身退悔。土臭全消,肉香新长。嫁寒儒客店里孤栖。(净上)又着他攀高谒贵。(浣溪沙)(旦)寂寞秋窗冷簟纹,(净)明珰玉枕旧香尘,(旦)断潮归去梦郎频。(净)桃树巧逢前度客[1],(旦)翠烟[2]真是再来人,(合)月高风定影随身。(旦)姑姑,奴家喜得重生,嫁了柳郎。只道一举成名,回去拜访爹娘。谁知朝廷为着淮南兵乱,开榜稽迟。我爹娘正在围城之内,只得赍发柳郎往寻消耗,撇下奴家钱塘客店。你看那江声月色,凄怆人也。(净)小姐,比你黄泉之下,景致争多。(旦)这不在话下。

【针线厢】虽则是荒村店江声月色,但说着坟窝里前生今世,则这破门帘乱撒星光内,煞强似洞天黑地。姑姑呵,三不归[3]父母如何的?七件事[4]儿夫家靠谁?心悠曳,不死不活,睡梦里为个人儿。(净)似小姐的罕有。

---

[1] 桃树巧逢前度客:出自刘禹锡诗:"种桃道士归何处?前度刘郎今又来。"前度刘郎,双关语,借指在天台山遇仙女相爱的刘晨。这里借指柳梦梅。
[2] 翠烟:青烟,指吴王夫差小女紫玉的亡魂。这里是杜丽娘自指。
[3] 三不归:没有着落的。
[4] 七件事:泛指日常生计,柴米油盐酱醋茶。

【前腔】伴着你半间灵位,又守见你一房夫婿。(旦)姑姑,那夜搜寻秀才,知我闪在那里?(净)则道画帧儿怎放的个人回避,做的事瞒神唬鬼。(旦)昏黑了,你看月儿黑黑的星儿晦,萤火青青似鬼火吹。(旦)好上灯了。(净)没油,黑坐地,三花两焰,留的你照解罗衣。(旦)夜长难睡,还向主家借些油去。(净)你院子里坐坐,咱去借来。合着油瓶盖,踏碎玉莲蓬[1]。(下)(旦玩月叹介)

【月儿高】(老旦、贴行路上)江北生兵乱,江南走多半。不载香车稳,趿的鞋鞓[2]断。夫主兵权,望天涯生死如何判。前呼后拥,一个春香伴。凤髻消除,打不上扬州纂[3]。上岸了到临安。趁黄昏黑影林峦,生忔察[4]的难投馆。(贴)且喜到临安了。(老旦)咳,万死一逃生,得到临安府。俺女娘无处投,长路多孤苦。(贴)前面像是个半开门儿,蓦了进去。(老旦进介)呀,门房空静,内可有人?(旦)谁?(贴)是个女人声息。待打叫一声开门。

【不是路】(旦惊介)斜倚雕阑,何处娇音唤启关?(老旦)行程晚,女娘们借住霎儿间。(旦)听他言,声音不似男儿汉,待自起开门月下看。(见介)(旦)是一位女娘,请里坐。(老旦)相提盼,人间天上行方便。(旦)趋迎迟慢。趋迎迟慢。(打照面

---

[1]玉莲蓬,指小脚。
[2]鞓:这里指鞋带。
[3]纂:方言。妇女梳在头后边的发髻。
[4]生忔察:生疏,陌生。

第四十八出 遇母

介)(老旦作惊介)

【前腔】破屋颓椽,姐姐呵,你怎独坐无人灯不燃?(旦)这闲庭院,玩清光长送过这月儿圆。(老旦背叫贴)春香,这像谁来?(贴惊介)不敢说,好像小姐。(老旦)你快瞧房儿里面,还有甚人? 若没有人,敢是鬼也?(贴下)(旦背)这位女娘,好像我母亲,那丫头好像春香。(作回问介)敢问老夫人,何方而来?(老旦叹介)自淮安,我相公是淮扬安抚、遭兵难,我避房逃生到此间。(旦背介)是我母亲了,我可认他?(贴慌上,背语老旦介)一所空房子,通没个人影儿。是鬼,是鬼!(老旦作怕介)(旦)听他说起,是我的娘也。(旦向前哭娘介)(老旦作避介)敢是我女孩儿? 怠慢了你,你活现了。春香,有随身纸钱,快丢,快丢。(贴丢纸钱介)(旦)儿不是鬼。(老旦)不是鬼,我叫你三声,要你应我一声高如一声。(做三叫三应,声渐低介)(老旦)是鬼也。(旦)娘,你女儿有话讲。(老旦)则略靠远,冷淋侵一阵风儿旋,这般活现。(旦)那些活现?(旦扯老旦作怕介)儿,手怎般冷。(贴叩头介)小姐,休要捻[1]了春香。(老旦)儿,不曾广超度你,是你父亲古执。(旦哭介)娘,你这等怕,女孩儿死不放娘去了。

【前腔】(净持灯上)门户牢拴,为甚空堂人语喧?(灯照地介)这青苔院,怎生吹落纸黄钱?(贴)夫人,来的不是道姑?(老旦)可是。(净惊介)呀,老夫人和春香那里来? 这般大惊小

---

[1] 捻:这里是作弄、伤害的意思。

怪。看他打盘旋,那夫人呵,怕漆灯无焰[1]将身远。小姐,恨不得幽室生辉得近前。(旦)姑姑快来,奶奶害怕。(贴)这姑姑敢也是个鬼?(净扯老旦,照旦介)休疑惮。移灯就月端详遍,可是当年人面?(合)是当年人面。(老旦抱旦泣介)儿呵,便是鬼,娘也舍不的去了。

【前腔】肠断三年,怎坠海明珠去复旋[2]?(旦)爹娘面,阴司里怜念把魂还。(贴)小姐,你怎生出的坟来?(旦)好难言。(老旦)是怎生来?(旦)则感的是东岳大恩眷,托梦一个书生把墓踹穿。(老旦)书生何方人氏?(旦)是岭南柳梦梅。(贴)怪哉,当真有个柳和梅。(老旦)怎同他来此?(旦)他来科选。(老旦)这等是个好秀才,快请相见。(旦)我央他看淮扬动静去把爹娘探,因此上独眠深院,独眠深院。(老旦背与贴语介)有这等事?(贴)便是,难道有这样出跳[3]的鬼?(老旦回泣介)我的儿呵!

【番山虎】则道你烈性上青天,端坐在西方九品莲[4],

---

[1] 漆灯无焰:墓穴里的灯烛不亮。漆灯,据《江南野史》记载,沈彬葬于住处大树下,下有古冢,冢中古灯台上有漆灯一盏。墙头铜牌篆文有"漆灯犹未灭,留待沈彬来"之句。

[2] 坠海明珠去复旋:指女儿死而复活。

[3] 出跳:出挑,指女孩子漂亮出众。

[4] 端坐在西方九品莲:指往生西方极乐世界成了菩萨。九品莲,九品莲台。佛教净土宗认为,修行完满者死后可往西方极乐世界,身坐莲花台座,因各人生前修行深浅不同,而所坐莲台有九等之别,九品莲台是最高一等。

不道三年鬼窟里重相见。哭得我手麻肠寸断，心枯泪点穿。梦魂沉乱，我神情倒颠。看时儿立地，叫时娘各天。怕你茶饭无浇奠，牛羊侵墓田。(合)今夕何年？今夕何年？咦，还怕这相逢梦边。

【前腔】(旦泣介)你抛儿浅土，骨冷难眠。吃不尽爷娘饭，江南寒食天。可也不想有今日，也道不起从前。似这般糊突谜，甚时明白也天！鬼不要，人不嫌，不是前生断，今生怎得连！(合前)(老旦)老姑姑，也亏你守着我儿。

【前腔】(净)近的话不堪提咽，早森森地心疏体寒。空和他做七做中元，怎知他成双成爱眷？(低与老旦介)我捉鬼拿奸，知他影戏儿做的怎活现？(合)这样奇缘，这样奇缘，打当[1]了轮回一遍。

【前腔】(贴)论魂离倩女是有，知他三年外灵骸怎全？则恨他同棺椁、少个郎官，谁想他为院君这宅院[2]。小姐呵，你做的相思鬼穿，你从夫意专。那一日春香不铺其孝筵，那节儿夫人不哀哉醮荐？早知道你撒离了阴司，跟了人上船！(合前)

【尾声】(老旦)感得化生女显活在灯前面。则你的亲爹，他在贼子窝中没信传。(旦)娘放心，有我那信行的人儿，他穴地通天，打听的远。

---

[1] 打当：打点，准备，这里作胜过、当作解。
[2] 为院君这宅院：做了这个宅院里的女主人。院君，宅院女主人。

想象精灵欲见难,欧阳詹
碧桃何处便骖鸾?薛逢
莫道非人身不暖,白居易
菱花初晓镜光寒。许浑

第四十九出　淮泊

【三登乐】（生包袱、雨伞上）有路难投，禁得这乱离时候！走孤寒落叶知秋。为娇妻思岳丈，探听扬州。又谁料他困守淮扬，索奔前答救[1]。【集唐】那能得计访情亲李白？浊水污泥清路尘[2]韩愈。自恨为儒逢世难卢纶，却怜无事是家贫韦庄。俺柳梦梅阳世寒儒，蒙杜小姐阴司热宠，得为夫妇，相随赴科。且喜殿试挥过卷子，又被边报耽误榜期。因此小姐呵，闻说他尊翁淮扬兵急，叫俺沿路上体访安危。亲赍一幅春容，敬报再生之喜。虽则如此，客路贫难，诸凡路费之资，尽出圹中之物。其间零碎宝玩，急切典卖不来。有些成器金银，土气销熔有限[3]。兼且小生看书之眼，并不认的等子星儿[4]。一路上赚骗无多，逐日里支分有尽。得到扬州地面，恰好岳丈大人移镇淮城。贼兵阻路，不敢前进。且喜因循解散[5]，不免迤逦数程。

---

[1] 答救：搭救。
[2] 浊水污泥清路尘：用泥与尘比喻一贱一贵，地位不同。
[3] 土气销熔有限：指被土气剥蚀数量不多。
[4] 等子星儿：秤上的刻度标记。等子，也叫等秤，秤金、银用的比较精密的小秤。星儿，秤杆上的刻度。
[5] 因循解散：指李全撤围。

【锦缠道】早则要、醉扬州寻杜牧,梦三生花月楼,怎知他长淮去休!那里有缠十万顺天风、跨鹤闲游!则索傍渔樵寻食宿、败荷衰柳,添一抹五湖秋。那秋意儿有许多迤逗[1]!咱功名事未酬,冷落我断肠闺秀。堪回首?算江南江北有十分愁。一路行来,且喜看见了插天高的淮城,城下一带清长淮水。那城楼之上,还挂有丈六阔的军门旗号。大吹大擂,想是日晚掩门了。且寻小店歇宿。(丑上)多搀白水江湖酒,少赚黄边风月钱。秀才投宿么?(生进店介)(丑)要果酒,案酒[2]?(生)天性不饮。(丑)柴米是要的?(生)吃倒算[3]。(丑)算倒吃[4]。(生)花银五分在此。(丑)高银散碎些,待我称一称。(称介、作惊叫介)银子走了。(寻介)(生)怎的大惊小怪?(丑)秀才,银子地缝里走了。你看碎珠儿。(生)这等还有几块在这里。(丑接银又走,三度介)呀,秀才原来会使水银?(生)因何是水银?(背介)是了,是小姐殡敛之时,水银在口。龙含土成珠而上天,鬼含汞成丹而出世,理之然也。此乃见风而化。原初小姐死,水银也死;如今小姐活,水银也活了。则可惜这神奇之物,世人不知。(回介)也罢了。店主人,你将我花银都消散去了,如今一厘也无。这本书是我平日看的,准酒一壶[5]。(丑)书破了。(生)贴你一枝笔,(丑)笔开花了。(生)此中使客往来,你可也听见"读书

---

[1] 迤逗:原意为勾引,这里引申为感慨。
[2] 果酒,案酒:果酒,较考究的酒菜。案酒,一般的下酒小菜。
[3] 吃倒算:吃了之后再算账。
[4] 算倒吃:先付钱再吃。
[5] 准酒一壶:准,折算。折合一壶酒钱。

破万卷"?(丑)不听见。(生)可听见"梦笔吐千花"?(丑)不听见。

【皂罗袍】(生作笑介)可笑一场闲话,破诗书万卷,笔蕊千花。是我差了,这原不是换酒的东西。(丑笑介)神仙留玉佩,卿相解金貂[1]。(生)你说金貂玉佩,那里来的?有朝货与帝王家,金貂玉佩书无价。你还不知道,便是千金小姐,依然嫁他。一朝臣宰,端然拜他。(丑)要他则甚?(生)读书人把笔安天下。(生)不要书,不要笔,这把雨伞可好?(丑)天下雨哩。(生)明日不走了。(丑)饿死在这里?(生笑介)你认的淮扬杜安抚么?(丑)谁不认的!明日吃太平宴哩。(生)则我便是他女婿来探望他。(丑惊介)喜是相公说的早,杜老爷多早发下请书了。(生)请书那里?(丑)和相公瞧去。(丑请生行介)待小人背褡袱雨伞。(行介)(生)请书那里?(丑)兀的不是!(生)这是告示居民的。(丑)便是。你瞧!

【前腔】"禁为闲游奸诈。"杜老爷是巴上生的。"自三巴[2]到此,万里为家。不教子侄到官衙,从无女婿亲闲杂。"这句单指你相公:"若有假充行骗,地方禀拿。"下面说小的了:"扶同歇宿,罪连主家。为此须至关防者[3]。右示通知。建炎[4]三十二年五月日示。"你看后面安抚司杜大花押。上面

---

[1] 金貂:汉代贵官所戴的冠饰,以貂尾插在黄金珰上。晋代散骑常侍阮孚曾以金貂换酒,遭人弹劾。
[2] 三巴:四川。
[3] 须至关防者:旧时公文习惯用语,相当于发至各地检查人员注意。
[4] 建炎:南宋高宗年号。

盖着一颗"钦差安抚淮扬等处地方提督军务安抚司使之印",鲜明紫粉。相公,相公,你在此消停,小人告回了。各人自扫门前雪,休管他家屋上霜。(下)(生哭介)我的妻,你怎知丈夫到此凄惶无地也。(作望介)呀,前面房子门上有大金字,咱投宿去。(看介)四个字:"漂母[1]之祠。"怎生叫做漂母之祠?(看介)原来壁上有题:"昔贤怀一饭,此事已千秋。"是了,乃前朝淮阴侯韩信之恩人也。我想起来,那韩信是个假齐王[2],尚然有人一饭,俺柳梦梅是个真秀才,要杯冷酒不能够!像这漂母,俺拜他一千拜。

【莺啼袍】(拜介)垂钓楚天涯,瘦王孙[3],遇漂纱。楚重瞳较比这秋波瞎[4]。太史公表他,淮安府祭他,甫能够一饭千金价。看古来妇女多有俏眼儿:文公乞食,僖妻礼他[5];昭关

---

[1] 漂母:韩信少年贫困,于淮阴城边钓鱼时遇见漂母。漂母给他食物充饥。后韩信当了大官,找到漂母,送千金以报答。

[2] 假齐王:秦末韩信克齐后,请刘邦封他为假齐王。刘邦只得正式封他为齐王。此处"假齐王"与下文"真秀才"对举,意在引人发笑。

[3] 瘦王孙:指韩信。《史记》载,漂母称韩信为王孙(公子),只不过是客气之语。

[4] 楚重瞳较比这秋波瞎:重瞳的项羽,眼光反而不及漂母。楚重瞳,指楚霸王项羽,据说他眼睛各有两个瞳孔。韩信原是项羽部下,因得不到项羽赏识,就投了刘邦。

[5] 文公乞食,僖妻礼他:据《左传》,晋公子重耳流亡到曹国,曹共公对他很无礼。大臣僖负羁的妻子却知他前程远大,叫丈夫暗中接济他。后重耳回晋国继位成了晋文公。

乞食,相逢浣纱[1]。凤尖头叩首三千下[2]。起更了,廊下一宿。早去伺候开门。没水梳洗。(看介)好了,下雨哩。

旧事无人可共论,韩愈

只应漂母识王孙。王遵

辕门拜手儒衣弊,刘长卿

莫使沾濡有泪痕。韦洵美

---

[1] 昭关乞食,相逢浣纱:《吴越春秋》载,楚平王杀害伍子胥父兄,并追杀伍子胥。伍子胥逃亡路上向一浣纱女乞食。浣纱女为了表明自己决不泄漏他的行踪,抱石投江而死。昭关,在今安徽含山西北,吴楚间的交通要道。
[2] 凤尖头叩首三千下:对于漂母、僖妻、浣纱女这样有眼光的女子,应该对她们叩头三千。凤尖头,即凤头,古代一种女用鞋样。

第五十出　闹宴

【梁州令】(外引丑众上)长淮千骑雁行秋，浪卷云浮。思乡泪国倚层楼。(合)看机遘，逢奏凯，且迟留。【昭君怨】万里封侯岐路，几两英雄草屦[1]。秋城鼓角催，老将来。烽火平安[2]昨夜，梦醒家山泪下。兵戈未许归，意徘徊。我杜宝身为安抚，时值兵冲。围绝救援，贻书解散。李寇既去，金兵不来。中间善后事宜，且自看详停当。分付中军门外伺候。(众下)(丑把门介)(外叹介)虽有存城之欢，实切亡妻之痛。(泪介)我的夫人呵，昨已单本题请他的身后恩典，兼求赐假西归。未知旨意如何？正是功名富贵草头露，骨肉团圆锦上花。(看文书介)

【金蕉叶】(生破衣巾携春容上)穷愁客愁，正摇落[3]雁飞时候。(整容介)帽儿光[4]整顿从头，还则怕未分明[5]的门楣认否？(丑喝介)甚么人行走？(生)是杜老爷女婿拜见。(丑)当真？(生)

---

[1] 万里封侯岐路，几两英雄草屦：指建功立业不易。岐路，比喻官场中险易难测的前途。几两草屦，穿破几双草鞋。
[2] 烽火平安：古代边境烽火台每日入夜点烽火，报告边境平安，叫平安火。
[3] 摇落：零落。
[4] 帽儿光：元代俗语，"帽儿光光，好做新郎；袖儿窄窄，好做娇客。"杂剧中常引用。
[5] 未分明：未成正式夫妻。

秀才无假。(丑进禀介)(外)关防明白了。(问丑介)那人材怎的？(丑)也不怎的。袖着一幅画儿。(外笑介)是个画师。则说老爷军务不闲便了。(丑见生介)老爷军务不闲。请自在。(生)叫我自在，自在不成人了。(丑)等你去，成人不自在。(生)老爷可拜客去么？(丑)今日文武官僚吃太平宴，牌簿都缴了[1]。(生)大哥，怎么叫做太平宴？(丑)这是各边方年例。则今年退了贼，筵宴盛些。席上有金花树，银台盘，长尺头[2]，大元宝，无数的。你是老爷女婿，背几个去。(生)原来如此。则怕进见之时，考一首《太平宴诗》，或是《军中凯歌》，或是《淮清颂》，急切怎好？且在这班房里等着打想一篇，正是有备无患。(丑)秀才还不走，文武官员来也。(生下)

【梁州令】(末扮武官上)长淮望断塞垣秋，喜兵甲潜收。贺升平、歌颂许吾流。(净扮武官上)兼文武，陪将相，宴公侯。请了。(末)今日我文武官属太平宴，水陆[3]务须华盛，歌舞都要整齐。(末、净见介)圣天子万灵拥辅，老君侯[4]八面威风。寇兵销咫尺之书，军礼设太平之宴。谨已完备，望乞俯容。(外)军功虽卑末难当，年例有诸公怎废？难言奏凯，聊用舒怀。(内鼓吹

---

[1] 牌簿都缴了：意即不会客了。牌簿，官署使用的会客登记簿。
[2] 尺头：指绫罗绸缎。
[3] 水陆：水上、陆地所产食品。
[4] 君侯：对达官贵人的尊称。

介)(丑持酒上)黄石兵书[1]三寸舌,清河雪酒五加皮[2]。酒到。

【梁州序】(外浇酒介)天开江左,地冲淮右。气色夜连刁斗[3]。(末、净进酒介)长城一线,何来得御君侯!喜平销战气,不动征旗,一纸书回寇。那堪羌笛里望神州!这是万里筹边第一楼[4]。(合)乘塞草,秋风候,太平筵上如淮酒[5],尽慷慨,为君寿。

【前腔】(外)吾皇福厚。群才策凑,半壁围城坚守。(末、净)分明军令,杯前借箸题筹[6]。(外)我题书与李全夫妇呵,也是燕支却虏[7],夜月吹篪[8],一字连环透。不然无救也怎生休!不是天心不聚头。(合前)(内擂鼓介)(老旦扮报子上)金貂并入三公[9]府。锦帐谁当万里城?报老爷奏本已下,奉有圣旨,不准致仕[10]。钦取老爷还朝,同平章军国大事。老夫人追赠一品贞

---

[1] 黄石兵书:相传张良在下邳圯上遇一老人,赠其《太公兵法》,这老人世称黄石公。
[2] 五加皮:泡酒的中药材。
[3] 刁斗:古时一种军队用具,白天烧饭用,夜间击之报时戒备。
[4] 万里筹边第一楼:指扬州为边境第一重镇。
[5] 如淮酒:形容酒多。
[6] 借箸题筹:出谋划策。《史记·留侯世家》载,刘邦正吃饭时张良来看他,谈话间借刘邦筷子在桌上指画天下大事。
[7] 燕支却虏:《史记·陈丞相世家》载,汉高祖被匈奴围困在平城,陈平去游说单于妻子阏氏,说汉高祖准备献美女求和。阏氏怕美女来了,自己失宠,就劝单于退兵。燕支,即胭脂,指美女。这里指李全妻。
[8] 篪:竹管乐器。这里指胡笳。
[9] 三公:皇帝手下军政最高长官。周代以太师、太傅、太保为三公。
[10] 致仕:退职,退休。

烈夫人。(末、净)平章乃宰相之职,君侯出将入相,官属不胜欣仰。

【前腔】(末、净送酒介)揽貂蝉[1]岁月淹留,庆龙虎风云辐辏。君侯此一去呵,看洗兵河汉[2],接天高手。偏好桂花时节,天香随马,箫鼓鸣清昼。到长安宫阙里报高秋,可也河上砧声忆旧游?(合前)(外)诸公皆高才壮岁,自致封侯。如杜宝者,白首还朝,何足道哉!

【前腔】每日价看镜登楼,泪沾衣浑不如旧。似江山如此,光阴难又。猛把吴钩看了,阑干拍遍,落日重回首。此去呵,恨南归草草也寄东流[3],(举手介)你可也明月同谁啸庾楼[4]?(合前)(生上)腹稿已吟就,名单还未通。(见丑介)大哥替我再一禀。(丑)老爷正吃太平宴。(生)我太平宴诗也想完一首了,太平宴还未完。(丑)谁叫你想来?(生)大哥,俺是嫡亲女婿,没奈何禀一禀。(丑进禀介)禀老爷,那个嫡亲女婿没奈何[5]禀见。(外)好打!(丑出作恼,推生走介)(生)老丈人高宴未终,咱半子礼当恭候。(下)(旦、贴扮女乐上)壮士军前半死生,美人帐下能歌舞。营妓们叩头。

---

[1] 貂蝉:此指高官的冠饰。
[2] 洗兵河汉:用银河里的水把兵器洗了不用。意即天下太平。
[3] 寄东流:表示希望落空,前功尽弃。
[4] 明月同谁啸庾楼:《晋书》载,东晋征西将军庾亮出镇武昌,与僚属一起夜登南楼谈笑吟诗。后人在此建楼,名庾公楼。
[5] 没奈何:代指柳梦梅。丑角以为柳梦梅名叫没奈何。

【节节高】辕门箫鼓啾，阵云收。君恩可借淮扬寇[1]？貂插首，玉垂腰，金佩肘。马敲金镫也秋风骤，展沙堤[2]笑拂朝天袖。(合)但卷取江山献君王，看玉京[3]迎驾把笙歌奏。(生上)欲穷千里目，更上一层楼。想歌阑宴罢，小生饥困了。不免冲席而进。(丑拦介)饿鬼不羞？(生恼介)你是老爷跟马贱人，敢辱我乘龙贵婿？打不的你。(生打丑介)(外问介)军门外谁敢喧嚷？(丑)是早上嫡亲女婿叫做没奈何的，破衣、破帽、破褡袱、破雨伞，手里拿一幅破画儿，说他饿的荒了，要来冲席。但劝的都打，连打了九个半，则剩下小的这半个脸儿。(外恼介)可恶。本院自有禁约，何处寒酸，敢来胡赖？(末、净)此生委系乘龙，属官礼当攀凤。(外)一发中他计了。叫中军官暂时拿下那光棍。逢州换驿，递解到临安监候者。(老旦扮中军官应介)(出缚生介)(生)冤哉，我的妻呵！因贪弄玉为秦赘，且戴儒冠学楚囚[4]。(下)(外)诸公不知。老夫因国难分张[5]，心痛如割。又放着这等一个无名子来聒噪人，愈生伤感。(末、净)老夫人受有国恩，名标烈史。兰玉自有，不必虑怀。叫乐人进酒。

---

[1] 借淮扬寇：东汉寇恂曾任颍川太守，回京后有一次随皇帝到颍川，颍川人求皇帝："请再借您的寇恂在这里做一年事。"此借指挽留杜宝，使其继续坐镇淮扬。

[2] 沙堤：从新任宰相的府邸到长安子城东的路上铺一层沙，叫沙堤。

[3] 玉京：帝都。

[4] 楚囚：泛指囚犯。《左传》：春秋时楚人钟仪被郑国俘虏，郑国把他送到晋国。他戴着南方的冠子，奏着南方的音乐，表示不忘故国。

[5] 分张：分离。

【前腔】(末、净)江南好宦游。急难休,樽前且进平安酒。看福寿有,子女悠[1],夫人又。(外)径醉矣。(旦、贴作扶介)(外泪介)闪英雄泪渍盈盈袖[2],伤心不为悲秋瘦[3]。(合前)(外)诸公请了。老夫归朝念切,即便起程。(内鼓乐介)

【尾声】明日离亭一杯酒。(末、净)则无奈丹青圣主求。(外笑介)怕画的上麒麟[4]人白首。

(外)万里沙西寇已平, 张乔

(末)东归衔命见双旌。 韩翃

(净)塞鸿过尽残阳里, 耿湋

(众)淮水长怜似镜清。 李绅

---

[1] 悠:众多。
[2] 闪英雄泪渍盈盈袖:化用辛弃疾《水龙吟》:"倩何人唤取,红巾翠袖,揾英雄泪?"
[3] 伤心不为悲秋瘦:化用李清照《凤凰台上忆吹箫》:"新来瘦,非干病酒,不是悲秋。"
[4] 麒麟:指麒麟阁。汉宣帝曾叫人把十一位功臣的图像画在麒麟阁上。

第五十一出　榜下

（老旦、丑扮将军持瓜、锤[1]上）凤舞龙飞作帝京，巍峨宫殿羽林兵[2]。天门欲放传胪喜，江路新传奏凯声。请了。圣驾升殿，在此祗候。

北【点绛唇】（外扮老枢密上）整点朝纲，运筹边饷，山河壮。（净扮苗舜宾上）翰苑文章，显豁的升平象。请了，恭喜李全纳款[3]，皆老枢密调度之功也。（外）正此引奏。前日先生看定状元试卷，蒙圣旨武偃文修，今其时矣。（净）正此题请。呀，一个老秀才走将来。好怪，好怪！（末破衣巾捧表上）先师孔夫子，未得见周王。本朝圣天子，得睹我陈最良。非小可也。（见外、净介）生员陈最良告揖。（净惊介）又是遗才告考么？（末）不敢，生员是这枢密老大人门下引奏的。（外）则这生员，是杜安抚叫他招安了李全，便中带有降表。故此引见。（内响鼓，唱介）奏事官上御道。（外前跪，引末后跪、叩头介）（外）掌管天下兵马知枢密院事臣谨奏：恭贺吾主，圣德天威。淮寇来降，金兵不动。有淮扬安抚臣杜宝，敬遣南安府学生员臣陈最良奏事，带有李

---

[1] 瓜、锤：皇帝禁卫军所用的武器，兼作仪仗用。
[2] 羽林兵：皇帝的禁卫军。
[3] 纳款：归顺。

全降表进呈。微臣不胜欢忻[1]！(内介)杜宝招安李全一事,就着生员陈最良详奏。(外)万岁！(起介)(末)带表生员臣陈最良谨奏：

【驻云飞】淮海维扬,万里江山气脉长。那安抚机谋壮,矫诏从宽荡[2]。嗏,李贼快迎降,他表文封上。金主闻知,不敢兵南向。他则好看花到洛阳,咱取次擒胡到汴梁[3]。(内介)奏事的午门候旨。(末)万岁！(起介)(净跪介)前廷试著看详文字官臣苗舜宾谨奏：

【前腔】殿策贤良[4],榜下诸生候久长。乱定人欢畅,文运天开放。嗏,文字已看详,胪传须唱。莫遣夔龙[5],久滞风云望。早是蟾宫桂有香,御酒封题菊半黄[6]。(内介)午门外候旨。(净)万岁！(起行介)今当榜期,这些寒儒,却也候久。(外笑介)则这陈秀才夹带[7]一篇海贼文字[8],到中得快。(内介)圣旨已到,跪听宣读。"朕闻李全贼平,金兵回避。甚喜,甚喜。此乃杜宝大功也。杜宝已前有旨,钦取回京。陈最良有奔走口舌之

---

[1] 欢忻：喜悦。
[2] 矫诏从宽荡：假传圣旨,招安李全。荡,扫荡,清除。
[3] 他则好看花到洛阳,咱取次擒胡到汴梁：全句意为,金兵只能占领洛阳,不敢南下。咱战胜金兵,就可以接着进军汴梁了。取次,次第,逐渐。
[4] 贤良：汉代举士的科目之一。这里指进士科。
[5] 夔龙：喻贤才。夔和龙是舜的两位贤臣,夔为乐官,龙为谏官。
[6] 御酒封题菊半黄：在菊花御酒的封口上题签。指琼林宴上的菊花御酒早已准备好了。
[7] 夹带：原指考试作弊,此处就是带来的意思。这是取笑陈最良。
[8] 海贼文字：指李全降表。

才,可充黄门奏事官,赐其冠带。其殿试进士,于中柳梦梅可以状元。金瓜仪从,杏苑赴宴。谢恩。"(众呼"万岁"起介)(众扮杂取冠带上)黄门[1]旧是黉门客[2],蓝袍新作紫袍仙[3]。(末作换冠服介)二位老先生,告揖。(外、净贺介)恭喜,恭喜。明日便借重新黄门唱榜了。(末)适间宣旨,状元柳梦梅何处人?(净)岭南人,此生遭际的奇异。(外)有甚奇异?(净)其日试卷看详已定,将次进呈。恰好此生午门外放声大哭,告收遗才。原来为搬家小到京迟误。学生权收他在附卷进呈,不想点中状元。(外)原来有此!(末背想介)听来敢便是那个、那个柳梦梅?他那有家小?是了,和老道姑做一家儿。(回介)不瞒老先生,这柳梦梅也和晚生有旧。(外、净)一发可喜可贺了。

(净)榜题金字射朝晖,郑畋

(外)独奏边机出殿迟。王建

(末)莫道官忙身老大,韩愈

(合)曾经卓立在丹墀。元稹

---

[1] 黄门:官名,给事黄门侍郎的简称。其职为侍从皇帝,传达诏命。
[2] 黉门客:指生员。
[3] 蓝袍新作紫袍仙:蓝袍,即蓝衫,旧时书生所穿的衣服。紫袍,官服。

第五十二出　索元

　　【吴小四】（净扮郭驼伞、包上）天九万，路三千。月余程，抵半年[1]。破虱装衣担压肩，压的头脐匾又圆，挖喇察龟儿爬上天[2]。谢天，老驼到了临安。京城地面，好不繁华。则不知柳秀才去向，俺且往天街上瞧去。呀，一伙臭军踢秃秃[3]走来，且自回避。正是："不因渔父引，怎得见波涛！"（下）

　　【六幺令】（老旦、丑扮军校旗、锣上）朝门榜遍，怎生状元柳梦梅不见？又不是黄巢下第题诗赸[4]。排门[5]的问，刻期[6]宣，再因循敢淹答[7]了杏园公宴。（老旦笑介）好笑，好笑，大宋国一场怪事。你道差不差[8]？中了状元干鳖[9]煞。你道奇不奇？

---

[1] 天九万，路三千。月余程，抵半年：借用《庄子·逍遥游》："鹏之徙于南冥也，水击三千里，抟扶摇而上者九万里。"形容路远。
[2] 挖喇察龟儿爬上天：像龟行那么缓慢地走到了京城临安。挖喇察，形容龟爬的声音、状态。
[3] 踢秃秃：走路声。
[4] 黄巢下第题诗赸：黄巢考进士没中，题诗《不第后赋菊》而去。赸，走开。
[5] 排门：挨家挨户。
[6] 刻期：限定时刻。
[7] 淹答：耽误。
[8] 差不差：糟糕不糟糕。
[9] 干鳖：干瘪，引申为没意思。

中了状元啰喤唏[1]。你道兴不兴？中了状元胡厮跫[2]。你道山[3]不山？中了状元一道烟。天下人古怪，不像岭南人。你瞧这驾牌上，"钦点状元岭南柳梦梅，年二十七岁，身中材，面白色"。这等明明道着，却普天下找不出这人？敢家去哩，亡化哩，睡觉哩？则淹了琼林宴席面儿。（丑）哥，人山人海，那里淘气去？俺们把一位带了儒巾吃宴去。正身[4]出来，算还他席面钱。（老）使不得，羽林卫宴老军替得，琼林宴进士替不得。他要杏苑题诗（丑）哥，看见几个状元题诗哩。依你说叫去。（行叫介）状元柳梦梅那里？（叫三次介）（老旦）长安东西十二门，大街都无人应，小胡同叫去。（丑）这苏木胡同有个海南会馆。叫地方问去。（叫介）（内应介）老长官贵干？（老旦、丑）天大事，你在睡梦哩！听分付。

【香柳娘】问新科状元，问新科状元。（内）何处人？（众）广南乡贯。（内）是何名姓？（众）柳梦梅面白无巴缋[5]。（内）谁寻他来？（众）是当今驾传，是当今驾传。要得柳如烟[6]，才开杏花宴。（内）俺这一带铺子都没有，则瓦市[7]王大姐家歇着个番鬼。（众）这等，去，去，去。（合）柳梦梅也天，柳梦梅也天。

---

[1] 啰喤唏：吵吵闹闹。
[2] 胡厮跫：胡行乱走。
[3] 山：粗野。
[4] 正身：本人。
[5] 巴缋：疤痕。
[6] 柳如烟：形容春天三月的柳色。殿试放榜正是这一时候。柳，兼指柳梦梅。
[7] 瓦市：宋元时游艺、贸易的场所，也叫瓦子、瓦舍。

好几个盘旋，影儿不见。(下)【集句】(贴扮妓上)残莺何事不知秋李后主？日日悲看水独流王昌龄。便从巴峡穿巫峡杜甫，错把杭州作汴州林升。奴家王大姐是也。开个门户[1]在此。天，一个孤老不见，几个长官撞的来。(老旦、丑上)王大姐喜哩。柳状元在你家。(贴)什么柳状元？(众)番鬼哩。(贴)不知道。(众)地方报哩。

【前腔】笑花牵柳眠，笑花牵柳眠。(贴)昨日有个鸡[2]，不着裤去了。(众)原来十分形现。敢柳遮花映做葫芦缠[3]。有状元么？(贴)则有个状匾。(丑)房儿里状匾去。(进房搜介)(众诨，贴走下介)(众)找烟花状元，找烟花状元。热赶[4]在谁边，毛髌打[5]教遍。去罢。(合前)(下)

【前腔】(净拐杖上)到长安日边[6]，到长安日边。果然风宪[7]，九街三市[8]排场遍。柳相公呵，他行踪杳然，他行踪杳然。有了俏家缘[9]，风声儿落谁店？少不的大道上行走。那柳梦梅也天！(老旦、丑上)柳梦梅也天！好几个盘旋，影儿不见。(丑作撞跌净，净叫介)跌死人，跌死人！(丑作拿净介)俺们叫柳梦梅，

---

[1] 门户：妓院。
[2] 鸡：指江西籍的嫖客。明代官场通行的调笑语，叫江西人为腊鸡或鸡。
[3] 葫芦缠：胡缠。
[4] 热赶：热赶郎，对嫖客的戏称。此指柳梦梅。
[5] 毛髌打：打髌骶。考不取进士而吃酒解闷叫打髌骶。
[6] 日边：天子左右，指帝都。
[7] 风宪：风纪，法度，这里指市容整顿。
[8] 九街三市：泛指帝都的街市。
[9] 俏家缘：家缘原指家产，这里指漂亮的妻子。

你也叫柳梦梅。则拿你官里去。(净叩头介)是了,梅花观的事发了。小的不知情。(众笑介)定说你知情!是他什么人?(净)听禀:老儿呵!

【前腔】替他家种园,替他家种园,远来探看。(众作忙)可寻着他哩?(净)猛红尘透不出东君面。(众)你定然知他去向。(净)长官可怜,则听是他到南安,其余不知。(众)好笑,好笑!他到这临安应试,得中状元了。(净惊喜介)他中了状元,他中了状元!踏的菜园穿[1],攀花上林苑[2]。长官,他中了状元,怕没处寻他!(众)便是哩。(合前)(众)也罢,饶你这老儿,协同寻他去。

(老)一第由来是出身,郑谷

(丑)五更风水失龙鳞。张曙

(净)红尘望断长安陌,韦庄

(合)只在他乡何处人?杜甫

---

[1] 踏的菜园穿:指苦尽甘来。据《笑林广记》载,有一穷措大常吃蔬菜,忽然吃了一次羊肉,梦见五脏神说:"羊把菜园踏破了。"
[2] 攀花上林苑:喻中状元。上林苑,御花园。

第五十三出　硬拷

　　【风入松慢】(生上)无端雀角[1]土牢中。是什么孔雀屏风[2]？一杯水饭东床[3]用，草床头绣褥芙蓉[4]。天呵，系颈的是定昏店，赤绳羁凤[5]；领解的是蓝桥驿，配递乘龙[6]。【集唐】梦到江南身旅羁方干，包羞忍耻是男儿杜牧。自家妻父犹如此孙元晏，若问旁人那得知崔颢！俺柳梦梅因领杜小姐言命，去淮扬谒见杜安抚。他在众官面前，怕俺寒儒薄相，故意不行识认，递解临安。想他将次下马，提审之时，见了春容，不容不认。只是眼下凄惶也。(净扮狱官，丑扮狱卒持棍上)试唤皋陶[7]鬼，

---

[1] 雀角：指狱讼，争吵。此指被人诬告。
[2] 孔雀屏风：指许婚。据《旧唐书》载，隋朝窦毅不肯轻易把女儿许人。他在屏风上画了两只孔雀，叫求婚人去射，谁射中雀目就中选。李渊两箭都中雀目，窦毅就把女儿许给了他。
[3] 东床：女婿的代称。用王羲之"东床快婿"故事。
[4] 草床头绣褥芙蓉：一床干草代替了新婚床上的芙蓉绣褥。
[5] 系颈的是定昏店，赤绳羁凤：典出自唐传奇《定昏店》。韦固在定昏店遇一老人，天下婚姻都由这老人主管。凡夫妻，他就暗中用红绳系他们的足，这样不管天南地北分隔多远，将来他们还是会聚在一起。凤，此是柳梦梅自喻。
[6] 领解的是蓝桥驿，配递乘龙：领解，押解；蓝桥驿，唐传奇中裴航遇云英处；配递，古代发配罪犯，途中逐站递解，称配递。
[7] 皋陶：虞舜的臣子，据说是监狱的创立者。后来人们把他当作狱神。

方知狱吏尊。咄！淮安府解来囚徒那里？(生见举手介)(净)见面钱？(生)少有。(丑)入监油？(生)也无。(净恼介)哎呀，一件也没有，大胆来举手。(打介)(生)不要打，尽行装检去便了。(丑检介)这个酸鬼，一条破被单，裹一轴小画儿。(看画介)(丑)是轴观音，送奶奶供养去。(生)都与你去，则留下轴画儿。(丑作抢画，生扯介)(末扮公差上)僵杀乘龙婿，冤遭下马威。狱官那里？(丑揖介)原来平章府祗候[1]哥。(末票示介)平章府提取送解犯人一名，及随身行李赴审。(丑)人犯在此，行李一些也无。(生)都是这狱官搬去了。(末)搬了几件？拿狗官平章府去。(净、丑慌叩头介)则这轴画、被单儿。(末)这狗官！还了秀才，快起解去。(净、丑应介)(押生行介)老相公，你便行动些儿。略知孔子三分礼，不犯萧何六尺条[2]。(下)

【唐多令】(外引众上)玉带蟒袍红，新参近九重。耿秋光长剑倚崆峒[3]。归到把平章印总，浑不是、黑头公[4]。【集唐】秋来力尽破重围罗邺，入掌银台护紫微[5]李白。回头却叹浮生事李中，长向东风有是非罗隐。自家杜平章。因淮扬平寇，叨蒙圣恩，超迁相位。前日有个棍徒，假充门婿。已着递解临安府监候。今日不免取来细审一番。(净、丑押生上)(杂扮门官唱门介)临

---

[1] 祗候：元明时期指官府衙役。
[2] 萧何六尺条：泛指法律。汉萧何根据秦法制定九章律，是汉代最早的法律。六尺条，用六尺竹简写的法律条令。
[3] 耿秋光长剑倚崆峒：倚着崆峒山，拔出寒光闪闪的长剑。耿，光明，照耀；崆峒，山名，在甘肃，山势险峻，气势雄伟。
[4] 黑头公：头发还是黑的，便已位列三公，指壮年人做大官。
[5] 入掌银台护紫微：银台，唐代指翰林院。紫微，即紫微省，中书省的别称。

安府解犯人进。(见介)(生)岳丈大人拜揖。(外坐笑介)(生)人将礼乐为先。(众大呼喝介)(生长叹介)

【新水令】则这怯书生剑气吐长虹,原来丞相府十分尊重,声息[1]儿忒汹涌。咱礼数缺通融,曲曲躬躬;他那里半抬身全不动。(外)寒酸,你是那色人数?犯了法,在相府阶前不跪!(生)生员岭南柳梦梅,乃老大人女婿。(外)呀,我女已亡故三年。不说到纳采下茶[2],便是指腹裁襟[3],一些没有。何曾得有个女婿来?可笑,可恨!祗候们与我拿下。(生)谁敢拿!

【步步娇】(外)我有女无郎,早把他青年送。划口儿[4]轻调哄。便做是我远房门婿呵,你岭南,吾蜀中,牛马风遥[5],甚处里丝萝[6]共?敢一棍儿走秋风!指说关亲、骗的军民动。(生)你这样女婿,眠书雪案,立榜云霄,自家行止用不尽,定要秋风老大人?(外)还强嘴!搜他裹袱里,定有假雕书印,并赃拿贼。(丑开袱介)破布单一条,画观音一幅。(外看画惊介)呀,见赃了。这是我女孩儿春容。你可到南安,认的石道姑么?(生)认的。(外)认的个陈教授么?(生)认的。(外)天眼恢恢,

---

[1] 声息:声势。
[2] 纳采下茶:订婚时男家送聘礼给女家叫纳采下茶。采、茶,都是聘礼。
[3] 裁襟:幼儿由父母代为订婚,怕长大之后彼此不相认,把衣襟裁为两幅,各执一方作凭证。
[4] 划口儿:信口胡说。
[5] 牛马风遥:风马牛不相干。
[6] 丝萝:比喻婚姻。菟丝与女萝均为蔓生,缠绕于草木,不易分开。《古诗十九首》:"与君为新婚,菟丝附女萝。"

原来劫坟贼便是你。左右采下打。(生)谁敢打?(外)这贼快招来。(生)谁是贼?老大人拿贼见赃,不曾捉奸见床来。

【折桂令】你道证明师[1]一轴春容。(外)春容分明是殉葬的。(生)可知道是苍苔石缝,迸坼了云踪[2]?(外)快招来。(生)我一谜的承供,供的是开棺见喜,搅煞逢凶[3]。(外)圹中还有玉鱼、金碗。(生)有金碗呵,两口儿同匙受用;玉鱼呵,和我九泉下比目[4]和同。(外)还有哩。(生)玉碾的玲珑,金锁的玎玲。(外)都是那道姑。(生)则那石姑姑他识趣拿奸纵,却不似你杜爷爷逞拿贼威风。(外)他明明招了。叫令史取过一张坚厚官绵纸,写下亲供:"犯人一名柳梦梅,开棺劫财者斩。"写完,发与那死囚,于斩字下押个花字。会成一宗文卷,放在那里。(贴扮吏取供纸上)禀老爷定个斩字。(外写介)(贴叫生押花字)(生不伏介)(外)你看这吃敲才[5]!

【江儿水】眼脑儿天生贼,心机使的凶。还不画花?(生)谁惯来。(外)你纸笔砚墨则好招详[6]用。(生)生员又不犯奸盗。(外)你奸盗诈伪机谋中。(生)因令爱之故。(外)你精奇古怪虚头弄。(生)令爱现在。(外)现在么,把他玉骨抛残心痛。(生)

---

[1] 证明师:证据。
[2] 迸坼了云踪:意指假山坍塌露出画像。坼,裂开。云踪,指画像。
[3] 挡煞逢凶:犹言挡住恶神,救活了杜丽娘,自己反被当贼来对待。煞,凶神。
[4] 比目:像比目鱼出双入对,比喻夫妇好合。
[5] 吃敲才:犹言该死的家伙。敲,打死。
[6] 招详:招口供。

抛在那里?(外)后苑池中,月冷断魂波动。(生)谁见来?(外)陈教授来报知。(生)生员为小姐费心,除了天知地知,陈最良那得知!

【雁儿落】我为他礼春容、叫的凶,我为他展幽期、耽怕恐,我为他点神香、开墓封,我为他唾灵丹、活心孔,我为他偎熨的体酥融,我为他洗发的神清莹,我为他度情肠、款款通,我为他启玉肱、轻轻送,我为他软温香、把阳气攻,我为他抢性命、把阴程进。神通,医的他女孩儿能活动。通也么通,到如今风月两无功[1]。(外)这贼都说的是甚么话?着鬼了。左右,取桃条打他,长流水喷他。(丑取桃条上)要的门无鬼,先教园有桃[2]。桃条在此。(外)高吊起打。(众吊起生,作打介)(生叫痛,转动,众诨、打鬼介,喷水介)(净扮郭驼拐杖同老旦、贴扮军校持金瓜上)天上人间忙不忙?开科失却状元郎。一向找寻柳梦梅,今日再寻不见,打老驼。(净)难道要老驼赔?买酒你吃,叫去罢。(叫介)状元柳梦梅那里?(外听介)(众叫下)(外问丑介)(丑)不见了新科状元,圣旨着沿街寻叫。(生)大哥,开榜哩。状元谁?(外恼介)这贼闲管,掌嘴,掌嘴。(丑掌生嘴介)(生叫冤屈介)(老旦、贴、净依前上)但闻丞相府,不见状元郎。咦,平章府打喧闹哩。(听介)(净)里面声息,像有俺家相公哩!(众进介)(净向前见哭介)吊起的是我家相公也!(生)列位救我。(净)谁打相公来?(生)是这平章。(净将拐杖打外介)拚老命打这平章。(外恼介)谁敢无礼?

---

[1]风月两无功:指爱情落空。
[2]要的门无鬼,先教园有桃:意思是取桃树枝来驱鬼。

（老旦、贴）驾上的[1]，来寻状元柳梦梅。（生）大哥，柳梦梅便是小生。（净向前解生，外扯净跌介）（生）你是老驼，因何至此？（净）俺一径来寻相公，喜的中了状元。（生）真个的！快向钱塘门外报与杜小姐知道。（老旦、贴）找着了状元，俺们也报知黄门官奏去。未去朝天子，先来激相公。（下）（外）一路的光棍去了。正好拷问这厮，左右再与俺吊将起。（生）待俺分诉些，难道状元是假得的？（外）凡为状元者，有登科录[2]为证。你有何据？则是吊了打便了。（生叫苦介）（净扮苗舜宾引老旦、贴扮堂候官，捧冠袍带上）踏破草鞋无觅处，得来全不费工夫。老公相住手，有登科录在此。

【侥侥犯】（净）则他是御笔亲标第一红，柳梦梅为梁栋。（外）敢不是他？（净）是晚生本房取中的。（生）是苗老师哩，救门生一救！（净笑介）你高吊起文章巨公[3]，打桃枝受用。告过老公相，军校，快请状元下吊。（贴放，生叫"疼煞"介）（净）可怜，可怜！是斯文倒吃尽斯文痛，无情棒打多情种。（生）他是我丈人。（净）原来是倚太山[4]压卵欺鸾凤。（老旦）状元悬梁、刺股。（净）罢了，一领宫袍遮盖去。（外）什么宫袍，扯了他！

【收江南】（外扯住冠服介）（生）呀，你敢抗皇宣骂敕封，早裂绽我御袍红。似人家女婿呵，拜门也似乘龙。偏我帽光光

---

[1] 驾上的：奉旨差遣的人。
[2] 登科录：《登科记》。新进士名册。
[3] 文章巨公：犹言大文豪、大作家。
[4] 太山：指泰山，岳父的代称。

走空,你桃夭夭煞风。(老旦替生冠服插花介)(生)老平章,好看我插宫花帽压君恩重。(外)柳梦梅怕不是他。果是他,便童生应试,也要候案[1]。怎生殿试了,不候榜开,来淮扬胡撞?(生)老平章是不知。为因李全兵乱,放榜稽迟。令爱闻得老平章有兵寇之事,着我一来上门,二来报他再生之喜,三来扶助你为官。好意成恶意,今日可是你女婿了?(外)谁认你女婿来!

【园林好】(净众)嗔怪你会平章的老相公,不刮目破窑中吕蒙[2]。忒做作、前辈们性重。(笑介)敢折倒你丈人峰?(外)悔不将劫坟贼监候奏请为是。

【沽美酒】(生笑介)你这孔夫子把公冶长陷缧绁中[3]。我柳盗跖[4]打地洞向鸳鸯冢。有日呵,把燮理阴阳问相公,要无语对春风[5]。则待列笙歌画堂中,抢丝鞭御街拦纵。把穷柳

---

[1] 候案:等候放榜。
[2] 不刮目破窑中吕蒙:刮目,《三国志·吴志·吕蒙传》:"士别三日,即更刮目相待。"破窑,用吕蒙正事。此处作者有意将吕蒙、吕蒙正两人的故事混为一谈。
[3] 你这孔夫子把公冶长陷缧绁中:公冶长原是孔子弟子,他无辜被囚,孔子把女儿嫁给他。缧绁,捆绑犯人的绳索。也指监狱。缧绁中,指关在监狱中。此句是说杜宝将女婿柳梦梅当犯人对待。
[4] 柳盗跖:古代大盗。《庄子·盗跖》称盗跖和柳下惠是兄弟。这里柳梦梅自指,是顺着杜宝戏称自己为盗。
[5] 把燮理阴阳问相公,要无语对春风:意指自己能使杜丽娘起死回生,宰相则徒有"燮理阴阳"的虚名。一旦有人责问,他将无从回答。燮理,调和治理。古人认为燮理阴阳是宰相的职责。相公,宰相。此指杜宝。

毅赔笑在龙宫[1]，你老夫差失敬了韩重[2]。我呵，人雄气雄，老平章深躬浅躬，请状元升东转东[3]。呀，那时节才提破了牡丹亭杜鹃残梦。老平章请了，你女婿赴宴去也。

北【尾】你险把司天台失陷了文星空[4]，把一个有对付的玉洁冰清烈火烘[5]。咱想有今日呵，越显的俺玩花柳的女郎能，则要你那打桃条的相公懂。(下)(外吊场)异哉，异哉！还是贼，还是鬼？堂候官，去请那新黄门陈老爷到来商议。(丑)知道了。谒者[6]有如鬼，状元还似人。(下)(末扮陈黄门上)官运精神老不眠，早朝三下听鸣鞭。多沾圣主随朝米，不受村童学俸钱。自家陈最良。因奏捷，圣恩可怜，钦授黄门。此皆杜老相公抬举之恩，敬此趣谢。(丑上见介)正来相请，少待通报。(进报见介)(外笑介)可喜，可喜！昔为陈白屋[7]，今作老黄门。(末)新恩无报效，旧恨有还魂。适间老先生三喜临门：一喜官

---

[1] 穷柳毅赔笑在龙宫：唐代传奇《柳毅传书》故事。书生柳毅替受难的龙女带家信到龙宫，后与龙女结为夫妻。
[2] 老夫差失敬了韩重：用《搜神记》故事。吴王夫差的女儿紫玉爱上了韩重，夫差却拒绝韩家求婚，紫玉抑郁而死。后韩重祭奠紫玉，紫玉从墓中走出，带他进入坟墓并以明珠相赠。韩重出坟拜见夫差说明，夫差不信，说其劫坟。为救韩重，紫玉现形说明情况。
[3] 升东转东：主位在东，宾位在西。这里是请上主座的意思。
[4] 你险把司天台失陷了文星空：你几乎害死新状元，使得司天台看不见天上的文曲星。文星，传说新状元是天上文曲星下凡。
[5] 把一个有对付的玉洁冰清烈火烘：有对付的，有才能的；玉洁冰清，这里指柳梦梅；烈火烘，指之前的严刑拷打。
[6] 谒者：官名。相当于黄门官。
[7] 白屋：指贫苦平民的住所，此借指草民寒士。

居宰辅,二喜小姐活在人间,三喜女婿中了状元。(外)陈先生教的好女学生,成精作怪哩!(末)老相公葫芦提认了罢。(外)先生差矣!此乃妖孽之事。为大臣的,必须奏闻灭除为是。(末)果有此意,容晚生登时奏上取旨何如?(外)正合吾意。

(外)夜读沧州怪亦听,陆龟蒙

(末)可关妖气暗文星。司空图

(外)谁人断得人间事?白居易

(末)神镜高悬照百灵。殷文圭

第五十四出　闻喜

【绕池游】(贴上)露寒清怯,金井吹梧叶,转不断辘轳情劫[1]。咳,俺小姐为梦见书生,感病而亡,已经三年。老爷与老夫人,时时痛他孤魂无靠。谁知小姐到活活的跟着个穷秀才,寄居钱塘江上。母子重逢。真乃天上人间,怪怪奇奇,何事不有!今日小姐分付安排绣床,温习针指。小姐早来到也。

【绕红楼】(旦上)秋过了平分日易斜,恨辞梁燕语周遮[2]。人去空江,身依客舍,无计七香车。秋风吹冷破窗纱,夫婿扬州不到家。玉指泪弹江北草,金针闲刺岭南花。春香,我同柳郎至此,即赴试闱。虎榜[3]未开,扬州兵乱。我星夜赍发[4]柳郎,打听爹娘消息。且喜老萱堂[5]不意而逢,则老相公未知下落。想柳郎刻下可到,料今番榜上高题。须先翦下罗衣,衬其光彩。(贴)绣床停当,请自尊裁。(旦裁衣介)裁下了,便待缝将起来。(缝介)(贴)小姐,俺淡口儿闲嗑,你和柳郎梦

---

[1] 转不断辘轳情劫:爱情的磨难连环不断。辘轳,井上打水用的滑车。比喻如辘轳般圆转无穷。
[2] 周遮:啁哳,此处形容燕子喧闹声。
[3] 虎榜:一作龙虎榜,即进士榜。
[4] 赍发:打发。
[5] 萱堂:母亲所居之所,指代母亲。

里、阴司里，两下光景何如？

【罗江怨】（旦）春园梦一些，到阴司里有转折。梦中逗的影儿别，阴司较追的情儿切。（贴）还魂时像怎的？（旦）似梦重醒，猛回头放教跌。（贴）阴司可也有好耍子处？（旦）一般儿轮回路，驾香车，爱河边题红叶。便则到鬼门关逐夜的望秋月。

【前腔】（贴）你风姿恁惹邪[1]，情肠害劣。小姐，你香魂逗出了梦儿蝶，把亲娘肠断了影中蛇[2]。不道燕冢[3]荒斜，再立起鸳鸯舍。则问你会书斋灯怎遮？送情杯酒怎赊？取喜时，也要那破头梢一泡血。（旦）蠢丫头，幽欢之时，彼此如梦，问他则甚！呀，奶奶来的恁忙也！

【玩仙灯】（老旦慌上）人语闹吱嗻，听风声，似是女孩儿关节。儿，听见外厢喧嚷，新科状元是岭南柳梦梅。（旦）有这等事！

【前腔】（净忙走上）旗影儿走龙蛇，甚宣差教来近者！（见介）奶奶、小姐，驾上人来。俺看门去也！（下）

【入赚】（外、丑扮军校持黄旗上）深巷门斜，抓不出状元门第

---

[1] 惹邪：魅人，形容美貌。
[2] 把亲娘肠断了影中蛇：指杜母以为女儿真死了而悲痛万分。影中蛇，即杯弓蛇影。这里比喻以假为真。
[3] 燕冢：南朝宋末，妓女姚玉京从良，丈夫死后不再嫁。一双燕子在她家梁间做窝。后来雄燕被鸷鸟害死，玉京系红线雌燕足上，雌燕遂年年归来与玉京为伴。玉京死后燕子哀鸣不已。家人为它指明玉京墓，燕子飞到玉京坟上死去。这里用以指丽娘墓。

也。这是了。(敲门介)(老旦)声息儿恁怔忡!把门儿偷瞥。(启门,校冲开介)(老旦)那衙门来的?(校)星飞不迭。你看这旗,看这旗影儿头势别。是黄门官把圣旨教传泄。(老旦叫介)儿,原来是传圣旨的。(旦上)斗胆相询,金榜何时揭?可有柳梦梅名字高头列?(校)他中了状元。(旦)真个中了状元?(校)则他中状元,急节里遭磨灭。(旦惊介)是怎生?(校)往淮扬触犯了杜参爷,扭回京把他做劫坟茔的贼决。(老旦)我儿,谢天谢地,老爷平安回京了。他那知世间有此重生之事。(旦)这却怎了?(校)正高吊起猛桃条细抽掣,被官里人抢去游街歇。(旦)恰好哩。(校)平章他势大,动本了。说劫坟之贼,不可以作状元。(旦)状元可也辨一本儿?(校)状元也有本。那平章奏他恶茶白赖[1]把阴人窃。那状元呵,他说头带魁罡[2]不受邪。便是万岁爷听了成痴呆。(旦)后来?(校)侥幸有个陈黄门,是平章爷的故人。奏准,要平章、状元和小姐三人,驾前勘对,方取圣裁。(老旦)呀,陈黄门是谁?(校)是陈最良,他说南安教授曾官舍。因此杜平章抬举他掌朝班、通御谒。(老旦)一发诧异哩。(校)便是他着俺们来宣旨。分付你家一更梳洗,二鼓吃饭,三鼓穿衣,四更走动。到得五更三点彻,响叮当翠佩,那是朝时节。(旦)独自个怕人。(校)怕则么!平章宰相你亲爷,状元妻妾。俺去了。(旦)再说些去。(校)明朝金阙,讨你幅撞

[1] 恶茶白赖:无赖。
[2] 头带魁罡:古代说法,状元受到魁星的护佑。罡,北斗星。魁,北斗的第一颗到第四颗星。

门红[1]去了也。(下)(旦)娘,爹爹高升,柳郎高中。小旗儿报捷,又是平安帖。把神天叩谢,神天叩谢。

【滴溜子】(拜介)当日的、当日的、梅根柳叶,无明路、无明路、曾把游魂再叠。果应梦、花园后折[2]。甫能够迸到头,抢了捷。鬼趣里因缘,人间判贴[3]。

【前腔】(老旦)虽则是、虽则是、希奇事业,可甚的、可甚的、惊劳驾帖[4]?他道你、是花妖害怯,看承的柳抱怀[5]做花下劫。你那爹爹呵,没得个符儿再把花神召摄。

【尾声】女儿,紧簪束扬尘舞蹈摇花颊。(旦)叫我奏个甚么来?(老旦)有了你活人硬证无虚胁。(旦)少不的万岁君王听臣妾。(净扮郭驼上)要问鼋鼍窟,还过乌鹊桥。两日再寻个钱塘门不着。正好撞着老军,说知夫人下处。抖擞了进去。(见介)(老旦)你是谁?(净)状元家里的老驼,特来恭喜。(旦)辛苦,你可见状元么?(净)俺往平章府抢下了状元,要夫人去见朝也。

(老旦)往事闲征梦欲分,韩溉

(旦)今晨忽见下天门。张籍

(净)分明为报精灵辈,僧贯休

(旦)淡扫蛾眉朝至尊。张祜

---

[1]撞门红:新娘花轿抬到新郎家门口后,赏给乐人、轿夫等人的喜钱。
[2]后折:后边。
[3]判贴:裁定一个圆满结局。判,判断。贴,妥帖,这里是团圆的意思。
[4]驾帖:圣旨。
[5]柳抱怀:以柳下惠"坐怀不乱"比喻柳梦梅行事正派。

第五十五出　圆驾

（净、丑扮将军持金瓜上）日月光天德，山河壮帝居。万岁爷升朝，在此直殿。

北【点绛唇】（末上）宝殿云开，御炉烟霭，乾坤泰。（回身拜介）日影金阶，早唱道黄门拜。【集唐】鸾凤旌旗拂晓陈韦元旦，传闻阙下降丝纶刘长卿。兴王会净妖氛气杜甫，不问苍生问鬼神李商隐。自家大宋朝新除授一个老黄门陈最良是也。下官原是南安府饱学秀才。因柳梦梅发了杜平章小姐之墓，径往扬州报知。平章念旧，着俺说平李寇，告捷效劳，蒙圣恩钦赐黄门奏事之职。不想平章回朝，恰遇柳生投见。当时拿下，递解临安府监候。却说柳生先曾搶过卷子，中了状元。找寻之间，恰好状元吊在杜府拷问。当被驾前官校人等冲破府门，抢了状元，上马而去，到也罢了。又听的说俺那女学生杜小姐也返魂在京。平章听说女儿成了个色精，一发恼激。央俺题奏一本，为诛除妖贼事。中间劾奏柳梦梅系劫坟之贼，其妖魂托名亡女，不可不诛。杜老先生此奏，却是名正言顺。随后柳生也奏一本，为辨明心迹事。都奉有圣旨："朕览所奏，幽隐奇特。必须返魂之女，面驾敷陈，取旨定夺。"老夫又恐怕真是杜小姐返魂，私着官校传旨与他，五更朝见。正是三生石上看来去，万岁台前辨假真。道犹未了,平章、状元早到。

【前腔】(外、生幞头、袍、笏[1]同上介)(外)有恨妆排[2],无明耽带[3],真奇怪。(生)哑谜难猜,今上亲裁划。岳丈大人拜揖。(外)谁是你岳丈!(生)平章老先生拜揖。(外)谁和你平章?(生笑介)古诗云:"梅雪争春未肯降,骚人阁笔费平章[4]。"今日梦梅争辩之时,少不的要老平章阁笔。(外)你罪人咬文哩。(生)小生何罪?老平章是罪人。(外)俺有平李全大功,当得何罪?(生)朝廷不知,你那里平的个李全,则平的个"李半"。(外)怎生止平的个"李半"?(生笑介)你则哄的个杨妈妈退兵,怎哄的全!(外恼作扯生介)谁说?和你官里讲去。(末作慌出见介)午门之外,谁敢喧哗!(见介)原来是杜老先生。这是新状元。放手,放手。(外放生介)(末)状元何事激恼了老平章?(外)他骂俺罪人,俺得何罪?(生)你说无罪,便是处分令爱一事,也有三大罪。(外)那三罪?(生)太守纵女游春,一罪。(外)是了。(生)女死不奔丧,私建庵观,二罪。(外)罢了。(生)嫌贫逐婿,刁打钦赐状元,可不三大罪?(末笑介)状元以前也罪过些。看下官面分,和了罢。(生)黄门大人,与学生有何面分?(末笑介)状元

---

[1] 幞头、袍、笏:官员上朝的穿戴。幞头,古代男子包头的软巾便帽。因幞头所用纱罗通常为青黑色,也称"乌纱"。笏,大臣上朝所拿玉、象牙或竹片制成的手板,上面可以记事。

[2] 有恨妆排:恨命运播弄。妆排,播弄。

[3] 无明耽带:无缘无故有这样的遭遇。无明,佛家说法,无缘无故。

[4] 梅雪争春未肯降,骚人阁笔费平章:引自宋卢梅坡《雪梅》诗。平章,评论。这里柳梦梅用"平章"二字表示自己一定会占上风。

不知,尊夫人请俺上学来。(生)敢是鬼请先生?(末)状元忘旧了。(生认介)老黄门可是南安陈斋长?(末)惶恐,惶恐。(生)呀,先生,俺于你分上不薄,如何妄报俺为贼?做门馆报事不真;则怕做了黄门,也奏事不以实。(末笑)今日奏事实了。远望尊夫人将到,二公先行叩头礼,(内唱礼介)奏事官齐班。(外、生同进叩头介)(外)臣杜宝见。(生)臣柳梦梅见。(末)平身。(外、生立左右介)(旦上)丽娘本是泉下女,重瞻天日向丹墀。

黄钟北【醉花阴】平铺着金殿琉璃翠鸳瓦,响鸣梢半天儿刮剌[1]。(净、丑喝介)甚的妇人冲上御阶?拿了!(旦惊介)似这般狰狞汉,叫喳喳。在阎浮殿见了些青面獠牙,也不似今番怕。(末)前面来的是女学生杜小姐么?(旦)来的黄门官像陈教授,叫他一声。陈师父,陈师父!(末应介)是也。(旦)陈师父喜哩!(末)学生,你做鬼,怕不惊驾?(旦)噤声。再休提探花鬼乔作衙[2],则说状元妻来面驾。(净、丑下)(内)奏事人扬尘舞蹈。(旦作舞蹈、呼"万岁,万岁"介)(内)平身。(旦起)(内)听旨:"杜丽娘是真是假,就着伊父杜宝,状元柳梦梅,出班识认。"(生觑旦作悲介)俺的丽娘妻也。(外觑旦,作恼介)鬼乜些[3]真个一模二样,大胆,大胆!(作回身跪奏介)臣杜宝谨奏:臣女亡已三年,此

---

[1] 响鸣梢半天儿刮剌:鸣梢,鸣鞭。古时皇帝坐朝的仪仗,挥鞭示意肃静。刮剌,形容响声。

[2] 再休提探花鬼乔作衙:再别说我是弄虚作假盗坟贼的鬼妻。乔作衙,原指冒充长官坐堂,这里指鬼冒充活人。

[3] 乜些:乜斜,语尾助词。

女酷似,此必花妖狐媚,假托而成。俺王听启:

南【画眉序】臣女没年多,道理阴阳岂重活?愿吾皇向金阶一打,立见妖魔。(生作泣)好狠心的父亲!(跪奏介)他做五雷般严父的规模,则待要一下里把声名煞抹。(起介)(合)便阎罗包老难弹破,除取旨前来撒和[1]。(内)听旨:"朕闻人行有影,鬼形怕镜。定时台上有秦朝照胆镜[2]。黄门官,可同杜丽娘照镜。看花阴之下,有无踪影回奏。"(末应、同旦对镜介)女学生是人是鬼?

北【喜迁莺】(旦)人和鬼教怎生酬答?形和影现托着面菱花。(末)镜无改面,委系人身。再向花街取影而奏。(行看影介)(旦)波查[3]。花阴这答,一般儿莲步回莺印浅沙。(末奏)杜丽娘有踪有影,的系人身。(内)听旨:"丽娘既系人身,可将前亡后化事情奏上。"(旦)万岁!臣妾二八年华,自画春容一幅。曾于柳外梅边,梦见这生。妾因感病而亡。葬于后园梅树之下。后来果有这生,姓柳名梦梅,拾取春容,朝夕挂念。臣妾因此出现成亲。(悲介)哎哟,凄惶煞!这底是前亡后化,抵多少阴错阳差。(内)听旨:"柳状元质证,丽娘所言真假?因何预名梦梅?"(生打躬呼"万岁"介)

南【画眉序】臣南海乏丝萝,梦向娇姿折梅萼。果登程取试,养病南柯。因借居南安府红梅院中,游其后苑,拾得丽

---

[1] 撒和:调停。
[2] 秦朝照胆镜:传说秦始皇有镜能照见人五脏。女子有邪心,则胆张心动。
[3] 波查:波折,磨难。

娘春容。因而感此真魂，成其人道。(外跪介)此人欺诳陛下，兼且点污臣之女也。论臣女呵，便死葬向水口廉贞，肯和生人做山头[1]撮合[2]！(合)便阎罗包老难弹破，除取旨前来撒和。(内)听旨："朕闻有云：'不待父母之命，媒妁之言，则国人父母皆贱之。'杜丽娘自媒自婚，有何主见？"(旦泣介)万岁！臣妾受了柳梦梅再活之恩。

北【出队子】真乃是无媒而嫁。(外)谁保亲？(旦)保亲的是母丧门[3]。(外)送亲的？(旦)送亲的是女夜叉。(外)这等胡为！(生)这是阴阳配合正理。(外)正理，正理！花你那蛮儿一点红嘴哩！(生)老平章，你骂俺岭南人吃槟榔，其实柳梦梅唇红齿白。(旦)喏声。眼前活立着个女孩儿，亲爷不认。到做鬼三年，有个柳梦梅认亲。则你这辣生生回阳附子[4]较争些，为甚么翠呆呆下气的槟榔俊煞了他？爹爹，你不认呵，有娘在。(指鬼门)现放着实丕丕贝母开谈亲阿妈[5]。(老旦上)多早晚女儿还在面驾。老身踹入正阳门叫冤去也。(进见跪伏介)万岁爷，杜平章妻一品夫人甄氏见驾。(外、末惊介)那里来的？

---

[1]山头：葬场，坟地。
[2]撮合：小说戏曲常称媒人为撮合山，这里是结合的意思。
[3]丧门：主管死丧的凶神。
[4]辣生生回阳附子：中药附子性大热，味辛，对虚脱、水肿、霍乱等有疗效。这里借附子药名、药性、药味、疗效表示自己是回阳的亲生女儿。
[5]实丕丕贝母开谈亲阿妈：实丕丕，实实在在；贝母，药名，性寒，味苦，主治热痰咳嗽；开谈，本义与"开痰"谐音，与贝母主治相合。这里是借贝母的药名、药效表示有母亲为证。

第五十五出 圆驾

真个是俺夫人哩。(外跪介)臣杜宝启,臣妻已死扬州乱贼之手,臣已奏请恩旨褒封。此必妖鬼捏作母子一路,白日欺天。(起介)(生)这个婆婆,是不曾认的他。(内)听旨:"甄氏既死于贼手,何得临安母子同居?"(老旦)万岁!(起介)

南【滴溜子】(老旦)扬州路、扬州路、遭兵劫夺,只得向、只得向、长安住托。不想到钱塘夜过,黑撞着丽娘儿魂似脱。少不的子母肝肠,死同生活。(内)听甄氏所奏,其女重生无疑。则他阴司三载,多有因果之事。假如前辈做君王臣宰不臻的,可有的发付他?从直奏来。(旦)这话不题罢了,提起都有。(末)女学生,子不语怪。比如阳世府部州县,尚然磨刷卷宗[1],他那里有甚会案处!

北【刮地风】(旦)呀,那阴司一桩桩文簿查,使不着你猾律拿喳[2]。是君王有半副迎魂驾,臣和宰玉锁金枷。(末)女学生,没对证。似这般说,秦桧老太师在阴司里可受用?(旦)也知道些。说他的受用呵,那秦太师他一进门,忒楞楞的黑心锤敢捣了千下,渐另另的紫筋肝剁作三花。(众惊介)为甚剁作三花?(旦)道他一花儿为大宋,一花为金朝,一花儿为长舌妻。(末)这等长舌夫人有何受用?(旦)若说秦夫人的受用,一到了阴司,捋去了凤冠霞帔,赤体精光。跳出个牛头夜叉,只

---

[1] 磨刷卷宗:元代由各道肃政廉访使检查各衙门讼案的处理,不使冤屈,叫刷卷。下文"会案"同义。磨,勘磨,审问研究。
[2] 猾律拿喳:惹是生非,挑拨离间。

一对七八寸长指驱[1]儿,轻轻的把那撒道儿搭[2],长舌揸[3]。(末)为甚?(旦)听的是东窗事发[4]。(外)鬼话也。且问你,鬼乜邪,人间私奔,自有条法。阴司可有?(旦)有的是。柳梦梅七十条,爹爹发落过了,女儿阴司收赎。桃条打,罪名加,做尊官勾管了帘下[5]。则道是没真场[6]风流罪过些。有甚么饶不过这娇滴滴的女孩家。(内)听旨:"朕细听杜丽娘所奏,重生无疑。就着黄门官押送午门外,父子夫妻相认,归第成亲。"(众呼"万岁"行介)(老旦)恭喜相公高转了。(外)怎想夫人无恙!(旦哭介)我的爹呵!(外不理介)青天白日,小鬼头远些,远些!陈先生,如今连柳梦梅俺也疑将起来,则怕也是个鬼。(末笑介)是踢斗鬼[7]。(老旦喜介)今日见了状元女婿,女儿再生,二十分喜也。状元,先认了你丈母罢。(生揖介)丈母光临,做女婿的有失迎待,罪之重也。(旦)官人恭喜,贺喜。(生)谁报你来?(旦)到得陈师父传旨来。(生)受你老子的气也。(末)状元,认了丈人翁罢。(生)则认的十地阎君为岳丈。(末)状元,听俺分劝一言。

---

[1] 指驱:指尖。驱,弓弩两端系弦的地方。
[2] 撒道儿搭:撒道儿,这里指嗓子。搭,扼,用力掐住。
[3] 揸:抓,抬。
[4] 东窗事发:秦桧夫妇在东窗下设计陷害岳飞。秦桧死后,传说他的鬼魂叫方士告诉其妻王氏:"东窗事发矣。"
[5] 勾管了帘下:指受了公差的凌辱。帘下,手下人。
[6] 没真场:没有实际行迹,不要紧。
[7] 踢斗鬼:魁星,文曲星。

南【滴滴金】你夫妻赶着了轮回磨[1],便君王使的个随风柁[2],那平章怕不做赔钱货[3]。倒不如娘共女,翁和婿,明交割。(生)老黄门,俺是个贼犯。(末笑介)你得便宜人,偏会撒科[4]。则道你偷天把桂影那,不争多[5]先偷了地窟里花枝朵。(旦叹介)陈师父,你不教俺后花园游去,怎看上这攀桂客来?(外)鬼乜邪,怕没门当户对,看上柳梦梅什么来!

北【四门子】(旦笑介)是看上他戴乌纱象简朝衣挂,笑、笑、笑,笑的来眼媚花。爹娘,人间白日里高结彩楼,招不出个官婿。你女儿睡梦里、鬼窟里选着个状元郎,还说门当户对!则你个杜杜陵[6]惯把女孩儿吓,那柳柳州他可也门户风华。爹爹,认了女孩儿罢。(外)离异了柳梦梅,回去认你。(旦)叫俺回杜家,赸[7]了柳衙。便作你杜鹃花,也叫不转子规红泪洒。(哭介)哎哟,见了俺前生的爹,即世嬷[8],颠不剌俏魂灵立化[9]。(旦作闷倒介)(外惊介)俺的丽娘儿!(末作望介)怎那老道姑来也?连春香也活在?好笑,好笑!我在贼营里瞧甚来?

---

[1] 轮回磨:指杜丽娘死后还魂。
[2] 随风柁:随风转舵,比喻顺势行事。
[3] 赔钱货:旧时认为女儿长大了嫁人,不但白养了她还要赔嫁妆,所以叫赔钱货。
[4] 撒科:引人发笑的动作和表情。
[5] 不争多:差不多,此有没料到之意。
[6] 杜杜陵:杜甫居长安杜陵,自称杜陵布衣。此借指杜宝。
[7] 赸:离开。
[8] 即世嬷:即世,今生。嬷,母亲。
[9] 颠不剌俏魂灵立化:颠不剌,癫狂。立化,立刻死去。

南【鲍老催】(净扮石姑同贴上)官前定夺,官前定夺。(打望介)原来一众官员在此。怎的起状元、小姐嘴骨都站一边?(净)眼见他乔公案断的错,听了那乔教学[1]的嘴儿嗑。(末)春香贤弟也来了。这姑姑是贼。(净)咩,陈教化,谁是贼?你报老夫人死哩,春香死哩!做的个纸棺材,舌锹拨。(向生介)柳相公喜也。(生)姑姑喜也。这丫头那里见俺来?(贴)你和小姐牡丹亭做梦时有俺在。(生)好活人活证。(净、贴)鬼团圆不想到真和合,鬼揶揄不想做人生活。老相公,你便是鬼三台[2],费评跋。(净、贴并下)(末)朝门之下,人钦鬼伏之所,谁敢不从!少不得小姐劝状元认了平章,成其大事。(旦作笑劝生介)柳郎,拜了丈人罢!(生不伏介)

北【水仙子】(旦)呀呀呀,你好差。(扯生手、按生肩介)好好好,点着你玉带腰身把玉手叉。(生)几百个桃条!(旦)拜、拜、拜,拜荆条[3]曾下马。(扯外介)(旦)扯、扯、扯,做泰山倒了架。(指生介)他、他、他,点黄钱聘了咱。俺、俺、俺,逗寒食吃了他茶。(指末介)你、你、你,待求官、报信则把口皮喳。(指生介)是、是、是,是他开棺见椁湔除[4]罢。(指外介)爹、爹、爹,你可也骂够了咱这鬼也邪。(丑扮韩子才冠带捧诏上)圣旨已到,跪听宣读。"据奏奇异,敕赐团圆。平章杜宝,进阶一品。妻甄氏,封淮阴

---

[1] 乔教学:指陈最良。乔,骂人的话。
[2] 鬼三台:相当于阎罗王。
[3] 拜荆条:相传楚文王无道,大臣葆申以荆条一束,跪着打文王的背,作为处罚。"文王下马拜荆条"为戏曲中常用熟语。
[4] 湔除:洗去污垢。

郡夫人。状元柳梦梅,除授翰林院学士。妻杜丽娘,封阳和县君。就着鸿胪官韩子才送归宅院。"叩头谢恩。(丑见介)状元恭喜了。(生)呀,是韩子才兄。何以得此?(丑)自别了尊兄,蒙本府起送先儒[1]之后,到京考中鸿胪之职,故此得会。(生)一发奇异了。(末)原来韩老先也是旧朋友。(行介)

南【双声子】(众)姻缘诧,姻缘诧,阴人梦黄泉下。福分大,福分大,周堂内是这朝门下[2]。齐见驾,齐见驾,真喜洽,真喜洽。领阳间诰敕,去阴司销假。

北【尾】(生)从今后把牡丹亭梦影双描画。(旦)亏杀你南枝挨暖俺北枝花。则普天下做鬼的有情谁似咱!

杜陵寒食草青青,韦应物

羯鼓声高众乐停。李商隐

更恨香魂不相遇,郑琼罗

春肠遥断牡丹亭。白居易

千愁万恨过花时,僧无则

人去人来酒一卮。元稹

唱尽新词欢不见,刘禹锡

数声啼鸟上花枝。韦庄

---

[1] 先儒:此指韩愈。
[2] 周堂内是这朝门下:奉旨成亲的意思。周堂,古时称嫁娶的吉日。